La última partida

LA TRAMA

La última partida

Jorge I. Aguadero Casado

Papel certificado por el Forest Stewardship Council®

Primera edición: enero de 2024

Travessera de Gràcia, 47-49. 08021 Barcelona

Printed in Spain – Impreso en España

ISBN: 978-84-666-7654-0
Depósito legal: B-17.858-2023

Compuesto en Llibresimes, S. L.

Impreso en Rotativas de Estella, S. L.
Villatuerta (Navarra)

BS 7 6 5 4 0

A mis padres

El gran patrimonio del ajedrez son los ajedrecistas y las ajedrecistas. Como en cualquier conjunto de personas, hay de todo, pero en su mayoría son de una maravillosa categoría humana.

PRIMERA PARTE

El comienzo de todo

1

Lobito aullador

No nos podemos resistir a la fascinación de un sacrificio, ya que la pasión por los sacrificios es parte de la naturaleza de un jugador de ajedrez.

RUDOLF SPIELMANN (1883-1942),
último paladín del Gambito de Rey

Las partidas de ajedrez comienzan y acaban con un firme apretón de manos. Es una atávica muestra de respeto, la calma que precede a la tempestad y, finalmente, a la firma del armisticio. Bajo estas normas no escritas se juegan en todo el mundo millones de partidas. Pero ¿qué hay detrás de esos gestos de cortesía? A veces, simple rutina.

Nos dejamos llevar por un ideal romántico al creer que

todos los ajedrecistas son almas sensibles que, entre partida y partida, dedican sus ratos libres a interpretar hermosas melodías en un piano de cola. Sin embargo, la realidad no es así. Hay tantos tipos de ajedrecistas como los hay de carpinteros, por ejemplo. Y, si bien es gratificante relacionarse con personas capaces de crear belleza inmaterial en un tablero de madera bicolor, decir eso de Fiódor Vasíliev habría sido faltar a la verdad.

Su mirada era el silencio del aire cuando nieva, no era el tipo de persona a la que apeteciese dar la mano... y, por los extraños giros de la rueda de la vida, las cosas no habían sido siempre así, pues cuando vio la luz por primera vez en la sala de partos, su mente era tan virginal como la de cualquier otro recién nacido. Que luego le mirase un ángel o un vampiro a los ojos fue, sin más, cosa del destino.

Fiódor Vasíliev vino al mundo un frío 3 de marzo de 1958, exactamente a las diez de la mañana, en la populosa ciudad de Járkov. La segunda metrópolis de Ucrania, de perfil marcadamente industrial, experimentaba años dulces, teniendo en cuenta su tradicional carencia de bienes de consumo. Esto se debía a la confluencia en el tiempo del final de la Segunda Guerra Mundial y del fin del estalinismo, cuyos ecos aún podían seguirse sin miedo a extraviarse en los profundos surcos del rostro de la anterior generación de soviéticos. Los adolescentes, en cambio, veían el futuro con optimismo, alentados por el pleno empleo que se había originado a consecuencia de la necesaria reconstrucción de las ciudades que siguió a la barbarie que había puesto en jaque al planeta a mediados del siglo xx. Cualquier tiempo pasado para ellos era peor. Y en lo que concernía al vacío de poder tras la muerte de Iósif Stalin, ya no hubo más una «sociedad del silencio», siendo el único tema tabú en las conversaciones la Guerra Civil, pues aún escocían los recuerdos del enfrentamiento fratricida entre partidarios y detractores de la Revolución Bolchevique y de la toma de territorios por parte de la Unión Soviética. No obstante, solo hacía unas décadas que la ciudad había dejado de ser la capital de Ucrania en favor de Kiev, por lo que en sus gentes, en general, se percibía poco amor por la nueva cabeza de Estado.

El joven padre de Fiódor, el enjuto Vitali Vasíliev, aguardaba noticias sentado en una silla funcional, de esas que no dejan ni espacio a la imaginación, en la cocina del pequeño piso familiar, como si estuviese apostado frente a la sala de neonatos del hospital de partos n.º 3. En la mesa había un plato humeante de patatas hervidas. En sus rodillas, plácidamente dormida, tenía a Lera, su pequeña luz en la oscuridad, que acababa de cumplir cuatro años.

—Descansa, mi niña, pues tú no tienes la culpa de haberte cruzado en mi camino... —El susurro al oído de Lera, incapaz de llevarle palabras de sabiduría, se desvaneció para siempre, echándose a perder a la par que lo hacían los tristes días de su progenitor.

Aquel hombre, que llevaba la fatalidad a cuestas, daba la impresión de formar parte del mobiliario, de no ser por su tormentosa bruma mental. El gesto desganado de su rostro lo podría haber compuesto un músico mediocre, de los que hacen rápido los encargos, de los que no sienten la vocación de dejar un legado digno de ser recordado. Sus ropas de trabajo presentaban lamparones y múltiples arrugas. Podían haber sido prendas de tallas diferentes y nadie se habría percatado, pues todo en Vitali tenía una pátina de rutina que invitaba a olvidar su persona. Incluso sus párpados se alineaban sin gracia formando un rostro achatado que se diría violentamente estirado por el mentón y por la coronilla, dando al conjunto de su cara un aspecto un tanto simiesco. En esa cabeza deforme no acompañaban las mejillas, surcadas por mil pequeños vasos capilares. Tampoco las orejas, cuyos lóbulos enrojecidos, recubiertos por una capa de caspa, recordaban a la crema de patatas cuando llevaba días en el plato. De ahí una comezón que solo encontraba alivio rascándose compulsivamente, lo que agravaba la situación del prurito y de su espíritu machacado a base de desgracias.

«Qué bien me irían las cosas si fuese un asesino profesional... Así cada vez que acabase un trabajo, me cambiaría el peinado, me dejaría bigote y pondría tierra de por medio de esta mierda».

A Vitali la vida no le daba para más, solo deseaba no estar. No estar allí en ese momento, no estar en ningún sitio, huir a algún lugar de su interior desolado donde poder alejarse del mundo y, en particular, de la anodinamente virtuosa Katerina, su también joven esposa. Era, a sus treinta y cinco años, uno de los pocos hombres que habían regresado del frente contra los nazis sin secuelas visibles, como si la guerra pudiese pasar cerca de uno y no hacer daño. Mas si se entraba en conversación con él afloraban los traumas, una inquina que había deteriorado sus lazos emocionales con los pilares sobre los que se edificaba su existencia. De cuando entró a trabajar en la Morózov de Járkov hasta su matrimonio con la esforzada Katerina apenas habían pasado unos años, pero en ese camino se le agostaron las ilusiones, paseaba miradas perdidas y, a solas, aunque su aspecto al salir de casa fuese el de un hombre lavado, almidonado y planchado, lamentaba que ni la esperanza de soñar le quedaba.

El trabajo de Vitali era, lejos de lo que el nombre de la entidad sugería, de una rutina insoportable como mozo de almacén, pues el diseño de carros de combate jamás habría recaído en una mente tan falta de instrucción como la suya. Cumplía diariamente, de lunes a sábado, con una jornada laboral que se extendía de nueve de la mañana a nueve de la noche, con media hora para comer al mediodía y puntuales descansos. Así pasaría cada día del año hasta que le llegase la jubilación, viendo todas las mañanas las mismas feas caras somnolientas en el autobús que les recogía a él y a sus compañeros.

No había, que pudiera decirse, un solo gran dolor en la vida de Vitali; más bien, una acumulación de pequeñas miserias catalizadas por la guerra. El soldado que ha estado en el frente nunca recupera la paz interior; el más absoluto de los silencios le da miedo y allí, sentado en la silla, Vitali era un Sócrates esperando la cicuta. No obstante, aunque las circunstancias materiales eran similares, le faltaba la entereza de espíritu del filósofo griego. Por eso, cuando el recién nacido Fiódor lloró abriendo por primera vez sus ojos azules, su padre, en la otra punta de la ciudad y también del universo, ni se inmutó. El bebé, en los rudos brazos de la matrona, era un estorbo para él, quien se suponía que habría de protegerle de los males del mundo. «Otra maldita boca que alimentar», se dijo Vitali para sus adentros mientras removía las patatas. Katerina, derrotada, cerraba los ojos por el esfuerzo de volver a dar a luz. Lera, bendita niña, se apretaba fuertemente contra el pecho de su padre, un extraño en la familia.

Vistos en perspectiva, los primeros años de la infancia de Fiódor dieron como fruto a un niño de sonrisas inocentes que tenía el sol en la mirada. Pero poco a poco, a base de los palos de su padre, aprendió a recelar de los demás, se fue torciendo, cultivando un resentimiento pastoso. Mientras que a otros niños se les enseñaba que la vida es algo mágico, Vitali, entre palizas a su hijo y borracheras nocturnas, le quebraba la infancia al tiempo que buscaba el equilibrio siendo un padre amoroso con Lera, aunque esta era consciente de la miasma maligna en la que se criaba.

Fiódor, el niño no deseado, conservó por siempre en su memoria (y en su frente despejada) cada insulto y cada golpe de su padre. Aquella fue la sustancia que formó sus primeros recuerdos, lo que tiempo después calificó de «el origen de la ira». Vitali se encargó de dar cuerpo a lo peor de su instinto animal, preparando el terreno para que los profesores en la escuela se complaciesen en recordarle continuamente a aquel pato que no podía volar lo malo que era. Lera, sin buscarlo, brillaba; Fiódor, sin poder evitarlo, fue un niño arrinconado.

Katerina, la madre de preciosos ojos grises que tenía la sagrada misión de cuidarle, pasaba las horas muertas sentada en un modesto sillón que había conocido tiempos mejores. Nadie tenía derecho a decirle que debía sonreír, por lo que se limitaba a apoyar las palmas de las manos en las rodillas, las piernas bien juntas, reconfortándose por tener marido. Murmuraba cosas en voz muy baja, perdida en el pobre manejo de sus emociones.

—Que mi Vitali no mire a otra. Que siempre me encuentre deseable, que nunca se marchiten las flores en nuestro hogar. —«Y que Fiódor se muera si hace falta», le faltaba apostillar.

Faltó poco para que el 14 de febrero de 1969, justo el día en que comenzaba el campeonato mundial de ajedrez, Vitali matase a su hijo. Tigrán Petrosián, el entonces vigente campeón, defendía su título ante el joven Borís Vasílievich Spaski, quien se caracterizaba por ser un verso libre que causaba gran nerviosismo entre las anquilosadas autoridades soviéticas. Petrosián era el adalid del juego profiláctico, un constructor de defensas inexpugnables que hacía de la entrega de la torre por una pieza menor enemiga su sello de ajedrecista. Las estructuras defensivas que conseguía con esas entregas de material recibían el nombre de «fortalezas» y, merced a su fina comprensión del juego a largo plazo y de una sobrenatural habilidad para percibir el peligro, era raro verle perder una partida, por muy desesperada que pareciese su posición. Spaski, en cambio, estaba tocado por los dioses con un «estilo universal», la capacidad de adaptarse a cualquier rival, una suerte de habilidad camaleónica para desenvolverse cómodamente tanto en partidas tranquilas como en aquellas en las que el tablero parece estar en llamas. El alejamiento de la ortodoxia por parte de Spaski, además de la rebeldía de sus insolentes mechones de pelo y de sus indisimuladas salidas de tono, no era del agrado de los comisarios del Partido Comunista, quienes percibían a Petrosián como un hombre menos quisquilloso. Estas eran cosas que no deberían haber afectado a la relación entre Vitali Vasíliev y su hijo Fiódor, pero el dedo huesudo del destino les había señalado.

Sucedió en la escuela n.º 6 de Járkov, donde estudiaba el

pequeño Fiódor. El desencadenante fue una riña con Anton Oliynik, otro imberbe de once años con el que siempre andaba pugnando. Se tenían ganas, la cosa venía de lejos.

—Mi abuelo dice que Petrosián ganará sin despeinarse.

Anton hizo el comentario durante un descanso de la clase extraescolar de ajedrez, pavoneándose con el uniforme azul marino de pionero delante de un grupo de chicas entre las que destacaba por su belleza Bogdana Koval, quien le miraba con las mejillas arreboladas y de la que a su vez Fiódor Vasíliev estaba secretamente enamorado. Lo llevaba en silencio bajo siete llaves en su corazón de niño, porque Bogdana, tan guapa, era a sus ojos una esfinge indescifrable. No sabía aún verbalizar las cualidades del aura de belleza de su compañera de escuela, mas era consciente de que en su presencia sus pies se movían solos al son de una melodía compuesta para hechizarle. Sería tal vez porque a Bogdana le quedaba de maravilla el uniforme marrón con delantal negro; sería quizá porque sus hombros redondeados de niña aún no conocían el mal. En la imaginación enamoradiza de Fiódor, Bogdana podría haber dejado abierta la llave del gas del piso de sus padres, volarlo por los aires, y nadie se lo habría reprochado.

—Borís Vasílievich va a destrozar a ese armenio engreído. —Fiódor saltó en defensa de Spaski con el pecho abierto a las balas—. ¡Tu abuelo es un paleto que no sabe distinguir un alfil de un caballo! ¡El paleto Anton y su abuelo el paleto!

Cogido por sorpresa, el interpelado trató de defender la honra del célebre campeón de origen armenio y, naturalmente, de su abuelo:

—¿A que te pego con el tablero y luego llorarás?

Las piezas volaron. Los niños gritaron «¡pelea, pelea!» y, aunque Georgiy Tkachenko, el profesor, separó rápidamente a los muchachos, a Anton le bastó para patear la barriga y partirle el labio de un puñetazo a Fiódor. El golpe hizo que este perdiese el equilibrio, cayendo al duro suelo.

—¡Ganará Spaski! —Fiódor se limpió de la boca un hilillo de sangre que le caía sobre la bragueta. Componía con su corbata roja de pionero sobre la camisa blanca una figura caída pero no vencida, pues la prenda daba cuenta de que ya no era un «Pequeño de Octubre», sustituyendo como era preceptivo a la chapita estrellada con la foto de Lenin de niño.

—¡A la pared! ¡Todos a la pared, ahora! —gritó el profesor Tkachenko, furioso—. ¡He dicho «ahora»!

Pero Bogdana, al contrario que los demás, desobedeció. Se quedó petrificada mirando a los ojos a Fiódor. En aquella mirada, humillado delante de toda la clase, Fiódor encontró por primera vez una rendija que le abría camino a los sentimientos de su enamorada. Y viendo que ella no pestañeaba, respiró entrecortadamente bajo el encantamiento de esos ojos que le tenían subyugado, pues estaba teniendo su primera erección.

—¡Retira lo que has dicho! —exigió Anton.

—¡Tu abuelo en bragas!

El instinto animal se apoderó de Anton Oliynik. Su rostro desencajado era la viva imagen de la ira, del Aquileo redivivo que llora porque, de no hacerlo, su furia incontenible esparciría la muerte sin miramientos. Dio un tirón, escapó del agarre de Tkachenko, apartó a Bogdana de un empujón y se abalanzó sobre Fiódor. Este a su vez recibió la lluvia de golpes rechinando los dientes. La oscuridad que llevaba dentro, que le carcomía, no había sacerdote que la exorcizase. No derramó ni una lágrima.

La trifulca estudiantil se acabó solucionando con una nota a los padres en la libreta de los dos chicos, el castigo escolar más temido por los niños de Járkov. «Pues no me ha ido tan mal...», la idea fue cobrando fuerza en la mente de Fiódor de camino a casa, en el barrio obrero de Pavlovo Pole. Se llevó la mano derecha a un amplio moratón que le cubría una parte importante del abdomen; cualquier otro niño se habría echado a llorar, mas a él no le salía. Era la segunda vez en lo que iba de día que Fiódor podría haberse roto. Lo que, con el sabor a sangre que notaba al pasarse la lengua por el labio, le provocó sensaciones contrapuestas: por duro que los demás pegasen no iba a quitarse de en medio. Para colmo se encontró de cara con Kalina Melnik, una viuda de mediana edad que tenía dos hijos mayores que él y por los que Fiódor no sentía la menor simpatía.

—Vasíliev, ¿te has vuelto a pelear?

Fiódor desapareció de su vista como un chubasco de verano. Entró en el portal. Abrió. Empezó a subir las escaleras que llevaban al humilde piso de sus padres sin levantar la cabeza. «Soy una garrapata —se dijo—, pero hasta las garrapatas tenemos derecho a vivir». A cada paso, el pañuelo le apretaba más y más el cuello. Esa sensación de perder todas las partidas y no encontrar su lugar en el mundo era el contrapunto al sentimiento de orgullo de sus compañeros de ceremonia en el Palacio de Pioneros, donde habían ganado el derecho a portar el pañuelo, como peones que llegan a la octava fila en un tablero de ajedrez. Era consciente de que él, ya fuese entre la gente o en casa de sus padres, no encajaba: cada paso en las escaleras se le antojaba más pesado, más lento que el anterior. La sangre de las piernas se le estaba haciendo cemento. «¡Cómo duelen mis pies de árbol!».

Fiódor se plantó ante la puerta de madera basta. Olía a patatas hervidas. Se le descompuso el rostro cuando vio quién descorría el pasador. No podía ser su complaciente madre, no; tenía que ser su padre, quien, botella en mano y visiblemente borracho, apoyó con dificultad el hombro en el quicio de la puerta para cogerle de la pechera y meterle en casa a empujones.

El maltrato cruzó el umbral del desencanto, a Fiódor se le prendió el pensamiento de ideas extrañas: ya no hubo vuelta atrás. Se le ocurrió que el salón, como el resto de las habitaciones, vino montado de fábrica antes de que él naciese, por lo que podía haber sido el de cualquier otro piso y ni se hubiese enterado. Había multitud de edificios iguales construidos a raíz del gran problema de vivienda que produjo la guerra. Recordó que le habían dicho en clase que esos pisos tenían una altura de techos de 2,6 m, ni un centímetro de más ni de menos, un dato de erudición que, si bien a él le traía sin cuidado, revelaba mucho sobre el afán de las autoridades por estandarizar. Que todos los pisos del barrio de Pavlovo Pole fuesen clónicos no significaba que en su interior pasasen las mismas cosas. A ojos del mundo occidental costaba entender que allí no residían robots, sino que aquel conjunto de almas de la populosa Járkov gozaba de libre albedrío.

—¿Qué miras, sa-sabandija?

Fiódor no abrió la boca. Se limitó a sacar la libreta de la cartera, con la vana esperanza de que los efluvios del alcohol obrasen el milagro de que su padre firmase a la ligera la nota del profesor Tkachenko.

Pero no, Vitali le cruzó la cara. Fue una bofetada con el dorso de la mano, para que sintiese el peso del anillo de casado en la mejilla, que le quedó marcada.

Fiódor, los dientes apretados, no lloró. Por tercera vez en lo que había dado de sí el día, lo que le quedase de fe en la humanidad se revolvía en sus adentros. «Tengo un tiro. Tengo un solo tiro en la vida y no seré débil ante nadie. Menos, ante ti».

—¿Peleándote en la escuela, pe-pedazo de mierda?

Otro bofetón, que nadie quiso oír tras aquellas paredes finas. Pero su venganza contra todos empezaba a tomar cuerpo: el tartamudeo de su padre ya no le daba miedo. Más bien le sonaba al trino de un pajarillo bobalicón, ignorante de que le van a retorcer el pescuezo.

Las palizas seguían una lógica perversa: del mismo modo en que el Estado había construido los pisos del barrio, Vitali le construía la personalidad, aunque las intenciones de ambos actos fuesen muy distintas.

La reacción de su padre al ver la nota no se había salido de lo esperado. Vitali, tan estricto y exigente con su hijo como benevolente con sus propias carencias en tanto que esposo y padre, se dejó llevar por la violencia que le exudaban las tripas. Cruel y desproporcionado, tomó a Fiódor de los pelos lanzándole contra el sofá.

—¡Me a-avergüenzas!

Vitali pegaba mejor que escupía las palabras, no en vano había aprendido a boxear en el ejército. Se quitó el cinturón. Le reventaba que Fiódor, ahora con los ojos abiertamente acusadores y los dedos crispados, le retase con la mirada. Dios había abandonado al pequeño mártir pero, aunque su dialéctica silenciosa no iba a librarle de la paliza, le dio igual porque en definitiva ya no estaba allí. Lo único que su padre podía golpear era el cascarón de su cuerpo. Fiódor acababa de aprender a filtrarse entre los azotes con la correa, a escurrirse como una brisa traviesa para huir del tormento. «¡No puedes escapar!», el chasquido del cuero al besar su piel quiso atraparle, sin conseguirlo. «Pégame ahora que puedes, porque yo, algún día, bailaré sobre tu tumba», se juró el chico antes de perder el conocimiento.

El silencio gobernó el pequeño salón, la parte noble del angosto *jrushchevka*,* donde se hacía vida y Fiódor y Lera compartían sofá por las noches. Ella, aunque procuraba no molestar, abría mucho las piernas en cuanto se dormía y Fiódor, incómodo, se acurrucaba en el extremo que daba a la pared. No era un niño que buscase el contacto humano, sino que este le repelía (excepto en casos muy concretos, pero solo si era él quien llevaba la iniciativa de tocar a la otra persona). Era muy celoso de su intimidad, se le revolvía el estómago ante la idea de que los demás, incluida Lera, violasen su espacio vital. Por cosas como esa a los hijos de los obreros se les marchitaba la existencia en la esperanza de salir de aquellos pisos tan modestos. Aspiraban a que el Gobierno adjudicase a sus padres un *stalinka*, con paredes altas y la suficiente anchura para sentirse cómodos. Aquellos pisos diseñados para la élite en el centro de Járkov eran el sueño de todos, pero solo algunos lo lograban.

Katerina entró discretamente, canturreando para sus adentros. Se abrazó al cuerpo inerte de su niño, sin hacer re-

* Pequeños pisos para la clase trabajadora, cuya denominación viene del nombre del dirigente de la Unión Soviética Nikita Jrushchov.

proches a Vitali, y tomó una profunda bocanada de aire. «Todo está bien en casa». Al hijo que había criado con tanto amor aún le latía el corazón, pero con poca fuerza. «Vitali, ¿qué has hecho?», le habría dicho a su marido en una realidad paralela y él, al menos, tuvo la decencia de no decir nada. Lera, acurrucada en la bañera, se arañaba los muslos con fiereza porque se sentía culpable.

—Vo-voy a dar una vu-vuelta... —balbuceó Vitali en voz queda, rascándose la oreja.

Fiódor, por supuesto, no oyó a su padre salir dando un portazo, ni a su madre susurrándole al oído una tierna canción de cuna:

Ha llegado la hora de arrepentirse.
Así que acuéstate, niño, duerme,
un ángel guarda tu sueño nocturno.

Tardó un pequeño universo de agonía en despertar. ¿Cuánto? Imposible decirlo, hasta que abrió los ojos y sonriendo la miró, pues ahí estaba ella: en la expresión beatífica de Katerina el niño maltratado hallaba la bondad radiante del mismo sol.

—No se lo tengas en cuenta, que tu padre fue un héroe en la guerra contra los nazis. Es duro con nosotros porque nos quiere —le dijo al oído para que no les oyese nadie.

La belleza, atributo innegable de Katerina, no eclipsaba lo dramático de su situación. Arrugó la nariz, un gesto que acentuaba el misterio de sus ojos grises; el cabello de su madre le caía a Fiódor en las mejillas formando espirales perfectas.

El niño fue despertando con el roce suave y cálido de la

piel de su Katerina, una experiencia maravillosa que le protegió del hombre al que tanto odiaba y a quien en su mente nunca más volvió a llamar «padre». En un mundo cruel ella simbolizaba lo mejor que podía dar la especie humana y si había de ser para alguien solo sería para él, aunque su madre no lo supiese todavía. «¡Oh, mamá, ¿y si quizá hubiese sido mejor no haber nacido?». En el suelo reposaba la libreta, abierta por la página de la nota del profesor Tkachenko, que Katerina se apresto a firmar como si en el salón de casa no hubiese pasado nada.

La suerte sonrió al pequeño Fiódor apenas un año después. Sucedió al poco de clarear la décima mañana del mes de abril, en lo que los mentideros de Járkov relataron a escondidas como un cuento perturbador. Vitali en el almacén llevaba piezas de maquinaria de acá para allá cuando una hélice, girando a altas velocidades sobre una plataforma a la que de ninguna manera debería haberse acercado tanto, le atrapó. Los bordes filosos de la máquina despedazaron sus miembros con una eficacia implacable, esparciendo partes de su cuerpo por toda la nave. El desmembramiento fue una muerte «limpia», pues de tan rápida a Vitali no le dio tiempo ni a gritar, por lo que no molestó inicialmente a nadie. Su despedida del mundo de los vivos fue un chop, chop, chop, chop, chop sordo, propio de un niño pisando charcos con las botas de agua. Luego, el caos. Sus compañeros se llevaron las manos a la cabeza al ver lo que había sucedido. Los que tenían menos control de sí mismos vomitaron. Lo único que pudieron hacer por él fue recoger sus restos lo más dignamente posible en cubos. El olor a hierro, a matadero, perduró; el comportamiento abyecto de Vitali Vasíliev, por fortuna para los suyos, pasó a ser historia.

La virtuosa Katerina se quedó en estado de shock cuando recibió la llamada del jefe de almacén. Se derrumbó, enredada en el cable del teléfono de góndola, con su proyecto de vida hecho añicos en una mala mañana. Trató de entender lo que había pasado, pidiéndole que le repitiese todo una y otra vez por si en la repetición cambiaba algo y esa noche volvía a tener a su marido en casa. Las preguntas se le acumularon en el vallar de los dientes, mas las respuestas fueron las que fueron, pues no había más. «Mi buen esposo, ¿qué será de nosotros sin ti?». La Morózov de Járkov cerró el resto del día, pero a la mañana siguiente se restablecieron los turnos: la Unión Soviética podía permitirse prescindir de hombres como Vitali Vasíliev, pero no de los carros de combate. El poderoso tanque Oby'ject 190, por entonces aún en fase experimental, estaba en ciernes de convertirse en el orgullo de la poderosa fábrica de armamento ucraniana. Junto a la hélice, ya reluciente, un girasol, en triste recuerdo del compañero, de cómo Dios puede cobrarse la vida de un hombre en cualquier momento. Así, el mismo día de 1970 en el que Paul McCartney anunció la separación de los Beatles dejando huérfano al mundo, a Fiódor se le liberó del yugo insoportable de su padre. Para él, tan niño y a la vez tan consciente de las serendipias, fue como si la caprichosa Caissa, diosa musa del ajedrez, aceptase un sacrificio de sangre para bendecir su pasión por el juego-ciencia.

Ese mismo abril, con el ambiente familiar menos tenso tras guardar el debido duelo, Fiódor se escapó una noche de casa. Salió sin hacer ruido, como los gatos, para no despertar a su madre: solo Lera se percató de sus movimientos a hurtadillas, pero la conminó a guardar silencio llevándose el índice a los labios. Ella obedeció, se dio media vuelta en el sofá y quedó de cara a la pared, lo que hacía cuando le asaltaban los malos sueños.

Fiódor cerró la puerta principal con cuidado; la atmósfera cargada amenazaba tormenta en el cielo de Járkov. Llegó a la calle. Sintió un golpe de frío. Se encogió de hombros, circunspecto, recibiendo en la cara los manotazos implacables del viento y las tímidas gotas de lluvia que empezaban a caer. Deambuló en solitario por tiempo indefinido.

El empedrado ocultaba sus huellas, la luna de plata le mostraba el camino. Llegó por fin al lugar que buscaba: el cementerio 18. Envalentonado, se dirigió a la verja perimetral del camposanto. «Habrá que trepar», se dijo al tiempo que se llevaba las manos a las rodillas, heladas, y se las frotó.

El pequeño Fiódor estaba convencido de haber tomado la decisión correcta, por mucho que, con el estado de fragilidad emocional en el que se encontraba su madre, se esperase de él un comportamiento más convencional. Sin embargo no miró atrás. Se encaramó a la verja ágilmente confiando en sus habilidades. Luego, tras un salto felino, cayó sobre uno de los abundantes charcos que empezaban a formarse. En él vio su imagen embarrada, malencarada. Siguió avanzando hasta llegar a la sección militar.

Los muertos moraban en sus tumbas sin importarles los asuntos que rondaban a los vivos. Las luces que iluminaban mortecinamente las escasas farolas del cementerio le sirvieron para guiarse, más allá de seguir un sendero. Al fin dio con el rectángulo de tierra removida en el que reposaban los restos del malogrado Vitali.

Fiódor se detuvo. Estaba en pie, aterido de frío y calado hasta los huesos, temblando. A sus doce años componía una figura fantasmal, con la ropa sucia y gélida pegada a su cuerpo, entumecido, con el agua de lluvia enmarañándole los cabellos y cayéndole a chorros por las mejillas, tan pálidas aquella noche. Entonces dio un alarido, extendió los brazos como si abrazase a la noche, aulló como un lobito furioso... y bailó sobre la tumba de su padre.

2

Distinto a los demás

> Siempre he sentido un poco de lástima hacia aquellas personas que no han conocido el ajedrez; justamente lo mismo que siento por quien no ha sido embriagado por el amor. El ajedrez, como el amor, como la música, tiene la virtud de hacer feliz al hombre.
>
> SIEGBERT TARRASCH (1862-1934),
> conocido como el Maestro de Alemania

A Lera le gustaba pasear a solas dando una larga caminata hasta el parque Shevchenko, sin ser consciente de que sus suaves hombros redondeados despertaban anhelos en los hombres que admiraban su espigada figura de preuniversitaria. Había desarrollado una belleza discreta, un tanto cadavérica, en la que destacaba un cuello largo que sostenía su cabeza con garbo. Conservaba la mirada prístina de la niñez al tiempo que su voz aterciopelada rompía corazones sin proponérselo. Parecía una Odette de manos de nieve, dotada de la gracia divina que tienen las personas de salud frágil. Y aunque llevaba unos meses sintiendo que su alma se desvanecía, pues le dolían las piernas y le costaba mucho hacer cosas por rutina, se lo calló para no molestar.

Una tarde enamoradiza de mayo, cumplido el primer aniversario del accidente que había segado la vida de su padre, la etérea Lera se detuvo frente a una casa de empeño. Acababa de comenzar la semana y tenía en mente la idea de comprar algo para su hermano, cuyo carácter estaba tomando un tono ceniciento que opacaba su alegría natural. Fiódor se estaba ganando fama de chico raro en el vecindario, no se le conocían amigos ni se dejaba ver con chicas. Era a ojos de los demás un ermitaño adolescente.

—Bienvenida, señorita.

El saludo del dependiente tras el pertinente mostrador de madera desgastada fue escueto, acompañado por el gesto de acomodarse una gorra de tela azul. Por su bigote incipiente, se diría que no tenía más de dieciocho años. La atmósfera del pequeño negocio sugería que antes de la guerra contra los alemanes allí se había atendido a clientes distinguidos. No obstante la evidente decadencia, algunos de los objetos a la venta atesoraban perceptibles dosis de gen aristocrático. Entre ellos un bonito tablero de ajedrez damasquinado hecho en palisandro.

—Buenas tardes, señor. ¿Qué precio tiene este tablero? —Lera fue al grano, la vista puesta en el bonito damasquinado.

—Quince rublos. Demasiado poco, porque perteneció a Yákiv Kujarenko, pero el anterior dueño vendió las piezas y nadie quiere tableros de segunda mano... —se lamentó el dependiente, como si la joven le estuviese haciendo un favor—. ¿Le interesan los objetos que tienen una historia detrás? Puedo mostrarle unos sellos... Tenemos una tirada con motivo de la restauración de la fábrica de tractores a muy buen precio.

A Lera le importaban poco los sellos. No es que despreciase la filatelia, por otra parte una afición digna de encomio, pero había caído rendida al encanto del tablero damasquinado, testigo de mil batallas incruentas, celador de secretos inconfesables en sesenta y cuatro casillas. En lo que concernía a Kujarenko, el nombre del célebre militar cosaco y escritor no le era desconocido, aunque no era capaz de citar ninguna de sus obras. ¿Cómo obviar el llamado del destino? Se imaginó a su hermano, los ojos bien abiertos ante la belleza de una falange de peones en movimiento al asalto del enroque enemigo, escuchando extasiado lo que el fantasma de Kujarenko le susurrase al oído, acaso maniobras que solo la mente entrenada de Fiódor podría comprender.

—Solo tengo ocho rublos... —Rebuscó monedas en los bolsillos con sus dedos de garza.

El vendedor se cruzó de brazos; Lera se sintió escrutada hasta las entrañas por aquella esfinge, cual si la estuviese acusando de un crimen imperdonable. El joven era consciente de que los clientes escaseaban. «A ver cómo se lo explico a mi padre», barruntó, al tiempo que arrugó la frente y su sonrisa hierática, que había quedado suspendida en el tiempo, comenzó a descongelarse.

—Buenos son. —Dio su brazo a torcer—. Cogeré los ocho rublos, pero solo si me acepta una cita. Me llamo Havril. ¿Le apetece dar un paseo el domingo? Podríamos ir a la feria.

Lera en primera instancia no dijo nada, pues no supo descifrar si el comentario había sido una puñalada o una caricia, aquel manantial de emociones le resultaba imposible de asimilar. De haberse quedado allí más tiempo podría haber sido bendecida con una lluvia de besos o abandonada a la fría indiferencia. Aturdida, reaccionó como pudo:

—Lera. A las once estará bien.

Dejó el dinero sobre el mostrador, abrazó el tablero damasquinado como quien se aferra a una sinestesia, corrió a casa con el vetusto tesoro recién adquirido y el pensamiento prendido en una emoción nueva. Que la historia sobre Kujarenko fuese cierta o no tenía una importancia relativa: Lera no se detenía a valorar si el que las historias sean verdaderas o inventadas altera el universo. Para ella solo eran palabras en tránsito que a su vez la impulsaban a seguir luchando cuando la victoria del espíritu sobre la materia era imposible. Las continuas metamorfosis de aquel trozo de madera encerraban un misterio místico: el paso de la semilla al árbol, del árbol al tablón, del tablón al tablero damasquinado y, en aquel instante mágico, del tablero damasquinado a objeto de poder, dotado de alma propia. En cuanto a las piezas, Lera tenía en mente un juego que su madre guardaba en una bolsa.

Fiódor, la mirada perdida, esperaba a su hermana en un banco. Observando a las gentes pasar parecía un chico más, uno de tantos, quemando el resto de tarde. Fue al verla llegar que se le quitaron las ganas de seguir ejerciendo de diletante.

—¡Lera! ¡Lera! —Alzó los brazos para que le viese.

La joven no pudo ocultar su alborozo, pues su hermano era su talón de Aquiles, lo que le dolía cuando nadie miraba y se refugiaba en la bañera. El sentimiento de culpa no desaparecía con el paso de los años, había arraigado como una mala hierba lo hace en un jardín de rosas descuidado, lo mismo que el entumecimiento que se iba apoderando progresivamente de sus extremidades. Se acercó a Fiódor, sonriendo.

—¿Quieres que vayamos al parque? Me gustaría enseñarte algo.

Fiódor asintió, mostrando la hilera de dientes que había aprendido a enseñar cuando quería algo de los demás. Estrechó levemente las comisuras de los párpados, acentuando la credibilidad de su gesto.

Hicieron el camino al parque cogidos de la mano. En el espacio imaginario que mediaba entre la mirada taciturna de él y la sonrisa franca de ella se perdía, de alguna manera difícil de explicar, la complicidad entre los hermanos, su centro de gravedad. A sus trece años se podía entrever el tipo de persona en la que Fiódor se estaba convirtiendo. A vista de todos era un ser introspectivo, lo que le confería un aura seductora. Hay niños que, como capullos de esperanza, enderezan su camino al abrigo de un entorno benevolente; Fiódor en cambio tenía su naturaleza sentenciada. Los remordimientos, como un todo vacío, carecían de sentido para él. A veces le pasaban cosas que deberían hacerle llorar, pero su instinto animal le ayudaba a sobrellevarlas. Aunque el azar ciego puede llegar a decidir el destino de una persona en particular, a Fiódor le asistía su vigorosa capacidad de resiliencia.

Lera y Fiódor se adentraron en el parque Shevchenko. En el margen derecho del camino principal destacaba una fuente en la que una bandada de palomas se reflejaba para regocijo de los niños que se embelesaban mirando las aguas mansas e imitando el zureo de las aves.

Tomaron asiento en un banco de madera, de los muchos que estaban desperdigados por aquel parque cuyo nombre homenajeaba a uno de los fundadores de la literatura moderna ucraniana. A su alrededor, las ramas de los árboles tejían un hermoso tapiz verde, mecidas por el viento, protegiéndoles del sol. Las hojas se desenrollaron en una sinfonía de labios susurrantes, encaprichadas de Lera. En general, los árboles ofrecían buenos consejos a las gentes de Járkov, pero a Fiódor le estaba negada esa conexión con la naturaleza. El vínculo mágico no era para él y, aunque pudiera parecer contradictorio, lo aceptaba, porque era coherente con su idea de equilibrio entre todas las cosas que hay en el mundo: oía el sonido de los árboles como cualquier mortal, pero era incapaz de desentrañar su significado.

—Mira lo que te he comprado… —Lera, agotada por el pequeño paseo, se masajeó disimuladamente los muslos. Luego sacó el tablero de ajedrez damasquinado de una bolsa grande en que lo llevaba—. He pensado que ya era hora de que tuvieses tu propio tablero. ¿Te gusta?

Fiódor lo sostuvo con las dos manos. Estaba fascinado, incapaz de romper el silencio con palabras que empañasen la rutilante marquetería de su nuevo objeto de deseo. Sentía el impulso feroz de poseerlo, al tiempo que le seducía la finura con la que se había trabajado la madera. Se imaginó con él, machacando al imbécil de Anton Oliynik, destrozando con las piezas blancas su Defensa Francesa. Le sometería con la severa disciplina de su peón de rey, cual alba luminaria que cruzara el cielo de Járkov en noche cerrada. De esta manera, impresionaría fuertemente a Bogdana Koval.

—¿Es para mí, Lerochka? ¿Para mí?

Los árboles protegían a los hermanos del sol brillante; un punto de luz llameó sobre la superficie de las aguas inquietas desde las que Fiódor observaba el mundo.

—Todo tuyo, para que hagas tu mejor ajedrez.

Entonces Lera se cubrió los hombros con la magia del momento, confiándole a su hermano la historia del tablero damasquinado.

—¿Kujarenko era bueno al ajedrez? Yo no quiero el tablero de un perdedor...

Fiódor no estaba dispuesto a depositar su confianza en el tablero damasquinado solo por su bonito aspecto o porque tuviese detrás una historia interesante, del mismo modo que nunca había confiado en las sonrisas de los extraños. No tenía un padre que le guiase los pasos ni una madre capaz de amarle como merecía: el tablero damasquinado, si iba a ayudarle a conquistar su estrella, no podía ser un trozo de madera cualquiera. Esa era una verdad universal, inalterable, lógica, que no estaba dispuesto a negociar. Todo ajedrecista, independientemente de su nivel en el juego-ciencia, tiene SU tablero, una suerte de amado confidente al que dedica incontables horas de estudio en soledad. Ya puede caerse el mundo, que nunca le abandonará. Poco importan el modelo, la antigüedad, el estado de conservación..., ese compañero leal, que a menudo pasa de abuelos a nietos, le acompañará hasta la muerte, como el suyo a Napoleón Bonaparte durante su destierro en la isla de Santa Elena. Las heridas de una mala preparación en la apertura sangrarán, a veces durante años, hasta que el ajedrecista dé con la clave que, como un secreto revelado al creyente, le haga exclamar «¡Aleluya!».

—Vas a tener que descubrirlo por ti mismo —le dijo Lera—. Creo que era muy bueno, porque fue jefe de Estado Mayor. Pero no sé mucho más de él, la verdad.

Fiódor asintió.

—He pensado que podemos tener una tradición de hermanos.

—¿Cuál?

—Tarde de juegos divertidos en el parque. ¿Qué te parece?

—Ajedrez —respondió Fiódor—. El ajedrez es divertido. —«Y me ayudará a conseguir a Bogdana», se abstuvo de decir, aunque bien que lo pensó.

Una ráfaga de viento se enseñoreó de la hojarasca, se formó un pequeño remolino. Lera recordó que su hermano iba a estrenarse en la competición ese mismo viernes a las seis de la tarde.

—¿Cómo lo llevas? ¿Sientes el gusanillo en el estómago?

—¿Vendrás a mi primera partida? —El hachazo de Fiódor fue directo.

—No me la perdería por nada.

—¡Júralo!

Lera, aunque preocupada por el dolor persistente en las piernas, estaba en una nube, deseaba que el momento durase eternamente. Alzó la mano derecha para realizar el juramento, con solemnidad.

—Que me muera ahora mismo si falto a mi palabra.

Hizo un alto, como si mirase detrás de una esquina, para explorar las inquietudes de su hermano. A su vez, reconociéndose en los ojos inocentes de Lera, Fiódor hizo la pregunta que de siempre le quitaba el sueño. La pregunta que le atormentaba a escondidas. La pregunta que le devoraba las entrañas:

—¿Por qué soy distinto a los demás?

Cada ciudad tiene sus locos. Estos vienen y van cargando con su drama, que a veces se expresa en un hilo de voz. Lera abrazó con fuerza a Fiódor, buscó inspiración llenando sus pulmones del aire fresco de los árboles del parque Shevchenko. Le preocupaba el peso que la respuesta a esa pregunta podía tener sobre los hombros de su hermano, no fuese a ser que se los quebrase para siempre o que, de alguna manera que ignoraba pero presentía, le causase curvatura, por lo que la gente le señalaría con el dedo: «¡Mirad, por allí va el jorobado Vasíliev, con la chepa del pecado a cuestas! ¡No se pone derecho por mucho que se estire!».

Todos venimos de un vacío y al vacío de alguien seremos arrojados algún día. Tratamos de llenar ese vacío por rutina, a manotazos contra las aguas profundas de la eternidad, donde acabaremos ahogados y, olvidados, guardaremos silencio. Fiódor hubiese dado años de su vida por tener la oportunidad de formar parte del conjunto de cosas y de seres humanos, por no sentirse rechazado. No es que buscase ser uno más, nada más lejos de su intención: la queja de Fiódor era que no se le había dado la oportunidad de haber sido otra persona y pasar, entre la gente, desapercibido, especialmente para sí mismo.

—Nunca hablamos de cómo te sientes desde que padre tuvo el accidente...

Fiódor esquivó conscientemente la mirada de Lera. No le gustaba el tema, prefería dedicarle atención a su tablero.

—Somos hermanos, Fiódor. Sentimos lo mismo. Si a ti te duele un brazo, a mí también me duele; si te duele el corazón, el mío también sufre. ¿Me comprendes?

Fiódor se quedó mirando a su hermana con los ojos muy abiertos, vidriosos. Estaba callado y podría haber permanecido así el resto de la tarde. Puso sus manos infantiles en las de ella, cándidamente. Lo que Lera estaba tratando de decirle le daba igual. No la detestaba, pues a veces le regalaba cosas bonitas, como el tablero damasquinado, pero no encontraba mucho en lo que escarbar más allá de ahí. Besaba sus mejillas todos los días, cuando tocaba, porque es lo que hacen los buenos hermanos, mas no se habría inmutado viéndola arder.

—¡Qué sed tengo últimamente! ¿Vamos a la fuente? —le propuso su hermana, quien llevaba una temporada larga bebiendo más agua de lo normal—. ¡Cuanta más agua bebo, más sed tengo!

Los días de escuela pasaban a cámara lenta para Fiódor, que se aburría soberanamente en clase. Le hastiaban sus profesores, aún más de lo que odiaba las lecciones soporíferas que un día sí y otro también agostaban su talento. De todas las materias, solo encontraba desafiante la extraescolar de ajedrez. Ambicionaba lucirse ante Bogdana, quien parecía tener ojos únicamente para su archienemigo Anton Oliynik. En su mente de joven que empieza a destacar en el manejo de los trebejos (porque, a decir verdad, el ajedrez se le daba muy bien), se fue concretando un sueño: tocar la gloria del vencedor, proclamarse campeón del mundo. El éxito iba a funcionarle como un imán que le daría no solo a Bogdana, sino que le facilitaría el control sobre todas las malas personas que la vida le iba interponiendo en el camino. Para ello, por supuesto, necesitaba acompañar esa mole de trabajo con una gran dosis de talento, pero esa era la menor de sus preocupaciones, porque se sentía bendecido por una especie de fuerza sobrenatural. «No será en vano que llevo el nombre de un buen número de zares. ¡Y de Dostoievski!».

Mas algo continuaba fallando en él, pese a tener la manera y las intenciones de salir adelante. Seguía sin relacionarse con otros chicos, no congeniaban. No hablaba de sus cosas, no se abría a nadie. Por eso, cuando le llegó la oportunidad de exhibirse en el campeonato escolar de ajedrez sub-14 de Járkov, Fiódor puso todas sus neuronas a trabajar como si la vida le fuese en ello.

—¡Pueden comenzar las partidas!

Viernes, 14 de mayo de 1971. El señor Marko Litvinenko, árbitro principal, rompió los murmullos que se habían adueñado del pabellón de baloncesto del Spartak, imponiendo un manto de silencio que extendió con mirada señorial. Los cinco árbitros auxiliares tenían una visión privilegiada de los rostros de los niños y niñas que iban a poner a prueba la firmeza de sus ilusiones. Las emociones se mostraban en sus rostros, unos con cara de esperar lo mejor y otros con miedo a hundirse en la vergüenza.

Fiódor, con las piezas negras, planteó una Defensa Siciliana, que pronto derivó en la atrevida variante del Dragón. La perfecta disposición mayestática de los ocho peones negros formando la cola del dragón, ¡que parecen moverse, enroscarse, desafiar a los dioses!, en bella analogía con la constelación del mismo nombre, inspira a los ajedrecistas que se buscan en el riesgo. Él no necesitaba razones ni quería que se las dijesen, porque le herían. Aunque fuesen buenas para él, a juicio de los demás se consagraba a una lucha sin cuartel, así en el ajedrez como en la vida. Las personas como Fiódor no eligen ser como son, era algo con lo que debería vivir cada día. Su oponente, un chico de nombre David Kovalenko, movía las piezas con la cadencia de olas batiendo un muelle. Ambos ejecutaron las primeras jugadas confiando en su memoria. Se entregaron, en suma, al destino.

En esos primeros movimientos, Fiódor había estado más pendiente del público asistente que de las intenciones de su rival. Buscó entre aquellas caras la de su hermana. No la encontró. «¿Dónde estás, Lera? ¿Qué puede haber en este mundo que te importe más que mi primera partida?». Un alfil advenedizo se instaló en c4, haciéndose con el dominio de la diagonal en la que se refugiaba su rey.

El medio juego transcurrió por los cauces típicos del ajedrez escolar: los dos hacían jugadas apoyándose en el cálculo, a corto plazo, más que en la estrategia, a medio-largo término, dejándose guiar por el brillo de las baratijas en lugar de buscar el tesoro de la verdad inherente a la posición. El intercambio de golpes fue violento, estaban jugando a cara de perro, se sentían fuertes. «Eres un mono con una granada, pero te voy a poner en tu sitio». El tictac de los relojes de ajedrez acompañaba la toma de decisiones de los pequeños ajedrecistas, que ponían cara de velocidad cada vez que hundían sus respectivos pulsadores para detener el avance de las manecillas de su esfera de tiempo.

Fiódor tomó su primera decisión de peso cuando le tocó escoger entre llevar a una columna libre de peones una de sus torres, pudiendo elegir con cuál de ellas hacerlo. «Aprovechad las columnas abiertas», recordó una idea recurrente de las clases de Tkachenko. Ahora bien, todas las personas que juegan al ajedrez saben que por mucho que lo mediten se equivocarán: la jugada buena siempre es llevar la otra torre, no la que están pensando. Fiódor conocía de sobra esa «maldición del ajedrecista», por lo que trató de proyectarse en el futuro, cuestionándose qué pasaría en ambos casos. En esa pequeña decisión se estaba jugando ganar o perder. Aunque el juego del ajedrez pueda parecer lento, quienes optan por la Dragón saben que solo sobreviven aquellos que se imbuyen del espíritu de la bestia legendaria: movilizan sus piezas con rapidez, asumen riesgos y se lanzan visceralmente sobre el rey enemigo. «¿Cuál llevo a la columna? No veo la diferencia... No veo la diferencia... ¿Y si muevo la que no es y me quedo pasivo? ¡Se me va a echar encima con todo!», se atormentó. Cerró los ojos. Parpadeó levemente. Tras unos segundos en los que la tensión se pudo palpar, sus pupilas buscaron la luz más allá de los párpados, ejecutó el movimiento en el tablero y, acto seguido, anotó la jugada en su planilla, donde quedaba registrada la partida. Suspiró, aliviado.

Pero no bastó. Era buen jugador de ajedrez, muy entusiasta, comprometido con el estudio de esta disciplina milenaria, pero en su destino no estaba escrito que ganase aquella partida. Se equivocó de torre. Una equivocación que en pocas jugadas pasó de ínfima a moderada. De moderada a grave. De grave a letal. Poco después... ¡el hundimiento! Si su rival le daba jaque, estaba perdido.

«Que no la vea. ¡Por favor, que no la vea!», se dijo Fiódor de manera insistente cuando no tuvo más remedio que asomarse al abismo, las manos en la cabeza, formando visera, paseando su rey fuera de la seguridad del enroque. Apretó las rodillas. «Si no la ve, me esforzaré más. Haré una hora más de táctica cada día y estudiaré muchos finales».

—¡Jaque! —David Kovalenko inmoló en f7 su alfil blanco, destrozándole el enroque. Para más inri, alzó la voz con ampulosa arrogancia, bien alto, para que todo el pabellón se enterase.

El tiempo se detuvo en aquel instante, mortificando a Fiódor durante una breve eternidad. Experimentó la agria sensación de que su reino de engranajes perfectos se había oxidado de golpe, convirtiendo la filigrana en herrumbre. «¿Qué te hace pensar que me mereces, chaval?», le susurró Caissa. Entonces, negándose a aceptar la evidencia, recompuso su fila de peones y sacó del tablero de un manotazo el alfil acusador. Lo hizo con determinación, nacida del mismo lugar del que brotaba la bilis negra de la ira que le causaba el haber sido abandonado por su hermana.

—No puedes hacer eso —se quejó el otro niño—. Es jugada ilegal.

El chiquillo evidenció que lo que estaba haciendo Fiódor iba en contra de las leyes del ajedrez. El alfil no podía ser retirado del tablero y no iba a dejarse hacer trampas por muy mal perder que tuviera su rival.

—Tú te callas —repuso Fiódor, a la par que se guardaba el alfil en el bolsillo—. Juega.

—¡Dame mi alfil!

La exigencia quedó en el limbo, porque Fiódor no estaba dispuesto a ceder. No al menos por las buenas.

—¡Que me lo des!

Entonces, el desastre.

El profesor Georgiy Tkachenko, que hacía las funciones de delegado de Fiódor y del resto de los representantes de la escuela n.º 6 de Járkov, fue el primero en percatarse: un alarido recorrió el pabellón del Spartak como el silbido que cruza un corrillo de mujeres en un pueblo de pescadores cuando el mar se traga a sus hombres.

El joven David Kovalenko chilló como un cerdo en la matanza: Fiódor, inexpresivo, le tenía agarrado de la muñeca con una mano y, con la otra, le estaba machacando los dedos enroscándole el alfil. Con la pieza no se podía traspasar la carne (a Fiódor le pasó por la mente dejarle tuerto), pero se demostraba eficaz infligiendo dolor a su petulante enemigo. «¿Ves lo que me obligas a hacerte, Lera? ¿Lo ves?». Los adultos que presenciaron la agresión reaccionaron de inmediato. Apartaron a niños y mesas con gran algarabía, desatándose el caos en lo que prometía ser una apacible tarde de competición. Pero, como Marko Litvinenko combinaba el arbitraje de ajedrez con el de lucha grecorromana, inmovilizó eficazmente a Fiódor y puso fin a la tormenta de verano.

David Kovalenko, ya en brazos de su madre, lloraba desconsolado y se apretaba la mano con la axila; Fiódor, aunque solo y vencido en el ajedrez, sonrió. Ese episodio de violencia le costó la expulsión del campeonato escolar y, por ende, que el profesor Tkachenko se negase a dejarle participar en nuevas competiciones. Tkachenko, puesto en evidencia ante el resto de los colegas de profesión, le cogió allí mismo de la pechera:

—¡Eres la vergüenza de la escuela, Vasíliev! —le increpó—. He tenido mucha paciencia contigo por lo de tu padre, pero hasta aquí hemos llegado. ¡No quiero volver a verte en mi clase de ajedrez! ¿Lo entiendes?

¡Vaya si lo entendió! Fiódor sabía las consecuencias de su comportamiento y hasta le pareció poca la sanción. «Si "ese" no hubiera muerto, me habría caído una buena. Al menos hizo una cosa bien en la vida...». Con lo que no estuvo dispuesto a transigir fue con las excusas que le dio su hermana, quien fingió haberse olvidado del campeonato para no llenarle la cabeza con preocupaciones. Lera no encontraba palabras para decirle cuánto estaba sufriendo con los hormigueos y las punzadas en las piernas.

El asunto de la agresión en el campeonato podía tener consecuencias en su graduación como *komsomolets*. A Fiódor, para ser sinceros, le importaban entre poco y nada los ideales del Partido Comunista, pero era consciente del peso que tenía para su futuro el hecho de afiliarse. Otros chicos de su edad, los más, conservaban el ideal de convertirse en referentes sociales, en mejorar su entorno al tiempo que se perfeccionaban como seres humanos, pero a él toda aquella parafernalia le producía indiferencia. Lo único que le impulsaba a incorporarse a la rama juvenil del partido era formar parte del colectivo, que agrupaba a la mayoría de los jóvenes a partir de los quince años y ser simplemente uno más. Lucir en su camisa la bonita chapa brillante que demostrase su condición de *komsomolets* sería su carta de presentación para, en el futuro, solicitar su admisión en el Partido Comunista de la Unión Soviética y despejarse el camino de incomodidades.

Aquella tarde de mayo, Fiódor llegó al portal de su casa dando un rodeo, a sabiendas de que nadie iba a pedirle cuentas de lo que había pasado porque, simplemente, no se iban a enterar. Le bastaba con caminar a ritmo lento, disfrutando de las vistas, para ganar tiempo y que así su madre y Lera pensasen que todo había discurrido con normalidad. Es más, viéndole taciturno asumirían que había perdido la partida y no le entretendrían con tonterías, no fuese a ser que se frustrase. Pero se encontró de frente con Kalina Melnik y su hijo mayor, por lo que tuvo que pilotar su cerebro en automático y tener una breve conversación de cortesía con sus vecinos. Hecho esto, apretó el paso y no miró atrás hasta que Lera le abrió la puerta de casa.

El enfado de Fiódor con su hermana seguía siendo mayúsculo, le hubiese gustado esconderse en alguno de los libros del salón y no cruzársela, salvando su amor propio en las fantasías, pero era imposible. A Lera le dolía verle así, por lo que cuando Fiódor fue a la cocina a cenar tomó asiento a su lado junto a la pequeña mesa de madera sin patas sobre la que humeaban unas patatas al horno con cebolla. Titilaba una bombilla solitaria, colgada del techo sin ninguna gracia.

—¿Sigues enfadado?

Fiódor se mantuvo impertérrito, haciendo del no mostrar aprecio el mayor desprecio. Lera acomodó las piernas bajo el cajón inferior de la mesa, ganando tiempo. Dejó la mirada perdida en la pequeña nevera, cuyo blanco amarilleaba porque, como las relaciones entre las personas, no aguantaba bien el paso de las estaciones. Estaba en una de esas épocas suyas en las que se sentía como una gata sentada sobre un arenero, sin mucho que aportar y, para colmo, llevaba varios días con dolores de cabeza que iban y venían.

—¿Por qué me has abandonado? —La pregunta, formulada sin levantar la vista del plato, fue una puñalada en el corazón.

Hay aves que solo cantan en jaulas pequeñas y a Lera, recortada su figura sobre la pared verde de la cocina, se le había hecho de noche en el alma antes que a nadie en el vecindario. Experimentaba lo que el escritor al que se le olvidan las palabras segundos antes de escribirlas, consciente de que su obra, lo que finalmente quedará, será un pobre eco de lo que una vez estuvo en su cabeza. Lera comprendió que de lo que surgiese en esa conversación estaba en juego que se les secasen los vínculos que les unían.

—Hay veces en la vida que somos como esta pared.

—¿Sucios? —La pintura al óleo evitaba la acumulación de grasa, pero a media altura la pared era blanca y se fundía con la cal del techo, dejando visibles numerosas salpicaduras.

—Me refiero a que, aunque pintamos nuestras intenciones de color bonito para hacer las cosas, hay algo en nosotros que no está del todo bien.

—No viniste.

Se hizo el silencio, tan espeso que podrían estar dentro de un cubo gelatinoso y no habrían notado la diferencia. Fiódor bajó la cabeza; apretó con fuerza los cubiertos. Entonces, un rayo de luz abriéndose paso en la oscuridad, una débil esperanza.

—¿Crees que algún día seré maestro de ajedrez?

—Claro, Fiódor. Si te esfuerzas, lo conseguirás. Estoy segura. —Lera no lo dijo por decir algo, sabía que el intelecto de su hermano estaba llamado a grandes logros, aunque era ciega a las profundas simas de sus emociones. Aprovechó para juntar las puntas de los pies y estirar las piernas, que se le habían quedado dormidas.

—Las piezas de mamá son perfectas para mi tablero —dijo Fiódor, orgulloso—. Cuando lo miro es como si pudiese ver siempre el Sol, de día o de noche.

Lera asintió, ladeó levemente la cabeza.

—Nunca dejaré que nadie lo toque. No quiero que otros pongan sus sucias manos en esta madera tan bonita. Si es necesario, lo romperé.

Fiódor pasó la mano por los laterales del tablero damasquinado. Lo acariciaba a la menor ocasión, en un particular acto de onanismo.

—No volverás a dejarme solo cuando juegue un campeonato, ¿verdad?

Katerina aún no había pasado página del terrible accidente de su esposo. Seguía recibiendo llamadas, aunque cada vez más espaciadas en el tiempo, de personas que habían conocido a Vitali: amigos de la niñez con los que se había distanciado, algún familiar lejano del que su marido nunca le habló y, en general, vecinos que la habían estado esquivando para no sacar el tema a colación.

La mañana era fría y lluviosa, portadora del viento cruel que embiste de frente a las personas, roe los huesos y se complace en recordar que nunca somos totalmente amados. Katerina, viendo que Lera no se movía del sofá, la dejó descansar un rato más. Se recostó ligeramente, tocó los pies a Fiódor, para que despertase.

Katerina pasó un cuarto de hora ordenando el salón, moviendo cosas de aquí para allá. Le pareció divertido hacer un poco de ruido (solo un poquito) para despertar a su hija. Estaba orgullosa de Lera, de la hermosa mujer en la que se estaba convirtiendo, depositaria del donaire que, a su vez, ella había heredado de su madre, y esta, de la suya. Su abuela, cuando vivía, solía presumir de que las mujeres de la familia eran «pajaritos que revolotean sin mala intención». Katerina a veces tenía pensamientos arriesgados, en los que fantaseaba con que era un águila, pero siempre los iba dejando para el día siguiente. En su pecho latía un corazón tímido que gritaba en silencio, no fuese a ser que su mundo de porcelana se resquebrajase.

—Lera, despierta, que ya es tarde…

La adolescente no se movió, su sueño parecía profundo. Fiódor, a su vez, bostezaba pesadamente y se estiraba, como un erizo saliendo de su letargo. Él, a su manera, también tenía púas.

—Venga, Lerochka, no me hagas enfadar.

Mas por muy seria que se puso, Katerina no conseguía que su hija abriese los ojos.

—¡Cariño, me estás asustando! ¿Qué te pasa?

Lera tenía la expresión serena de las estatuas, del tono rojizo de sus labios solo quedaba el recuerdo de que alguna vez estuvo ahí; la joven, agotada, se había ocultado sin molestar a nadie.

Katerina palmeó fuertemente el pecho marmóreo de su hija, intentando arrancársela de las garras a la muerte, pero no podía hacerse nada por ella. Se le había muerto como una flor de temporada, sin más explicación que su cuerpo delgado yaciendo arropado por una sábana. Caía, a sus pies, una lluvia de lirios enamorados.

Fiódor se había despertado con hambre. Acercó el pie al de su hermana para que le hiciese espacio. «¡Qué fría está!». Echó un vistazo en derredor. Le sorprendió hallar a su madre arrodillada a su lado, sollozando, con las manos entrelazadas y el rostro desencajado. Hastiado, echó una mirada a su hermana. Era la primera vez que veía a una persona muerta; le pareció que Lera, tan paradita, estaba realmente guapa. Cayó en la cuenta de que iba a llegar tarde al instituto. «Justo lo que me falta para que me castiguen otra vez».

La bella hija de Katerina había muerto víctima del asesino silencioso: la diabetes, que le había provocado un derrame cerebral. Abandonó esta vida siendo joven por siempre sin haber tenido tiempo de quemar ciudades, sin percatarse de que había roto corazones. Dejó en quienes la trataron la ilusión de una juventud eterna, pero nadie le había preguntado si deseaba ser joven para siempre.

Lera recibió sepultura el domingo 16 de mayo, a la misma hora en que el joven vendedor de la casa de empeño se presentó, con sus mejores galas y un ramo de flores silvestres en mano en las puertas de la feria. Nadie le avisó, porque nadie sabía del amor incipiente entre ambos. Lo siguió haciendo, puntualmente a las once de la mañana, cada semana, hasta que se colgó de una farola. Havril llevaba ocho rublos en el bolsillo, envueltos en un pañuelo, y nadie supo nunca por qué.

Katerina tenía la sensación de estar viviendo una pesadilla en la que, paulatinamente, se iba quedando sola; el piso, pese a sus dimensiones reducidas, se le había hecho grande. Una presencia siniestra le estaba arrebatando a las personas que amaba, podía oír sus carcajadas a su espalda, burlándose de ella. Se preguntaba por qué no la señalaba de una vez por todas con su mano huesuda y ponía fin a su agonía.

A las pocas semanas del entierro, los vecinos del dieciséis se presentaron en su casa con un cachorro de rottweiler. Eran criadores sin licencia que habían tenido una camada sana, descendiente de ejemplares abandonados por los nazis en su retirada de Járkov. Pensaban que al pequeño de los Vasíliev le convenía tener una mascota. Pero no una cualquiera, sino una que le modelase el carácter ante los golpes de la adversidad. Katerina no pasaba por una época boyante en lo económico, pero la idea le pareció bien y se mostró muy agradecida. «Demasiado», en opinión de la vecina, quien se guardó de mantener las distancias entre la joven viuda y su marido.

—Desde ahora, este es tu perro. —Hay muchas formas de decir las cosas, pero a Katerina no le salía del corazón una manera más cálida de hacerlo—. Yo no le daré de comer.

—El profesor Tkachenko me ha sugerido que deje las clases de ajedrez.

—¿Te ha expulsado?

Fiódor pensó que a su madre, en cierto modo, le estaban favoreciendo los acontecimientos que estaba viviendo últimamente. «Cada vez es más lista», se alegró. Desde su perspectiva, las cosas iban muy bien: su madre espabilaba, le acababan de regalar un perro y, para colmo, tenía más espacio en el sofá.

—Quiero ser campeón del mundo, como Borís Vasílievich.

A Katerina no le extrañó la fría reacción de su hijo, endurecido por una niñez que había perdido la magia.

—¡Lo llamaré Spaski! —Fiódor se abrazó al cachorro y lo acarició.

Y Katerina, por primera vez en años, se sintió invadida por una paz profunda. Tal vez su tiempo en la tierra estuviera cerca de terminarse, porque no es justo que los padres sobrevivan a los hijos y a ella ya se le había muerto Lera, pero aquel momento fue como visitar un lugar a la vez fantástico y extraño, a medio camino entre un sueño y la realidad. Ella, entre aceptar que su hijo era una decepción o dejarse engañar por su sonrisa, lo tuvo claro: nada, nada en el mundo, le arrebataría lo único bueno que le quedaba, aunque fuese una mala copia.

3

Las puertas de los cielos

> Es fácil traer al mundo un peón pasado. Mucho más difícil es construirle un futuro.
>
> Aron Nimzowitsch (1886-1935), paladín de la escuela hipermoderna de ajedrez

Se ha escrito mucho del amor adolescente y, sin embargo, sigue siendo un misterio esquivo del que estamos lejos de hallar la solución. Quizá esta no exista. Por eso, sería que estaba escrito en las estrellas que la bella Bogdana Koval se iba a enamorar de Fiódor o, para quien no crea en los designios del destino, fue una consecuencia esperable que ambos estrechasen lazos tras compartir curso tras curso en la escuela n.º 6 de Járkov. El caso es que, como sucede con tantos jóvenes de diecisiete años, surgió la química entre ellos en ese último año de escuela, lo que dio lugar a chismorreos ácidos entre sus compañeros, que no se hacían a la idea de que una chica tan guapa y tan buena como Bogdana estuviese saliendo con el bicho raro de la clase. Corría el año 1975 y el norteamericano Bobby Fischer renunciaba a defender su título de campeón del mundo de ajedrez frente al soviético Anatoli Kárpov, quien se había ganado el derecho a retarle tras vencer al disidente Víktor Korchnói. Las cosas estaban así y no había más remedio que aceptarlas.

Fiódor llevaba tantos años codiciando su objeto de deseo que había desarrollado el hábito de acabar las frases de Bogdana antes de que ella terminase de hablar. El molesto fenómeno de solapamiento ya no sorprendía a sus compañeros y tampoco a sus profesores. El sometimiento había arraigado a fuerza de persistencia en la costumbre. Era al fin suya, por mucho que la Organización de las Naciones Unidas acabase de proclamar el Día Internacional de la Mujer.

Una tarde luminosa de junio, viendo las pocas nubes pasar distraídas, Fiódor y Bogdana iban paseando de la mano por el parque Shevchenko, cuando hicieron un alto para descansar. Se acercaron a uno de los muchos bancos que invitaban a disfrutar de la belleza reposada del parque central de Járkov. El joven se sacó el pañuelo del bolsillo y lo pasó con esmero por el tablón de madera hasta que quedó limpio de polvo. A continuación, se dispuso a componer el tablero damasquinado, ubicando cuidadosamente cada pieza en el centro de su correspondiente casilla. Su enamorada sacudió su parte del banco con la palma de la mano y tomó asiento. Spaski echó a correr tras un pájaro, perdiéndose entre las piernas de la gente.

—¿Por qué te gusta tanto el ajedrez?

Fiódor se tomó su tiempo para contestar. Juntó las manos, como hacen los frailes al rezar. Se humedeció las comisuras de los labios. Dejó caer una mirada condescendiente: la insípida Bogdana no estaba hecha para ungir su mente con el sacramento incondicional que materializa los sueños.

—Porque me evita hablar con personas estúpidas.

—¡Fío!

—Perdona, no quería que sonase así —se disculpó—. ¿Sabes esa gente que va a la iglesia y escucha lo que le dice el cura? No tienen ni idea de si Dios existe, pero aceptan sus normas porque le dan sentido a sus vidas. —Fiódor no creía en Dios, pero sabía que al morir Stalin sus vecinos de abajo y otros muchos resultaron ser cristianos ortodoxos, porque se lo había oído decir a su padre—. Cuando me ganan en el ajedrez acepto que es porque no he sabido escuchar. Eso me calma. No sé si me has entendido.

Era una media verdad. La calma a la que se refería Fiódor era la que le sobrevenía tras la tormenta, como orugas liberando a un árbol de sus hojas sobrantes. La derrota en el juego le daba equilibrio. Cualquier otro adolescente habría puesto el foco en lo que se siente cuando se gana, pero a él le fascinaba la realidad incognoscible de la derrota, del poder regenerativo del bosque para resurgir de las cenizas cuando las llamas queman la tierra.

—¡Vaya, pensaba que odiabas perder!

Bogdana seguía sin entenderlo. A Fiódor le ardían las tripas cuando perdía al ajedrez, pero por mucho que se lo explicase ella no lo iba a entender: cuando movía las piezas en el tablero, sentía que controlaba el universo, que comprendía la que acaso fuese su única certeza. Le besó en la mejilla; a Fiódor le quemó el fugaz contacto con sus labios, echándose hacia atrás cual si fuese movido por un resorte.

—Mira que eres rarito…

No le gustaba que le tocasen, especialmente en la cabeza. Intimidades, las justas. Le violentaba que entrasen por las bravas en su espacio vital, desde niño. Ni que decir que a Bogdana se le ocurriese ponerle la mano en la rodilla.

—¿Por qué no te apuntas a un club de ajedrez? Tkachenko dice que es la mejor forma de progresar.

Era una idea que le había rondado la cabeza en más de una ocasión, pero la vergüenza de lo que pasó en la pista del Spartak le echaba para atrás. Para los demás habían pasado años, pero en su alma quedaban brasas imposibles de apagar. Bogdana notó los ojos de Fiódor levemente hundidos, con la mente aguardando acontecimientos. Nunca antes se había percatado de esa característica suya. O por lo menos, hasta el momento no se había manifestado de manera tan expresiva. Entonces, Fiódor alzó el mentón y, abarcando las piezas con ambas manos, fue muy directo:

—¿Qué pieza eres tú?

—¿Cómo que qué pieza? —Bogdana se rio de la pregunta, un tanto infantil—. La dama. Soy la dama. ¿Y tú?

Fiódor asintió. Era justo el tipo de contestación decepcionante que esperaba de ella.

—Un peón.

Las carcajadas de la joven sonaron atronadoras; Fiódor apretó los puños sutilmente. Bogdana se dio cuenta de que estaba pisando terreno vedado. Trató de arreglarlo.

—Así que mi Fío es un modesto peón… Un esforzado

trabajador en la fábrica que cumple con su deber para llevar dinero a casa. El orgullo de nuestro Gobierno.

«¿Por qué es tan boba?».

—Eso es lo que la gente se piensa, pero... —Fiódor escupió cada palabra notablemente enfadado—. No lo puedes entender.

—¿Adónde quieres...?

—¿Llegar? A la coronación, Bogdana. A la coronación.

Bogdana, en opinión de Fiódor, era una persona que necesitaba ser rescatada de su ignorancia, pero a él le iba bien esa versión simplificada de su novia. «Si fuese más lista no me aguantaría», pensaba con pragmatismo. No obstante, la joven sabía de sobra que en el juego del ajedrez coronar un peón es llegar con él hasta la octava fila del tablero para convertirlo, por lo general, en una dama, la pieza más poderosa del juego.

—¿No lo ves? El peón viene al mundo siendo de clase baja. No dan un rublo por él. —Fiódor puso el énfasis en la idea de que el peón tiene por destino seguir ciegamente a su rey, obedecer—. ¡Pero los tiene bien puestos y se corona! ¡Se hace dueño de su destino!

Bogdana se imaginó a un peón sorteando océanos de infortunio, siempre avanzando, inasequible al desaliento.

—Siempre hay alguien que se impone a los demás —dijo Fiódor, abundando en el argumento.

—No estás siendo muy marxista...

—Los nobles le detestan, ¿sabes? —endureció el tono, apartó la mirada de Bogdana—. Los ocho peones son la fuerza de uno: el que llega a la meta se queda con todo.

—Y ese eres tú...

—Exacto.

Dicen que cuando alguien te quiere nunca puedes estar solo, pero Fiódor experimentaba la soledad a diario. A veces iba a Járkov-Pasazhirski, la imponente estación de trenes, y se sentaba en una vía muerta, viendo los trenes de mercancías perderse en la distancia. «No se pueden liberar de cierta carga pesada, por mucho que corran. Dan igual la velocidad o la pericia del conductor, los trenes no pueden dejar de ser lo que son. No juegan al ajedrez». Visualizaba un mundo de fantasía en el que los trenes pudieran ser otras cosas, libres al fin de la naturaleza que les había sido impuesta sin pedirlo. Los imaginaba soñando que viajaban por vías nuevas que llevaban al país desconocido, el futuro, donde les habían dicho que podrían empezar de cero. Trenes con vagones de todos los colores, desde el verde más vivo hasta el gris más apagado. Trenes eléctricos, pero también a vapor. Era su fantasía, con sus reglas, no con las de los demás. Lo que ni siquiera él podía predecir era si tras la promesa de una tierra prometida se encontraba una gran forja, donde los trenes incautos eran sometidos a temperaturas extremas para que ni el recuerdo quedase de ellos. «¿Y si los únicos trenes felices son los que, cada día, se lamentan porque no se han atrevido a tomar las vías nuevas?».

Junio de aquel año fue particularmente caluroso en Járkov. Los estudiantes revoloteaban por las calles como estorninos, pues era el inicio de las vacaciones en el calendario escolar soviético. Iban a ser tres meses febriles en los que las chicas y los chicos pondrían a prueba sus hormonas, liberando el estrés del curso, abriéndose a las mieles de la existencia. En más de un caso, dando lugar a nuevas vidas por accidente. La mayoría ingresaría como estudiante en alguno de los muchos institutos de Járkov. ¿En el Médico? ¿En el Jurídico? ¿Tal vez en el de Educación Física o en el Arquitectónico? ¿Quizá en el de Física y Matemáticas? En cuanto a la universidad, que estaba en el parque Shevchenko, las opciones de ingreso eran más reducidas y, aunque el perfil de Járkov era el de una ciudad de estudiantes, en el parque abundaban más las aves que los alumnos.

Petro y Román, dos ancianos que todas las mañanas paseaban su jubilación por las inmediaciones de la Escuela n.º 6 de Járkov, sorprendieron a dos mozalbetes que hacían pellas: estaban jugando una partida de ajedrez a la sombra de un árbol especialmente frondoso.

—Esos dos podríamos ser nosotros hace sesenta años, Román.

—¡Sesenta! —El interpelado soltó un improperio; acababa de descubrir que los años habían pasado como un huracán. Nunca había visto uno, pero se hizo perfectamente a la idea—. ¿Hace tanto?

Petro, haciendo equilibrios con el bastón, apoyó la mano en el hombro de su amigo. Sonrió.

—¿Te acuerdas del muro que había en esa explanada? Allí le di su primer beso a Anjelina.

—¡Qué engañado te tiene tu mujer, Petro! ¿Aún no te ha confesado lo nuestro? —bromeó Román. Petro, siguiéndole el juego, puso cara de enfado.

—Ahora es un cementerio de elefantes…

—Y de viejos.

—¡Pues esos críos no parecen haberse enterado! —comentó Petro, divertido—. Me gusta verlos jugar. Son el futuro de esta tierra castigada.

—Alguien tendrá que volver a patearles el culo a los alemanes cuando tú y yo ya no estemos.

—Podrían estar haciendo cualquier maldad, pero juegan al ajedrez. —Cuando Petro agarraba un tema de conversación era de no soltarlo—. En nuestra época quien tenía un tablero tenía un tesoro.

—Ahora también: un tesoro inmaterial.

Intercambiaron miradas de complicidad, profundas, las que son propias de una amistad sostenida a lo largo de la vida, fraguada en la niñez, que les iba a durar hasta la muerte. Habían pasado las mil y una, pero se tenían el uno al otro.

—Mientras los niños ucranianos jueguen al ajedrez, habrá esperanza.

—¿Aunque se salten las clases? —observó Román.

—¿Tú me vienes con esas? —bromeó Petro—. ¿Tú? ¡Mira que estoy a tiempo de chivarme de lo que hacías cuando llegabas tarde a Matemáticas!

Arrugaron el gesto, como si se divirtieran, pero las risas se les quedaron en la garganta, porque el profesor de Matemáticas, sus compañeros, sus padres... ya no estaban.

—Siempre has defendido la presencia del ajedrez en las aulas —dijo Román.

—Es que no hay herramienta pedagógica mejor —afirmó Petro—. Les enseña a pensar. Y también, muy importante, a pausar la toma de decisiones. El mundo va cada vez más deprisa... Tienen derecho a que no se les empuje constantemente.

—Y es muy barato. No te olvides de eso, Petro. Que dos niños puedan sentarse a jugar y que ninguno mire al otro por encima del hombro es necesario para formar una sociedad de hombres justos —puntualizó Román, que sabía dejar de lado las frivolidades cuando la conversación lo requería—. Todas las guerras comienzan porque alguien se cree mejor por razón de origen y decide quitarle a otro lo que tiene. La desigualdad social rompe el mundo.

Román se miró la muñeca derecha, donde tenía el tatuaje de los números del campo de exterminio de Treblinka. No lo había borrado. Temía que, si lo hacía, los rostros de su querida Valeria y de su pequeño Oleg se le acabarían yendo para siempre de la memoria.

El juego-ciencia sorbía los jugos del alma de Fiódor día tras día, atrapando su mente adolescente. No solo eso, sino que había provocado en él un efecto rebote: al prepararse en silencio, oculto a las miradas de los demás, había estado nutriendo su ego con la idea insana de llegar a ser campeón del mundo. La parte más nociva del asunto es que en su cabeza se llegó a sentir como el deseado objetivo de mil cámaras fotográficas invadiendo su intimidad, por lo que en sus delirios se veía dándole cuerda a su fiel rottweiler para mantener un perímetro de seguridad entre los periodistas y él. Fiódor estaba en su derecho de fantasear, pero Dios tenía sus propios planes para él.

La conversación con su chica le había quedado grabada a fuego en la memoria. Fiódor no era del tipo de personas que cuelgan las palabras y las conversaciones en el aire, como quien tiende la ropa. Todo lo contrario, analizaba cada comentario. Las veces que hiciera falta. Reprodujo mentalmente cada detalle del paseo con Bogdana. Pudo ver la sombra de cada paloma que voló sobre la fuente, sentir el mensaje discreto del viento detrás de las orejas, percibir el tacto de su tablero damasquinado mientras ponía las piezas. Frunció el ceño. Se mordió el labio inferior. Esa misma tarde a las seis en punto franqueó el portal del club de ajedrez Peshka.*

El ascenso por la escalera de vecinos fue una batalla contra el orgullo, pues no le resultaba fácil aceptar que, a su edad, otros fuesen a darle lecciones sobre la disciplina a la que consagraba su vida. «Debería estar entre los mejores del mundo. ¡Estoy perdiendo el tiempo!». Le dolía el ego como muerden las rodillas a los jugadores de baloncesto cuando se retiran, con la diferencia de que él era un don nadie. La vergüenza inconmensurable de ser un apestado le ordenaba, le pedía... ¡le suplicaba!, que diese media vuelta y saliese de aquel lugar. Fiódor avanzaba hacia su destino a sabiendas de que un abismo tenebroso se abría bajo sus pies. «¿Y si no doy la talla?». Podía ver el rostro deformado de su padre en los reflejos de la barandilla insistiéndole en la idea opresiva de que jamás dejaría de ser quien era. Al joven Fiódor le costó respirar. Hubo de detenerse varias veces. «¿Qué ruina hay dentro de mí si siendo tan joven me cuesta tanto mover los pies?», se mortificó, a punto de abandonar una vez más. Pero decidió que llegaría a la tercera planta, llamaría a la puerta y, si no le abrían, la derribaría a patadas, porque le iba la vida en ello.

Alcanzó el tercer piso, un pequeño triunfo. Allí, tras fran-

* «Peón».

quear una puerta de madera entreabierta, estaba su Andrómeda particular: el Peshka. Había un pequeño mostrador con planillas para apuntar las partidas y relojes con mucho uso (a primera vista, rotos), una puerta de cristal opaco a la derecha y otra, tras la que se oía el chocar sordo de la madera en los tableros, al fondo. ¡Había vida! Y él, Perseo encarnado, liberaría a la entidad de las cadenas horrorosas de la mediocridad dándole a Járkov el primer campeón del mundo de su historia, uno orgulloso de sí mismo, oscuro como el ojo de la tormenta, que escribiría su nombre en letras de oro en los anales del juego de reyes.

Cruzó la estancia a paso ligero. Abrió la puerta de la derecha sin tener la más mínima certeza de lo que iba a encontrar: una salita, muy estrecha, rubricada por un tablero mural de piezas imantadas. Y cuatro sillas de madera muy juntas. Solo eso y grandes dosis de silencio. Para ser francos, también había una pequeña ventana, pero daba al patio interior. Ni se le ocurrió asomar la cabeza.

Se dio media vuelta con el ánimo eclipsado, pues había ido allí siguiendo su fe. Inmóvil junto a la entrada, pensó que aquel lugar desolado no estaba hecho para él. Agarró el pomo. Abrió la puerta. Puso un pie en la escalera. Entonces, Caissa tiró con fuerza de sus hombros hacia atrás, impidiéndole dar un paso más. «Si te rindes, no vuelves de esta». Cerró los ojos. Llevaba años sin llorar y, al llevarse las yemas de los dedos a los párpados, comprobó que densas lágrimas se le habían asomado a los balcones. Amenazaban precipitarse por sus mejillas. Eran tan traviesas... Se mordisqueó las papilas gustativas con frenesí. Las aplastó deliberadamente. Se las empezó a arrancar a tirones con los incisivos. Contó hasta tres mentalmente. Hasta cuatro. Hasta cinco... Suspiró... y volvió a entrar en el club de ajedrez.

Estaba dando lo mejor de sí mismo. Con cada hinchársele el pecho, por poco que fuese, y respirar, se asía al ansia de darle sentido a la existencia, de no abandonar su sueño. «Si caigo, que caiga, pero nunca dar un paso atrás. Si me rechazan, que me rechacen, pero jamás volver a sentir vergüenza de mí mismo».

Al abrir la puerta de cristal frontal le recorrió la mano una pequeña corriente eléctrica nada desagradable. Lo que vio allí, la plenitud beatífica que experimentó, mereció la pena. ¡Aleluya! Un ecosistema de ajedrecistas, no le importó si más hombres que mujeres o mujeres que hombres, habitaba cada metro cuadrado del espacio, del tamaño de tres habitaciones grandes, que conformaba la sala de juego del Peshka. A decir verdad, se habían eliminado dos tabiques (sustituyéndolos por columnas) y el pequeño balcón estaba integrado en el espacio común. Fiódor llegó a la conclusión de que la salita de las sillas había sido alguna vez una cocina.

Se adentró en aquel templo de Caissa con una mezcla de curiosidad y de nerviosismo. La miasma de emoción que impregnaba cada célula de su ser le pedía expresar su júbilo a gritos, mas respetó el silencio sepulcral de aquellas personas que jugaban al ajedrez. Incluso los que estaban de pie mirando partidas respetaban la atmósfera de recogimiento. Las confidencias, hablando quedo, no pasaban de susurros imperceptibles para quienes movían las piezas. En cuanto a la crispación entre los contendientes, en caso de haberla, quedaba oculta bajo siete llaves, tal como es preceptivo en un juego de damas y de caballeros. El ambiente intelectual se superponía al olor a tabaco, sublimando el arte de guardar en secreto tácticas feroces y estrategias implacables hasta que, frotándose las manos, los jugadores descargaban su furia en sesenta y cuatro casillas ejecutando la suerte del jaque mate. Para Fiódor fue su primera visita, de las muchas que iban a producirse en lo sucesivo, al Peshka. Presentía que en poco tiempo alcanzaría el nivel de sus compañeros de club, poniendo las bases de su escalada hacia el título mundial.

El joven Fiódor se abstuvo de acercarse demasiado a las partidas en juego, observando atentamente cómo los ajedrecistas más experimentados imponían su experticia. Había algo en la elegancia de su juego de manos, tomando las piezas, llevándolas a las casillas de destino y ubicándolas, que le admiraba. Esa forma de mover las manos no la tenían sus compañeros de instituto. Le habría gustado acercarse a unos chicos que parecían tener su misma edad y preguntarles si podía unirse a ellos, pero le pareció que sería una falta de respeto. «¿Acaso alguien, cuando un pintor está haciendo un retrato, se acerca a preguntarle: "Perdona, ¿me dejas dar unas pinceladas?"».

Caissa demostraba tener una curiosa manera de amarle: primero, seduciéndole para ir al club; luego, desenamorándole vestida con harapos; finalmente, descubriéndole la belleza de su cuerpo femenino de ensueño: hermosa, liviana y fría como la nieve que cubre los Urales. La respuesta a sus anhelos le llegó en forma de un leve toque en la espalda. Al girarse topó con una sonrisa, como un murmullo de bienvenida. Ante él, un hombre de mediana edad le hacía el gesto universal de que le siguiese.

Con el corazón bombeando sangre de ajedrecista a borbotones, Fiódor no disimuló su entusiasmo y siguió al desconocido hasta la entrada principal.

—¿Habías estado antes en un club de ajedrez? —La pregunta le tomó por sorpresa—. Me llamo Demyán. Soy el encargado. Buscamos jóvenes talentos.

A Fiódor le sorprendió gratamente que Demyán se dirigiese a él tratándole de «joven talento». Se fijó en que la cabeza del encargado estaba muy bien proporcionada: la distancia entre sus ojos y el tamaño de la nariz invitaban a confiar en aquel hombre. Tenía la clase de rostro que cabía esperarse de él. Iba a ser su Virgilio, quien le rescatase de los infiernos, quien le acompañase hasta las puertas de los cielos.

—Fiódor Vasíliev. Es mi primera vez —respondió con franqueza—. ¿Qué debo hacer para ser admitido?

—Escribir tus datos en este papel y no dar problemas —le dijo el encargado a la par que le acercaba un formulario amarillento.

—¿He de pagar alguna cuota?

—No. Pero si haces una pequeña aportación, le vendrá bien a las cuentas del club.

—¡Bogdana, tienes que venir conmigo al club! ¡Igual al principio te parece un poco desangelado, pero es perfecto! —exclamó Fiódor.

La joven residía con sus padres en un *stalinka* alzado en los alrededores del parque Shevchenko de Járkov a principio de los años cincuenta. La familia había tenido la ocasión de oro de hacerse con uno de aquellos codiciados pisos en reconocimiento a su abuelo materno, un relevante ingeniero que salvó a la ciudad de los nazis haciendo estallar una carga de dinamita en el corazón de la central hidroeléctrica que él mismo había diseñado. Mas como la memoria de las masas es corta, los vecinos pensaban que se habían hecho con el piso a través de algún contacto en el ayuntamiento.

Estaban sentados muy cerca el uno del otro en los aprovechados ocho metros cuadrados de la cocina. Ella intentaba acariciarle las orejas; Fiódor, contrariado, movía la cabeza bruscamente para evitarlo. Tenían que ir con cuidado para no ser descubiertos: contaban con el intervalo de tiempo entre las 17.50 y las 21.00, media hora antes de que el autobús de la fábrica de pernos trajese de vuelta a los padres de Bogdana.

—¡Para, no seas pesada! —se quejó Fiódor, que la esquivaba mientras ella, fingiendo interés en la conversación, enlazaba su mano torpe con la de él—. Me he apuntado a las clases para mayores del club. Me han hecho una prueba de nivel y la he pasado de sobra. Las imparte un maestro joven, pero aún no nos han presentado. Es un grupo reducido, voy a aprender mucho. Algún día seré yo quien dé las clases... antes de ser campeón del mundo, claro, porque un campeón mundial no puede rebajarse dando clases a principiantes... Pero yo no soy exactamente un principiante.

Las palabras salieron atropelladamente de la boca de Fiódor. Tenía tantas cosas por decir, estaba tan emocionado, que no le importó. Bogdana, en cambio, no pudo evitar bostezar un par de veces.

—¿Tienes sueño? ¿Ya? En el club la gente juega después de las clases. Hay una sala grande con columnas. Le he dicho al encargado que le diga al maestro que nos enseñe bien cómo jugar la Dragón. Allí las horas pasan volando. ¡He encontrado mi lugar! Tengo un sexto sentido, ¿me comprendes? Desde que era niño... Miro a una persona y sé si es buena o mala, ¿sabes? Y viendo al encargado del club he llegado a la conclusión de que es un hombre decente. Seguro que se lo dirá. Y el maestro estará encantado de contar con un alumno exigente al que moldear para que Járkov tenga a su primer campeón mundial.

—Fío, ¿vamos al parque? Spaski necesita...

—¿Ejercicio? Es un poco tarde.

En los ojos adormilados del can se apreciaba el placer que le daban las caricias de Bogdana en el lomo acompañadas de cariñosas palmadas. Iba a venirle muy bien echar unas carreras y, aunque su mente de perro no entendía el significado de las palabras de Bogdana, levantó alegremente el hocico y sus treinta y ocho kilos de peso al oír su nombre. El tono dulce de la compañera de su amo al decir su nombre era el mismo que solía preceder a las carreras persiguiendo ardillas.

Bogdana se aburría. Fiódor estaba desconocido, radiante de felicidad, queriendo compartir con ella sus experiencias en el Peshka; ella, incómoda y avergonzada por no sentirse a su lado, tenía los pensamientos en un lugar lejano, en las afueras de la ciudad, donde la sensación de libertad era más intensa que en aquel cuarto de monotonía opresiva. Con todo, se esforzó en no hacer sangre en el ego de su novio, evaluando cada palabra antes de que saliera del vallar de sus dientes.

—Las chicas están ahorrando para ir a un recital de Ala Pugachova —le dijo—. Es en Riga, la noche del 23. Estoy pensando en ir, si a ti te parece bien... Nos llevaría el padre de Lyuba. Sería ir el viernes y volver...

—¿El sábado? Claro que sí, ¿cómo no? —respondió Fiódor. No obstante, quiso asegurarse de que Anton Oliynik no tenía nada que ver con aquello—. Solo chicas, ¿verdad?

—Claro, Fío —asintió Bogdana—. ¡Me encanta la voz de Ala! Es tan potente, tan emotiva... ¡Y su estilo! ¡Es única, no hay nadie como ella!

—La semana pasada la vi en la televisión. Transmite mucha energía en el escenario.

—¡Sabía que te parecería bien! —Bogdana había dejado de lado la expresión lánguida y desganada de unos momentos antes.

—Pero ten cuidado, esos sitios son peligrosos... y hay gente muy rara.

—No te preocupes, Fío. Estaremos bien —sentenció.

Y Fiódor, mientras componía las piezas en su preciado tablero damasquinado, volvió a su tema fetiche, hablando sin cesar. Bogdana se esforzó en mantener la mente ajena a la desidia que le provocaba.

4

Dolor

> En el ajedrez, como en la vida, a veces es necesario enfrentarse a situaciones difíciles y tomar decisiones duras.
>
> VISWANATHAN ANAND (1969),
> decimoquinto campeón mundial de
> ajedrez, apodado el Rápido de Madrás

El tránsito a la mayoría de edad de Fiódor transcurría entre los útiles paseos con Bogdana, quien le servía de *sparring* para mantener fresco su ajedrez, y las visitas semanales al Peshka, donde perfeccionaba su entendimiento de la variante del Dragón de la Defensa Siciliana. Allí, en el silencio denso que le recibía al franquear la puerta del club, asistía a las clases del joven maestro. El ajedrecista, peinado al estilo de Anatoli Kárpov, hubiese pasado por una celebridad de la música beat. Tras las sesiones teóricas los aprendices pasaban a la sala principal, donde, sentados frente a frente, dirimían sus desacuerdos teóricos acompañándose del movimiento coral de sus pequeños ejércitos de madera. Era acertado decir que Fiódor había encontrado su lugar en el mundo. Se aferraba a promesas de su pasado, buscando las respuestas en la cadena de peones negros que recordaba a la constelación del Dragón, sintiendo una y otra vez que el corazón se le salía del pecho cuando llegaba el momento de ponerse a hacer cálculos violentos.

—Maestro, ¿podemos jugar una partida?

Fiódor aprovechó que este se quedaba un rato tras las clases para lanzarle el reto. El maestro, cariacontecido, no esperaba jugar, pero no tenía nada más que hacer y decidió premiar el arrojo de su alumno.

—Bien, yo llevaré las negras —concedió este, para darle la pequeña ventaja de jugar primero.

—No. —La respuesta, lacónica, fue una declaración de intenciones, pues lo que Fiódor quería era poner a prueba su Siciliana contra un rival de entidad.

—¿Seguro?

La partida transcurrió por cauces poco originales, ya que el maestro no iba a salirse de las líneas teóricas que tenía trilladas y Fiódor, a su vez, se ciñó a un plan estándar: como las blancas habían enrocado en largo, lanzó furiosamente sus peones del flanco de dama contra el rey enemigo, abriendo líneas contra este. La agresividad contra el monarca del rival iba a convertirse en el sello de su estilo de juego, una particularidad que comparten las personas que, cuando juegan al ajedrez, lo hacen sin sentido del peligro.

El sonido del reloj tictaqueó como un demonio furioso que golpea un tambor, tal era el silencio de ambos contendientes. Poco a poco, conforme otros jugadores iban acabando sus partidas, estos se fueron sumando como espectadores, llegando a formarse un corrillo de curiosos que, sin decir palabra, gesticulaban disimuladamente para compartir confidencias sobre la posición en el tablero.

—El negro ha salido vivo de la apertura —dijo, en voz queda, un tipo de aspecto bonachón, con mostacho importante.

Fiódor había superado la fase inicial sin problemas, desarrollando todas sus piezas tal y como había aprendido a hacerlo con las enseñanzas recibidas. Si hubiese tratado de sorprender a su rival habría acabado desquiciado, ¿cómo habría de ser diferente? Hiciese lo que hiciese, el maestro conocía los caminos de las piezas. La única estrategia que le quedaba era ceñirse a su conocimiento de la teoría y aprovechar una imprecisión cuando la posición avanzase. A partir de ahí, dos caminos: forzar para ganar, entrando en complicaciones, o simplificar la partida para llegar a un final igualado.

«¿Aprieto y me la juego?». La tentación de salir victorioso era grande. Él, un chico que nunca había ganado nada en la vida, tenía al alcance de su mano ser una leyenda en el Peshka. Por otra parte, empatar con el maestro tampoco sería un mal resultado. «Me juego el alma a que aquí nadie le ha sacado unas tablas —pensó, y no iba desencaminado—. Que hacer tablas tampoco va a ser fácil... Su técnica de finales es muy superior a la mía. Es capaz de ponerse a darle vueltas al final de peones hasta que me acabe equivocando...». «Si me quieres, gana», le exigió Caissa. Sea como fuere, cada camino tenía sus lobos acechando entre la maleza.

Conforme la partida siguió su desarrollo, el ataque de Fiódor fue tomando cuerpo: las blancas ya no luchaban por mantener la iniciativa, se desesperaban a los manotazos, intentando mantenerse a flote en la negrura de aquellas aguas procelosas. La cara del maestro expresaba incomodidad, desasosiego, acaso la soledad amarga del que se sabe perdido. Fiódor, en cambio, no denotaba emociones: se limitaba a mirar plácidamente, sin hacer el menor movimiento, sonriendo con la parte inferior de su cara. Entonces, previendo el desenlace que estaba por llegar, el maestro hizo un movimiento sorprendente para tratar de salvar su honor:

—La partida se ha acabado —dijo y, devolviendo las piezas blancas a su posición de origen, hizo ademán de levantarse—. Tengo otras obligaciones más allá de este entretenimiento.

El corrillo de observadores no tenía nada que envidiar a las esculturas del Museo Nacional de Arte de Ucrania, no se movía ni el aire. Cuentan que hubo comentarios en voz baja, algunos creen que hubo quien censuró veladamente el comportamiento del maestro, pero la historia que quedó para ser contada es que Fiódor habría tenido más opciones de encontrarse un gato nadando que apoyo en aquella colección de máscaras.

Se preguntó qué habría hecho Kujarenko en su situación. Tuvo una epifanía: vio al cosaco, hasta arriba de vodka, cabalgando al galope. El héroe desenvainó la shashka. Su divisa, un grito de guerra, bestial como sus intenciones, para abrirse paso entre las filas de enemigos. Ríos de sangre en la Gran estepa.

Fiódor comprendió que, si no obtenía esa victoria, sería

indigno de volver a tocar el tablero damasquinado. No le bastaba con saberse vencedor de un maestro y que lo supieran los demás, necesitaba certificar la defunción de su oponente mediante el jaque mate a su rey. Así lo mandaba la tradición y así debía hacerse. Su fe era fuerte, pero necesitaba ponerse a prueba, medirse y dar la talla.

—La partida no ha terminado, maestro.

—Pues yo digo que sí.

—¡Y yo, que no! ¡Te crees listo de la hostia! ¡Tú no sabes nada! —sentenció Fiódor, gritándole a la cara.

Las luces tenues de las bombillas iluminaban el rostro desencajado del joven Fiódor Vasíliev. El baile táctico que había acompañado a la estrategia implacable que desarrolló en el flanco de dama merecía, a su criterio, un estallido de aplausos acorde al ingenio demostrado, lo que sería una hermosa rúbrica al jaque mate. Pero el impertinente maestro no estaba dispuesto a concederle el gusto. Estando tan cerca de coronarse, precisamente en el Peshka, donde la magia del juego-ciencia trascendía el espacio y el tiempo, ¿cómo se atrevía a negarle la redención de sus pecados? ¿Es que el maestro, un colega ajedrecista, no entendía lo que significaría para él su primera victoria ante un jugador titulado? Esta vez no se trataba de ajustar cuentas con su profesor de la escuela n.º 6 de Járkov, no… se trataba de borrar de un plumazo la humillación en la pista del Spartak y las afrentas de los Anton Oliynik de este mundo.

—He dicho que la partida se ha acabado. Tablas —zanjó el maestro.

«Ahora haces lo que te dicen», se dijo Fiódor, recordando quién era la autoridad en el club de ajedrez. «Ahora haces lo que te dicen», se repitió. «¡Ahora haces lo que te dicen!», sonó, con fuerza, en su mente. «¡¡Ahora haces lo que te dicen!!», le martillearon la sesera un millón de voces. «¡¡¡Ahora haces lo que te dicen!!!», rugió un demonio oscuro e incontenible. Algo había hecho clic en la mente de Fiódor.

—¡Jódete, maldito hijo de puta! ¡Ahora hago lo que quiero!

Tomó impulso. Alzó el puño. Lo descargó con toda la fuerza que Dios le dio en ese momento, directo al mentón del joven maestro. Este se desplomó deslavazado en el suelo que pisaron, tantas veces, tanto los ganadores como los contumaces perdedores que se daban cita en el Peshka todas las tardes. Entonces le poseyó el espíritu de Kujarenko:

—¡Jódete, ahora hago lo que quiero! ¡Lo que quiero! ¡Lo que quiero! ¡Lo que yo quiero! —El ataque fue rápido y violento; un diente se le incrustó en el puño—. ¡Hijo de puta!

Sobra decir que el incidente sería recordado mucho tiempo después por los socios veteranos del club, que relatarían los hechos, licor mediante, a quienes quisieran escucharlos. «Se echó sobre él con la furia de un oso. Había perdido el contacto con el mundo real, le destrozó la boca a puñetazos». Y así fue como, cuando todo estaba preparado para su consagración, Fiódor Vasíliev fue expulsado del templo del ajedrez en la que siempre recordaría como la peor tarde de su vida.

La distante luna de mayo fue testigo muda del joven que cruzaba el parque Shevchenko con la mirada perdida. Fiódor, batiéndole el corazón a toda prisa, corrió campo a través, pisoteando los parterres de flores en su alocada carrera por la rambla principal, a sabiendas de que aún le quedaba un largo trecho hasta Pavlovo Pole. Pasó como una exhalación por el quiosco, donde tantas veces le había comprado golosinas la desventurada Lera y que, bajo el manto oscuro de la noche, presentaba un aspecto lúgubre. Llegó hasta los columpios con las pocas fuerzas que le quedaban tras darse a la fuga, respirando con dificultad. Su pecho, engañosamente juvenil, se hinchaba y se deshinchaba sin atender a las órdenes de su mente, presa de la ansiedad. Experimentó el ataque de ansiedad dejando escapar silbidos ululantes, que formaron una composición siniestra, perdido el control armónico, con el suave balanceo con el que el viento advenedizo de aquella noche ucraniana mecía los columpios.

Le fallaron las fuerzas. Cayó, como si el suelo se hubiese elevado desordenadamente bajo sus pies, de improviso, cegado por una luz oscura que le nubló la vista. Yacía en el más absoluto caos. El puro caos en su mente. Fiódor estaba en mitad de ninguna parte sin que nadie pudiera ayudarle, sin una mano amiga a la que aferrarse. Solo. Estaba solo. «¡Caissa me ha abandonado!». Quería vomitar, colapsar del todo, morirse allí mismo, dimitir de la vida revolcado en la vergüenza. Se preguntó mil veces en un minuto por qué jugaba al ajedrez. Le asaltó el recuerdo de la última vez que vio a su hermana, le conmovió el tacto frío de su pie. Cerró definitivamente los ojos, se rindió.

Los latidos de su corazón fueron volviendo a tomar un ritmo pausado. Lo tenía girando obsesivamente sobre la espina dorsal, con la aurícula derecha mirando al cielo y la izquierda, al suelo. Sanaría si era capaz de sobreponerse al profundo desarreglo de sus sentidos. Fiódor se apoyó en las palmas. Se oyó a sí mismo llenando de aire los pulmones. Aunque le costó hacerlo, se alzó. Pesadamente, desde luego, pero plantó las piernas en el barro y puso la mirada en la luna. «¿Qué voy a hacer ahora?». Se apoyó en un árbol y se llevó las manos a la frente. A ojos de cualquier ave nocturna que le estuviese viendo, habría pasado por un poeta al que se le dispara a la cabeza para que deje de molestar con ideas.

El rostro de Fiódor, la mandíbula apretada fuertemente, expresaba ira y desasosiego. Sorbió mocos con la nariz. Escupió al suelo. Le prendió en la mente la idea desesperada de decirle a Bogdana que se fuese con él de Járkov, que lo iban a dejar todo atrás y que él se enfocaría en el ajedrez en algún lugar en donde se apreciase su talento, lejos de los problemas y de las personas que le habían lastimado.

Fiódor echó a andar. Primero un paso. Luego otro, tambaleante. Las rodillas no le daban para sostener el cuerpo. «¿No recuerdas que yo te amo?», rogó a Caissa. «Disculpa, hay tantos que me aman...». «¡Soy Fiódor, el de la Dragón en la Siciliana!», rogó bajo la luna. «Ah, sí, ya me acuerdo... Eres un chico ambicioso, muy ambicioso, y yo ya no te quiero». En esa noche de revelación le habría ido bien rendirse, fumarse un cigarrillo en la estación, resignándose a ver los trenes pasar, consciente de que la vida no le vendía un billete para ir adonde quería porque, a fin de cuentas, las personas como él no tienen finales felices. No hubo esperanza ni gloria en el despertar, porque, aunque la musa sabía que le estaba haciendo daño, las lágrimas del joven le dieron igual.

El relente de la noche primaveral envolvió con sus manos frías a los dos adolescentes que compartían confidencias en un banco del parque Shevchenko, a la luz de una farola, frente al edificio de la universidad.

—Estás obsesionado con el ajedrez... ¿No crees que deberías darte un respiro? —dijo Bogdana, tomándole de las mejillas—. No pasa nada porque no llegues a ser el campeón del mundo. A mí me basta con verte feliz.

Él la miraba; escuchaba esas palabras con la melancolía del adolescente que oye llover. A esas horas solo le entendía la luna llena que, majestuosa, se alzaba sobre sus cabezas de tontos enamorados.

—¿Alguna vez piensas en nuestro futuro? —lanzó la pregunta, liberadora, que le carcomía.

—¡Claro que sí, bobo! —respondió ella—. ¡Me encantaría ir contigo a la universidad!

Se lo comió a besos, para disipar las dudas. Bogdana, de habitual recatada, dio rienda suelta a la pasión, un lujo anómalo en la discreta Járkov. Ni tan siquiera se paró a pensar en lo que estaba haciendo, pues la noche cerrada le daba una falsa sensación de hermetismo. Él, por su parte, festejó en silencio el golpe de suerte. «¡Me ha besado! ¡Ya puedo ir preparando la boda!». Estaba en una nube. Agradecido a la vida, pensó que la lengua de Bogdana era un suave pedazo de algodón. Preguntó a las estrellas, en sus pensamientos, cómo era posible que una diosa se hubiese enamorado de un simple chico como él.

—¿Qué tal si vamos a Kiev?

La oferta tomó descolocada a la joven. Siempre había pensado que su futuro estaba en Járkov y tenía la convicción de que él era de la misma opinión, aunque por lo visto no era así.

—He oído que la Universidad de Kiev es la mejor de Ucrania. Y el club de ajedrez tiene prestigio.

—Eso suena genial, pero... ¿y si alguna asignatura se me atraganta? Mi padre conoce a gente importante de aquí...

—No te preocupes por eso. Si tú me ayudas con las asignaturas que no me gusten, yo te ayudaré con las tuyas.

Abrazó a Bogdana con ternura, abrigándose mutuamente, protegiéndose el uno al otro. La luz plateada que perfilaba sus sombras tembló, estremecida por el amor juvenil. La noche les pertenecía. «Espero no empalmarme». Estaba preocupado porque, aunque tener una erección es algo natural, hay que saber discernir el momento y el lugar apropiados. Echó una mirada furtiva a su alrededor para constatar que estaban a solas.

—Pero ¿y si hay que estudiar mucho y no tenemos tiempo para divertirnos? Aquí disponemos de todo lo que necesitamos. En Kiev seremos unos extraños.

—No temas, Bogdana, nos lo vamos a pasar bien. Además, la ciudad es preciosa. La exploraremos juntos.

La joven entrecerró los ojos, la idea de dejarlo todo atrás era seductora. Se sonrió, las manos de su enamorado penetraron en su abrigo, buscando calor a través de la botonera, acariciando discretamente sus turgentes formas femeninas. «Dos por cinco, diez; capital de Francia, París; James Joyce, *Ulises*». Se aplicó con destreza para pensar en cosas aburridas, pero su pene tenía ideas propias y siguió creciendo. Los pechos de Bogdana, dos semiesferas perfectas, apuntaron al cielo.

—Mi amor... eres muy atrevido.

—Bogdana...

Las caricias fueron bien recibidas, pues había en ellas amor, respeto y fascinación, y correspondidas con tímidas quejas acompañadas de sonrisas de complicidad. Él, fascinado con la expectativa de hacer suyos los pechos de Bogdana, se lamentó de tener solo dos manos. «Si con dos disfruto tanto, ¿qué no disfrutaría con tres?». Se humedeció los labios. «Quiero besarlos». Sus manos se adentraron bajo las ropas. Los rodeó. Exploró la piel de Bogdana con las yemas de los dedos, jugando, subiendo hasta sus hombros, bajando en picado hasta su vientre. La besó en el cuello. Regresó, risueño, a las cumbres de la emoción. ¡Los pechos eran suyos! Los apretó tiernamente, llenándose de su gracia. Volvió a rodearlos y volvió a apretar. Dio vueltas en circulitos por las areolas de sus pezones, de tamaño medio. Apretó un poco más fuerte. Volvió a besarla cálidamente en el cuello, paseando la lengua hasta los lóbulos de las orejas. Pellizcó los pezones de Bogdana hasta el punto del dolor y le dijo pequeñas maldades al oído, hasta que ella exhaló largamente, rendida al placer, con un gemido imperceptible. Los violines de aquella orquesta sin músicos se empaparon de rocío.

Bogdana se dejó acariciar la cabeza, acurrucada en los brazos de su amor. Tenía la respiración agitada.

—Pueden vernos...

—¿Sabes que eres la chica más guapa de la Unión Soviética? —le susurró.

—¡Oh, para, seguro que eso se lo dices a todas!

—Sí, me has pillado. Ahora sabes mi secreto. —Él le siguió la broma, simulando estar avergonzado.

Bogdana premió la tontería de su enamorado con un beso inocente en la mejilla. Definitivamente, le gustaba mucho su compañía, incluso cuando se obsesionaba con el ajedrez. Al abrazarse dejaban de ser dos seres humanos, con sus diferencias, para ser uno solo. De vez en cuando se rozaban las mejillas con las orejas, se envolvían en el calor agradable que emanaba de sus cuerpos. Siempre a salvo de ojos curiosos.

—Cuando le diga a mi padre que no voy a estudiar en el Instituto Jurídico le va a dar un pasmo.

—Pues díselo poco a poco —propuso él, avanzando cuidadosamente por la anatomía de su diosa.

—¡Ja! ¡«Poco a poco», dices! Ya me explicarás tú cómo se le dice a un padre «poco a poco» que su fijación desde que nació su hija no se va a dar.

—Pues tendrá que hacerse a la idea. ¿Has pensado en ser actriz? Con lo guapa que eres seguro que triunfarías.

—¡Tonto!

—Hablo en serio, Bogdana. Eres preciosa. Si quieres podemos pasar de Kiev y pedimos plaza en Moscú. Dicen que es el lugar idóneo para estudiar Cinematografía. Puedo informarme. ¡Yo podría ser director y tú serías la actriz que protagonizaría todas mis películas!

—O al revés —le lanzó la pulla sujetándole el mentón, mirándole a los ojos enamorados—. Además, ¿tú no querías ser ajedrecista profesional?

—¡Claro que sí, pero una cosa no quita la otra!

—No le puedo dar ese disgusto a mi padre....

—Pero el Instituto Jurídico de Kiev también suena muy bien —concedió el chico. Cambió de tema—. Cada vez que te veo me sorprendes. Las trenzas te favorecen.

—¡Qué formal te has vuelto! —jugueteó ella.

—¿Puedo tocarlas?

—Primero tenemos que casarnos...

El fervor masculino se nubló con la broma de ella y, en lugar de distraer la mano atareada con los pechos de Bogdana, se puso a besarle el cabello. Se imaginó dentro de su melena, deslizándose en su interior sedoso como las canciones de amor al oído, llenándose a su vez del cálido aliento de Bogdana en su pecho, haciéndola ascender y descender, buscando la plenitud.

—¡No puedo creer que te gusten! Pensé que ibas a decirme que solo se las hacían las niñas pequeñas...

Las risas de la joven se mezclaban con la excitación, vertiendo cubos de alegría a la noche de misterio, rompiendo el silencio con gemidos llenos de significado. Estaban entregados a la pasión. Los enamorados actuaban como si fueran los únicos supervivientes de una guerra nuclear, admirados por los árboles que, fieles guardianes de su intimidad, estaban allí para protegerles de la curiosidad ajena.

—Puede que sean de niña pequeña, pero te quedan de muerte. Me gustan las chicas de pelo largo... especialmente si tienen orgasmos intensos.

—¡Bobo! —Le pegó con el puño en el hombro, jugando—. Me alegra que te gusten. Los chicos no tenéis que preocuparos por estas cosas.

—Bogdana, ¿puedo morderte las orejas? Son tan suaves que parecen recién hechas...

Entonces Bogdana le apartó suavemente de su lado. Le miró a los ojos, que de tan cristalinos le parecieron las aguas del río Lopan. Cambió el tono de voz, de pronto más adulta:

—En la universidad se conoce a mucha gente nueva. Espero que no te enamores de otra.

—¡No! —dijo él—. Tú eres la única chica para mí.

—No me puedo imaginar estar con nadie más que contigo, eres el chico más inteligente que conozco. Va a ser genial seguir estudiando juntos. Me encanta cuando hablas de tus estudios, ver que te enfocas en tus metas para alcanzarlas.

—Quiero que tengamos un buen futuro juntos.

—¡Te amo, Anton! —exclamó Bogdana, emocionada—. ¡Tú sí me comprendes! ¡No como el imbécil de Fiódor!

La luna bendijo el amor adolescente furtivo mientras Anton Oliynik y Bogdana Koval esparcían sus besos apasionadamente, cubiertos por una lluvia fina de alas de luciérnagas. A sus espaldas, apretando los nudillos, Fiódor Vasíliev fue testigo de su pasión. No tuvo dudas de que eran ellos. Despechado, amagó con coger una piedra y aplastarles el cráneo a los dos, aquella noche en que Caissa le había dado de lado. El rostro desencajado por la rabia no auguraba nada bueno; los ojos inyectados en sangre, tampoco. Pausó su respiración. Se encadenó a la ira, conteniéndola como el embalse Oskol cuando latía furiosamente cada vez que amenazaba desbordarse. Para sorpresa de los árboles custodios, Fiódor se limitó, el ceño fruncido y la frente arrugada, a internarse de nuevo entre los matorrales de los que había salido. En silencio; con la mente ruidosa.

Llegó al piso de su madre exhausto, con el halo de la noche eterna en la mirada y niveles de estrés muy alterados. «Solo me hubiese faltado encontrarme con los hermanos Melnik». Entró en casa acelerado, dando vueltas a la llave frenéticamente, le temblaban las manos. Katerina, a su vez, había vuelto del trabajo hacía rato. La dura jornada en la fábrica se cobraba su precio ajando las facciones de aquella mujer a la que, siendo hermosa, se le pudría la belleza. Las arrugas definían sus emociones, los surcos profundos delataban el sufrimiento por la pérdida de los seres queridos, por la amarga soledad. Se había metido en la cama poniéndose la almohada entre las piernas, fiel a su costumbre de sentir a Vitali con la luz apagada. La oscuridad honesta, el taparse la boca con la mano para que los vecinos no la oyesen... así, las rodillas fuertemente apretadas, fantaseaba con su difunto en el paraíso perdido del pequeño dormitorio.

Fiódor se tumbó en el sofá sin quitarse los zapatos, sin cambiarse de ropa. Era una de las ventajas de no tener hermana. Spaski le había recibido dando saltos, moviendo el rabo alegremente, pero no recibió caricias. El perro percibía que a su joven amo le pasaba algo. Impertérrito a los requerimientos del can, Fiódor echó mano de la sábana y se cubrió medio cuerpo. Las noches en Járkov eran frescas, pero el frío era la última de sus preocupaciones. Y además, tampoco era para tanto.

La cabeza le daba vueltas. «Con cada alma que entra en el abismo se corrompe más la tierra». La frase nacía de la rabia, de algún modo analizada y canalizada en la aparente dualidad de un carácter frío y un entorno sofocante. Fiódor quería mantenerse centrado, pero no le dejaban. «Tiran de mí. ¿Por qué tiran de mí? ¿Por qué no me dejan en paz?». Le hubiese gustado ser un perro viejo que se come sus cacas. «¡Mediocres!». Todos se interponían en su camino: su padre, Tkachenko, el maldito Anton... Se levantó como un resorte. Cogió el teléfono.

—¿Fiódor? —La voz susurrante de Bogdana Koval le recordó a las estrellas que cruzan el firmamento, cuyo destino es no volver jamás.

—Sí.

—¡Qué loco! —La joven tapó instintivamente el auricular—. ¿Por qué llamas a estas horas? Mi padre puede...

—Oírnos. ¿Dónde has estado esta tarde?

La pregunta fue directa al hígado. La temperatura de la noche acababa de bajar unos grados más. A Bogdana se le erizó el vello de la nuca.

—En casa, estudiando Matemáticas.

—¿Sola?

—Sí... Eh... No... Bueno, es que vino mi prima Sofiya. Los números se le dan mejor que a mí...

—«Los números se le dan mejor que a mí».

—Sí.

Bogdana se maldijo en silencio por su torpeza hablando, no era momento de divagar. «¡Tonta, tonta!», se dijo.

—¿Habéis estado juntas mucho rato?

—Se acaba de ir hace un momento. Se nos resistía un logaritmo neperiano, pero lo ha resuelto. Es muy buena con las mates, ¿eh?

—Es que me ha parecido verte en el parque.

—Sería otra chica que se me parecía... ¿Por qué lo preguntas?

—¿Estás segura?

Otro golpe al hígado, que Bogdana encajó como pudo.

—Imposible, Fío, hemos estado aquí toda la tarde. Además, yo nunca te mentiría. Lo sabes, ¿verdad?

—Puede que tengas razón —mintió el joven—. Seguramente me habré confundido.

—¿Lo dejamos para mañana? Debo tener mucho cuidado... No quiero que mi padre se entere de que estoy hablando contigo a estas horas.

—Nos vemos en el instituto.

Fiódor permaneció arrodillado, con el teléfono colgando en la mano durante largo rato. El fiel Spaski, viéndole en estado de shock, dio tirones al cable. Su amo al fin reaccionó. Tomó a la mascota por el lomo y la envolvió amorosamente entre sus brazos. En aquella noche oscura del alma, solo Spaski iluminaba el pequeño salón con su devoción por él. Fiódor recorrió el cuerpo de su fiel amigo haciendo círculos, acariciando la piel cálida que había acudido en auxilio de su espíritu atormentado.

—¿Por qué me mientes, Bogdana?

Nada hay más tierno que un abrazo en las noches frías, pero aquello fue distinto. La forma en que los brazos de Fiódor se ciñeron al cuello de su mascota fue tensa, perturbadora. Apretó cada vez más fuerte, indiferente a los gruñidos de Spaski. El perro, desesperado, intentó zafarse del amor de su amo sacudiendo la cabeza, tratando de morderle, por lo que Fiódor reaccionó hundiéndole los dedos. No podía respirar. «¡Puta mentirosa!». Llegaron los espasmos. La vida escapó de Spaski. «Tengo que deshacerme del cuerpo».

5

Expiación

Hay que eliminar la hojarasca del tablero.

José Raúl Capablanca y Graupera (1888-1942),
tercer campeón mundial,
apodado la Máquina del ajedrez

Los días transcurrieron como losas de un empedrado durísimo que cubriese el corazón de Fiódor, cerrando el paso a cualquier atisbo de luz que pretendiese disipar sus tinieblas. Encontraba una decepción tras otra en las personas de su entorno, se ampliaba la brecha entre sus emociones y las de los demás. Si de niño ya le gustaba perderse entre la gente, con lo de Bogdana no iba a darles el gusto de verle desesperarse esperando un milagro. La sensación de ser una garrapata y aferrarse a la vida ya no le parecía tan mala.

Al día siguiente, Fiódor entró en el instituto con aspecto calmado. Se podría decir que era un joven más, andando sin prestar atención, pero su interior se revolvía. Las tripas se le habían vuelto un tumulto incivilizado, retorcido, ocre, desafinado. Una miasma oscura había tomado cuerpo y, aunque los demás no la viesen porque se escondía bien tras su sonrisa, estaba ahí, acechante. Podría haber estrellado un coche de la Milítsiya* contra un puente y nadie se habría dado cuenta.

Caminó con garbo por el pasillo principal, alzando el mentón. Llegó a la clase de Historia de la Unión Soviética. Tomó asiento en su pupitre. Abrió el libro por la página que tocaba. Torció el cuello buscando a Bogdana. Ella se encontraba dos filas más atrás, donde siempre. La miró a los ojos. «¿Volverás a besarme bajo el arcoíris en el parque Shevchenko?». Él sonrió abiertamente, recibiendo a cambio una tímida sonrisa. De pronto, dejó ir una mirada glacial, de las que no dejan arrugas alrededor de los ojos. A la joven no le pasó desapercibida esa forma de marcar las distancias, de hacerla ver que no le valdría de nada perfumarse con palabras porque, en el cara a cara, Fiódor iba a patear su culo mentiroso.

Las clases de aquel último año no estaban siendo particularmente provechosas, los estudiantes tenían ganas de verano y sus niveles de atención no daban para más que saltarse las normas como podían. Las chicas, haciendo trampa con el largo de la falda para enseñar pierna; los chicos, dejándose crecer el pelo un poco más de lo que querían sus padres. «¡Córtate ese pelo, que pareces una niña!», les decían y ellos, a su modo, bordeaban la barrera. No se les ocurría pensar que la

* Nombre oficial corto de la policía en la Unión Soviética y en gran parte de las naciones integrantes del Pacto de Varsovia.

lucha era un placebo, que sus padres también habían sido jóvenes, mas eran tiempos de apertura al mundo y el mantenimiento de la disciplina era innegociable con el fin de que los pilares de la nación no se desmoronasen. Esto daba pie a la permanencia de un buen puñado de leyes absurdas (como la que prohibía enarbolar la bandera de otra nación frente a oficinas del Gobierno, so pena de detención), cuya vigencia encontraba explicación en esa obsesiva necesidad de autopreservación de las autoridades.

La última, y soporífera, clase de la tarde acabó con suspiros de alivio para la mayoría del alumnado, mas a Bogdana se le hizo bola en la garganta. Tenía motivos de sobra para sentirse culpable aunque, en sentido estricto, se suponía que Fiódor no tenía ni la más remota idea de que le estaba poniendo los cuernos con Anton Oliynik. Llevaba la vergonzosa infidelidad en secreto, los únicos testigos del amor furtivo estaban en el parque Shevchenko y eran árboles. «¿Y si, en lugar de protegerme, me han traicionado?». Un mundo en el que los árboles dejasen de ser discretos y se volviesen locuaces le pareció insoportable. Los alumnos ordenaron sus pupitres, se colgaron las carteras a la espalda y salieron a toda prisa del aula.

—¿Vamos al...?

—Cristal —dijo Fiódor.

La propuesta fue aceptada sin rechistar. Él hizo el gesto de extender la mano para que se la tomase; ella, que no debió de verlo, se llevó las manos a la espalda, entrelazándolas. Anton contempló la escena desde la distancia. Se preocupó mucho, pero no dio un paso: «No debo meterme, esto le concierne solo a ella». Mas, aunque era lo bastante hombre para aceptar la independencia de Bogdana, eso no significaba que no lo estuviese pasando fatal. Se le ocurrió darle un par de hostias bien dadas a Fiódor para zanjar el asunto, aunque entró en razón y tomó el control de sus pulsaciones, bajándolas.

El Cristal solía llenarse cuando los chicos salían del instituto, pero aquella tarde estaban predestinados a encontrar mesa. En ella destacaba un pequeño jarrón blanco de cerámica adornado con tres grandes flores amarillas que realzaba la delicadeza de su redondez. Tomaron asiento. Fiódor sonrió. Una maravillosa gracia divina emanaba de su rostro, que a Bogdana le pareció en ese momento de bondad sobrenatural. La joven se sintió miserable, le carcomía la vergüenza. «No puedo cambiar a mi Fío por Anton... No puedo creer que esté haciendo esto». Él, luciendo una sonrisa bobalicona, era el inocente chico desgraciado del que se había enamorado. Bogdana tomó aire, pues tenía las emociones desordenadas. Inspeccionó disimuladamente el ambiente del Cristal: los clientes que habían tomado asiento frente a las mesas contiguas iban a lo suyo, lo que tuviese que hablar con Fiódor no le importaba a nadie. Pidieron sus consumiciones: sendos helados Belochka* en vaso de cristal. Las paredes del local eran lisas, como las intenciones de Bogdana; la que daba al lado de la calle presentaba un gran ventanal, la única fuente de luz benevolente en aquella tarde aciaga.

—Podríamos haber traído a Spaski.

—Imposible —negó Fiódor.

—Ya sé que no dejan entrar a los perros, Fío. Podríamos haberlo dejado atado a la entrada, le va bien salir de casa.

* «Ardilla».

—Imposible —zanjó Fiódor con una sonrisa.

Cuando su novio se cerraba en banda no había manera de sacarle de su argumentación, por lo que Bogdana optó por no tirar más de la cuerda, a sabiendas de que esta se iba a tensar más de lo debido. No tomarse en serio las tormentas de verano suele acabar mal y, en el Cristal, las nubes del cielo de Járkov habían pasado de risueñas a estar considerablemente cargadas. Bogdana, antes de hablar, arrimeró sus sentimientos, poniéndoles orden, apilando las palabras que iba a usar para que cada una de ellas fuese una bala precisa, letal. El ángel de la muerte le susurró al oído que matar una relación requiere ser eficiente en la praxis, porque a veces no quedan bien muertas.

—Tenemos que hablar —dijo al fin.

«Así es como se matan las relaciones», se enorgulleció el ángel de la muerte y se fue, satisfecho de su aportación. «Tenemos que hablar». No hay palabras que tema más un chico, en un pequeño café, en boca de su novia. Después, un «no eres tú, soy yo» y el horror. ¡Ah, el horror! La devastación. El fin de los días, un lenguaje universal que no sabe de fronteras y que además no admite réplica. Es escuchar el temido «tenemos que hablar» y el chico sabe que ante esa verdad revelada hay un sinfín de reproches que nunca fueron formulados, por lo que son irrebatibles, son el vacío. Por tanto, tras el arte de abrir el diálogo para cerrar la relación solo hay una salida digna: la aceptación, la rendición incondicional, bajar la cerviz en la inmensidad, la humillación. Con un poquito de sangre fría. No hay final feliz.

—¿Va todo bien? —Fiódor frunció el ceño, estaba sorprendido.

Bogdana no supo cómo reaccionar. Tuvo la sensación de

que el discurso que había estado preparándose para ese momento se le había olvidado, de que las palabras se le evaporaban en la boca antes de ser pronunciadas. Esperaba enfrentarse a un Fiódor furioso, indignado, y, en cambio, allí estaba él hecho un amor, mirándola como el compositor que admira la obra de su vida. Era, en suma, como si la tensión de la conversación telefónica de la noche anterior no hubiese tenido lugar. «¿Me estaré volviendo loca?».

—Cariño, puedes contármelo. Sea lo que sea. Estoy de tu parte —dijo él.

«¿"Cariño"? ¿Me ha llamado "cariño"? ¿Desde cuándo me llama "cariño"?». La sonrisa beatífica de Fiódor no admitía tratos con el rechazo, ¿qué podía hacerse ante un amor tan puro como aquel? ¿Cuántas veces, incluso cuando lloraba porque él la trataba como a un trapo, se había sentido mal porque, en el fondo de su ser, sentía que Fiódor la amaba? A través de las tinieblas, cuando la relación parecía hundirse en la oscuridad, él emergía del cieno con radiante armadura dotado de una aureola de santidad. Había en las iglesias retablos menos convincentes que la inocencia elocuente de Fiódor. Bogdana tomó una respiración profunda.

—Últimamente… he pensado mucho en nosotros. —Bogdana se explicó al filo del límite del bien y del mal—. Yo… estoy enamorada de otra persona.

Fiódor abrió los ojos desmesuradamente.

—No tenía previsto que pasase esto…

—Bogdana…

—Fío…

—¿Hasta cuándo ibas a tenerme engañado? —La voz de Fiódor fue el viento polar; cada palabra era un carámbano.

El corazón de erizo acababa de sacar las púas. Bogdana abrió los ojos como platos. No tenía oportunidad de escaparse de aquella mirada acusadora; Fiódor le agarró la mano en un movimiento rápido. Apretó. No lo suficiente como para hacerle daño, sino lo justo para que ella supiese quién era el que mandaba.

—Te he hecho una pregunta.

Bogdana acababa de pasar de verdugo a víctima. Había sido un giro rápido del destino, un engranaje que se había movido de manera imperceptible pero implacable, vaciándole las vías respiratorias, dejando solo el aire preciso para que no cayese inconsciente y que él, al modo de un operario experto, apretaba y destensaba para llevarla al lugar que quería, un rincón del Tártaro donde olvidarla cuando se cansase de hacerla sufrir.

—Lo siento...

—Me importa una mierda que tú lo sientas. —«¿Ves, Bogdana? Me estás haciendo hablar mal»—. No... no puedo creer que esto esté pasando —dijo con voz temblorosa.

—Sé que esto es difícil, pero no puedo seguir mintiéndote a ti ni a mí misma.

—Ni a él —puntualizó Fiódor—. Di su nombre.

Mantuvo la presa sobre la mano de Bogdana. Incrementó la presión un grado de fuerza.

—¡Para, me haces daño! —sollozó la joven.

—Y más que te haré si no me dices su nombre.

Era del todo innecesario, desde luego, porque sabía de sobra de quién se trataba, pero Bogdana ignoraba esto. Fiódor quería verla humillarse, traicionar a su nuevo amor, delatarle..., matar la inocencia del enamoramiento para que cada vez que pensase en Anton Oliynik lamentase que su relación había nacido condenada.

—¡Por favor, Fío!

Los ojos de Bogdana se derritieron en lágrimas ardientes; Fiódor se mantuvo impertérrito, no estaba por la labor de mostrarse comprensivo. Apretó. Apretó con todas sus ganas. Clavó imaginariamente en la mano traidora aquel alfil del pabellón del Spartak, con toda la rabia del mundo. Le habían roto el corazón, ¡qué se le iba a hacer si ahora era él quien les rompía el amor a ellos!

—Anton...

—No te oigo.

—¡Anton! ¡Es Anton!

—Di que me has traicionado con Anton Oliynik —exigió con voz ronca.

—Fío...

La súplica no podría haber encontrado un sitio peor en el que caer.

—Di que me has traicionado con Anton Oliynik, golfa. Dilo bien alto, que lo oigan todos.

Y Bogdana, bajo intensos dolor y vergüenza, se convirtió en el centro de todas las miradas en el Cristal:

—¡Te he traicionado con Anton Oliynik!

A las orondas, orondísimas, baristas del Cristal no les gustaba que hubiese alboroto. Fiódor cerró los ojos, aliviado. Soltó la mano de Bogdana. Las excusas del tipo «no quería lastimarte» no habrían sido más que ponerle tiritas a una herida de muerte porque, tal como él veía las cosas, no les había bastado con apuñalarle, sino que se habían regocijado haciendo rosca con el mango del puñal para que la hoja le llegase bien adentro, no fuese a ser que le quedase algún órgano en el que no experimentase un atroz sufrimiento. En su fuero interno reconocía que Bogdana y Anton no tenían nada que envidiar a los torturadores medievales, la humillación había sido impecable: se sentía el joven más ridículo del mundo, con su cornamenta recién puesta en la cabeza. «¡Cómo te brillan los cuernos, Vasíliev! ¿Son nuevos? ¿Irás a la boda?».

Se levantó de la silla empujándola hacia atrás con decisión.

—No puedo estar aquí contigo —dijo antes de marcharse sin mirar atrás.

Bogdana se encogió. Estaba literalmente desgarrada por dentro: se había liberado de una relación tóxica pero, a su vez, una voz en su cabeza le decía que ella era la fuente de la toxicidad. Habría bastado con que Fiódor hubiese gritado algún improperio al irse, pero al despedirse educadamente la había dejado sumida en un profundo desasosiego, a solas con sus demonios.

La herida supurante de Fiódor no tenía comparación con nada que hubiese sufrido anteriormente: se sentía el hazmereír de toda la escuela n.º 6 de Járkov, desde el director hasta el último de los bedeles, pasando por cada alumno del centro.

Llegado a casa, no tardó en ponerse el pijama. Se quedó de pie mirando por la ventana por tiempo indefinido. Estuvo así más de una hora, pensando sin estar pensando, amontonando nubes, hasta que el sol se ocultó. Le dio tiempo a ver cómo uno de los hermanos Melnik se besaba con su novia en un callejón. Fue un beso rápido, sin testigos. «¡Adónde vamos a llegar!».

Esa noche no se le abría el apetito, se saltó la cena. Por primera vez en su vida le asaltó la clara convicción de que se quería morir. Hizo varios paseos del salón al lavabo para vomitar, pero fue inútil. A cada arcada que se provocaba con los dedos, los ojos se le llenaron de lágrimas, mas de su interior yermo no salieron más que espumarajos. Toser, con los dedos llenos de babas que le resbalaban por la mano, componía su imagen de la derrota, y él era consciente de que eso no estaba bien. Se imaginó a las palomas del parque Shevchenko picoteando por ahí los restos desperdigados de su corazón.

Se llevó al sofá el tablero damasquinado y las piezas de su madre. Se arropó cuidadosamente, controlando cada detalle de la operación. Primero dobló la sábana cuarenta y cinco grados en dirección a la pared. Luego metió el pie izquierdo, haciendo hueco, para a continuación encajar toda la pierna. Con eso consiguió crearse el suficiente espacio para dar un golpe de cadera y meter el resto del cuerpo sin deshacer la cama, pues tenía la intención de componer el tablero con las piezas y nada le resultaba más molesto que hacerlo con arrugas en la sábana. El cuidado en el detalle era lo que hacía impecable su experiencia nocturna con el ajedrez. No podía dejar nada al azar si quería que Yákiv Kujarenko le asistiese. Todo debía estar en su sitio y ser perfecto: las zapatillas, pegadas a las patas del sofá, sin que mediase espacio entre ellas; la almohada, cuadrada como un damero; el silencio a su alrededor, sepulcral; las piezas, situadas en el centro justo de sus correspondientes casillas, con la particularidad de que el caballo de rey debía mirar al frente y el de dama, a su torre. Prestaba escrupulosa atención a la posición de ambas piezas. Así, el caballo arrogante que miraba de frente representaba su capacidad táctica, la del ajedrecista que no teme internarse en el laberinto del cálculo; el caballo orientado hacia la torre simbolizaba a su vez el control inmaterial de la posición, el juego estratégico profundo. De este modo, ambos caballos, cada uno con su peculiar disposición, le equilibraban como ajedrecista.

Tuvo la tentación de pensar en Bogdana. Se enfadó sobremanera, ella no era nadie para distraerle de la relación con su tablero damasquinado. Recuperó la concentración. Encontró palabras amistosas que decirse a sí mismo mientras configuraba la posición que daba origen al ataque Yugoslavo en la Siciliana, variante Dragón. Le encantaba que las blancas se enrocasen en largo, porque le daban más oportunidades de montar su contrajuego en el flanco de dama.

—No le des más vueltas, Fiódor. Ella se lo pierde.

Enarcó las cejas. ¡Alguien le había hablado! Era coral, armónica, como el arrullo de los niños que cantan misa.

—Perder forma parte de las experiencias de la vida.

¡Otra vez la voz! Salió del sofá con mucho cuidado para no deshacer el proceso que había desempeñado con tanto esmero. Inspeccionó el salón por si había alguien. Habría sido extraño, porque los ladrones no se ponen a hablar con sus víctimas desde sus escondrijos, pero no sabía qué pensar. Movió un par de muebles sin resultado. Echó un vistazo a la cocina, debajo de la mesa, pero nada. Abrió la nevera: nada. Inspeccionó el lavabo y la habitación de su madre, igualmente en vano.

—¡Salid y dad la cara!

Fiódor no estaba atravesando el mejor momento de su vida, por lo que, aunque hubiese más de un ladrón agazapado, iban a arrepentirse de meterse con la persona equivocada.

—¡Hijos de puta! —El grito bien podía haber ido por Bogdana y Anton.

Avanzada la noche, Katerina no había llegado del trabajo; el peor enemigo de su hijo empezaba a ser él mismo. Fiódor volvió al sofá siguiendo escrupulosamente todos los pasos anteriores.

—Cálmate, muchacho. No dejes que la ira ahogue lo mejor de ti —continuaron diciendo las voces—. Siempre supiste que estaban hechos el uno para el otro. Deberías dar gracias por el tiempo que tuviste con Bogdana, pues era tiempo prestado que le pertenecía a otro.

Entonces los vio. Parecía mentira, pero ahí estaban para su sorpresa. ¡Los peones negros habían cobrado vida! Fiódor no daba crédito, la falange de infantes movía sutilmente las caderas, acompasadamente, al tiempo que silbaban una melodía evocadora. Solo faltaba el peón de c, que reposaba en la bolsa de las piezas capturadas, matadas, liquidadas, muertas.

Aquellos siete peones oscuros componían el orden de movimientos que evocaba la constelación del Dragón, una esbelta cola en superficie ajedrezada. Y aunque Draco no posee ninguna estrella particularmente brillante, el conjunto ha cautivado a astrónomos y a ajedrecistas a lo largo de las épocas debido a su poderoso vínculo con la sabiduría y con el sentido del honor.

—Tienes que pasar página, muchacho. Tu momento llegará y será con la persona adecuada.

La voz aterciopelada de los peones negros cubrió de buenos consejos al joven, en su hora de necesidad, cuando la negrura a solas enturbiaba su mente. ¿Amanecería para Fiódor o la noche le cubriría con garras de basalto? Tras la desolación, quedaba algo bueno para él. El Fiódor que una vez fue niño, el que se enamoró del ajedrez porque le hacía sentir bien, seguía ahí, en alguna parte, aunque la gente no lo viese. La falange de peones negros pasó revista a las emociones de su vida, balanceando las caderas como el mar tranquilo deja ir las olas que acarician las playas. Cada pensamiento era una promesa de expiación: la música podía salvarle, no tenía más que escucharla.

—¡A esos, ni caso! —La voz provino del caballo negro de rey. Desde la casilla f6 se encargaba de labores de defensa—. ¡Coge tus cosas y lárgate, Fiódor! ¡Aquí nadie te necesita!

El contrapunto a la sensatez de los peones le llegó de la pieza cuyo movimiento es distinto al de todas las demás, pues solo el caballo tiene permitido saltar por encima de las otras en el juego del ajedrez. Esos saltitos, que a veces son coces, pueden retorcer la mente de cualquiera.

—Si te quedas seguirán abusando de ti una y otra vez. ¡Luego no te quejes diciendo que no te lo advertimos! —El otro caballo, cómodamente instalado en c6, relinchó orgulloso—. ¿Vas a hacer caso a esos buenos chicos, que se arrastran y no ven las cosas como son hasta que las tienen delante de las narices? ¡Tú vales más que eso!

—¿Y si no vuelvo? ¿Qué pasa si lo que encuentro no me gusta y no puedo regresar?

El lenguaje de los caballos era seductor. Se acompañaban de la arrogancia de su porte rampante, el sonido de sus cascos llevaba los aires de bailaores de flamenco en la exótica Córdoba. El tablero damasquinado resonó brioso, la voz de truenos en la distancia se enseñoreó del salón.

—¡Vete, Fiódor! ¡Aquí nadie te quiere!

—Pero antes deja un recuerdo imborrable... —Una voz destructiva le llegó a lo más profundo de su ser.

El alfil negro de g7 se había pronunciado. Él era el orgullo de la Dragón, un monstruo que vigilaba desde su cueva, el ojo acechante que fiscalizaba las casillas centrales del tablero y que ejercía presión sobre el rey enemigo. Era un demiurgo alrededor del cual se fraguaban el ataque y la defensa de las negras, capaz de hacer reyes y de descabezar monarcas que no fuesen de su agrado. Su par, desde d7, de temperamento más tranquilo, asintió.

—¿A qué te refieres?

—Mátalos.

Una orden desapasionada, despiadada y tajante que no admitía discusión. No tuvo necesidad de adornarse con más palabras, estaba todo dicho.

—¿Y si me pillan?

—Entonces habrá que asegurarse de que no dejas pistas a la Milítsiya.

El comentario vino de la torre del flanco de dama, que se había desplazado a c8 para hacerse con la columna abierta. La de f8 estaba molesta, porque también tenía intención de ocupar la columna.

—Matar no es sencillo —argumentó Fiódor—. Siempre hay algo que falla.

—Pero los demás no son tú —insistió la torre—. Además nos tienes a nosotras para ayudarte, porque tu causa es justa.

—Su causa es justa —convinieron los alfiles, acompañados por la dulce voz de los peones.

—Ve a casa de Bogdana. Una visita cuando no estén sus

padres por la tarde —le insinuó la torre de c, demostrando ser muy pragmática—. Nadie os ha visto discutir en la escuela.

—Pero hemos armado jaleo en el Cristal —recordó Fiódor.

—Tú encárgate de meterte con ella en su casa sin que nadie te vea. Luego, que pase lo que tenga que pasar. Mientras no haya gritos... Y lleva guantes, que así no dejarás huellas.

—¿En verano?

—Te los pones cuando vayas a estrangularla. Le dices que es un juego.

—No sé...

—¿Qué no sabes, estúpido? —habló la dama negra, imponiendo su voz regia, de expedición en la casilla a5.

Fiódor contuvo el aliento, parecía una pequeña criatura del bosque sorprendida en plena hibernación. Respiró haciendo pausas, como los niños que no quieren ser descubiertos en mitad de una travesura. Entonces se atrevió a objetar:

—¿No nos estamos pasando?

—La orden ya está dada —zanjó el rey negro, observando al joven desde la seguridad de su *fianchetto*.*

Fiódor se dispuso a recoger las piezas. Primero las devolvió, incluyendo las que habían sido capturadas, a su posición de origen, quedando blancas y negras en perfecta disposición inicial. Las contó para asegurarse de que no faltaba ninguna. Una vez hecho esto, las fue guardando en la bolsa emparejando cada una con su homónima: peón blanco con peón negro, caballo blanco con caballo negro, alfil blanco con alfil negro... hasta que estuvieron todas recogidas. Seguidamente desdobló la almohada, extendiéndola con cuidado para que

* Construcción de peones en el enroque, con un alfil defendiendo la posición.

se ajustase a la medida exacta del sofá. Destapó la sábana cuarenta y cinco grados. Sacó la pierna derecha y, con un golpe de cadera, el resto del cuerpo. Luego, la pierna izquierda hasta recorrer el filo de la sábana con el pie. Cuando estuvo seguro de haber sacado el dedo gordo (que a veces se le quedaba atascado en la sábana, lo que le obligaba a repetir toda la operación desde el principio), procedió a salir del sofá. Se puso las zapatillas. Guardó el tablero damasquinado y las piezas en un cajón destinado a tal efecto. Volvió al sofá. Se quitó las zapatillas y las dejó en su sitio. Metió la pierna izquierda bajo la sábana. No obstante, una idea salvaje le recorrió el pensamiento, impidiéndole meter la pierna derecha en el hueco bajo la sábana.

—¿Y si...?

Rápidamente procedió a sacar la pierna izquierda. Salió del sofá. Se puso las zapatillas. Fue a inspeccionar el cajón donde tenía guardados el tablero y las piezas. Sonrió: la bolsa de las piezas descansaba sobre las casillas centrales del tablero damasquinado, lo había hecho bien. Exhaló el aire de sus pulmones, aliviado. Regresó al sofá. Dejó las zapatillas tocando las patas. Metió la pierna izquierda bajo la sábana. Hizo hueco. Metió la pierna derecha y, golpe de cadera mediante, el resto del cuerpo. Dobló el brazo derecho bajo la almohada. Se arropó con el izquierdo. Cerró los ojos, el día había sido muy largo.

La sombra de su obsesión creció incubándose aceleradamente, como un insecto que pasa de larva a pupa y se metamorfosea en algo de naturaleza viscosa. Era consciente de que matar personas no estaba bien (por lo menos, no era algo que estuviese bien visto), pero tenía la intuición de que tampoco estaba mal del todo. Sobre todo en determinados casos. Para Fiódor, aquella noche matar estaba en una zona brumosa, entre la salida digna a sus tribulaciones y el confinamiento en una prisión siberiana. «La gente pasa de los demás. Les importa poco si nace un bebé en el barrio, nadie se preocupa de si el niño va a tener una buena vida, con un buen trabajo. "¡Hola!, ¡qué bebé tan guapo!", y se largan, porque en verdad todos los recién nacidos son feos, y no lo quieren decir delante de los padres. ¿Quién se acerca a la familia y les dice "tomad estos rublos, para que vuestro pequeño coma bien"? Si pueden, te putean. Si ven que vas a levantar la cabeza, te la vuelven a pisar. Entonces, si los que nacen no importan, ¿qué más dan los que se mueren? Al fin y al cabo la mayoría no hace nada con su vida. Yo ni me acuerdo de la gente con la que he hablado hoy. Bueno, de Bogdana sí. Pero de la mayoría no. Y que no me vengan con que ellos sí se acuerdan, porque no es verdad. ¿Qué tiene de malo cambiar unas caras por otras, o borrar las que no nos gusten? La mayoría lo agradecería, aunque se lo tienen calladito». Se acordó de su padre. «Él está criando malvas y las cosas van mejor en casa».

Se despertó al filo de las tres de la madrugada. Estaba envuelto en sudor. El corazón le palpitaba fuertemente. Y entonces ella le habló al oído:

—¿Fiódor?

—¿Sí?

—Soy yo, Caissa.

Pasaron varios días en los que las cosas dieron la impresión de recuperar la normalidad. El curso escolar estaba en sus postrimerías, los estudiantes aflojaban en clase y los exámenes, a la vuelta de la esquina, anunciaban que todos los herejes serían quemados en breve. Nada nuevo en lo que concernía al discurrir académico.

Fiódor, Bogdana y Anton cruzaban miradas en clase, cada uno desde su pupitre, contando tres, cuatro, cinco, seis... para evitar que la tensión se desbordase. El secreto a voces de los cuernos revoloteaba alegre entre los estudiantes, que jugaban a decirse secretos al oído. Los profesores estaban al tanto de los rumores, pero no les daban mayor importancia. Incluso se permitían hacer algún comentario al respecto, mientras llenaban la pizarra de galimatías numéricos para dar uso a las tizas.

Cayó la noche. Fiódor se sintió bendecido con la llegada de la luna llena, pero la luz que se filtraba a través de la ventana del comedor no bastaba para inspirarle los detalles últimos del plan para borrar a Bogdana y a Anton. «Matar no es tan fácil como parece». Entonces Caissa acudió en su auxilio:

—Un plan multiescalonado, Fiódor, como en el ajedrez. Primero una fase, y cuando la completes ve a por la siguiente. Así, aprovechando la inercia, todo fluirá.

Fiódor recordó que los planes de ataque frontales suelen fracasar porque el rival alza sus defensas y focaliza sus esfuerzos donde tiene lugar la acción. Pero los planes multiescalonados... «Primero deteriora sus debilidades, querido. Después golpea con todo». Cerró los párpados; se le humedecieron los ojos.

Caissa le desgranó pormenorizadamente lo que tenía que hacer. La belleza del plan que su musa había urdido con respecto a Bogdana le sobrecogió: primero debía hacerse la víctima, llorando si era preciso, para que la joven traidora sintiese lástima por él. La conocía bien, estaba seguro de que si se la trabajaba a conciencia, a pico y pala, no iba a llevarle más de un par de semanas. Luego tenía que «enamorarse» de otra compañera (a este efecto calculaba que le serviría la más fea, una que le diese facilidades y no le llevase mucho tiempo). Se dejaría ver con su nueva novia, propondría a Bogdana salir los cuatro juntos, con Anton, como amigos. Esa sería la primera fase del plan multiescalonado.

—¿Y si pasa de mí? ¡Menuda vergüenza si la más fea de la clase me rechaza!

—Lutero decía que cuando Dios construye una iglesia, el diablo construye una capilla. Habrá dificultades, pero has de tener fe. Paradigma: la duda es enemiga de la fe. Segundo paradigma: un hombre sin fe no es nada.

La segunda fase del plan (y, desde luego, la más gratificante) era la relacionada con las ejecuciones. La gente tendría interiorizado que las dos parejas de jóvenes salían como amigos, por lo que nadie sospecharía de él cuando borrase a Bogdana. Un día, entre semana (para asegurarse de que estaba sola en casa), se presentaría en su domicilio con la excusa de tener un problema con su novia. «Estará encantada de ayudar, la hija de la gran puta». Esa parte del plan dependería en gran medida de la improvisación, porque había que seleccionar un momento en el que pillarla con la guardia baja. «¡Qué fácil sería si le gustase el vodka!». De todas maneras no le iba a ser más difícil que con Spaski. «Bogdana no muerde». La dificultad del asunto no estaba en estrangularla, lo difícil era hacer pasar el crimen por un suicidio. «Si le tapo bien la cara con la almohada, no dejaré marcas. Luego le pongo un cinturón en el cuello y preparo la escena como dice Caissa».

Lo que no tenía tan claro era la forma de borrar a Anton. «Hazte su amigo, Fiódor. Y confía en el plan multiescalonado».

—No lo veo. ¿Cómo lo hago?

—Cuando borres a Bogdana, Anton estará abatido. Necesitará un buen amigo, un hombro en el que llorar. Y ahí estarás tú, porque te habrás ganado su confianza.

A Fiódor se le iluminaron los ojos.

—Habla con sus padres. Diles que estás muy preocupado por él, que tiene ideas raras en la cabeza, que quiere reunirse con Bogdana. Échale teatro.

—¿No sospecharán?

—Todo lo contrario, se aferrarán a ti como a un boticario en una peste. Te abrirán las puertas. Cuando Anton se vaya a quedar a solas, querrán que estés con él.

—Eso me dará una oportunidad.

—En efecto, pero has de ser cauteloso. Nada de pelearte. Además, si os enfadáis, tendrá la guardia alta y no se dejará borrar por las buenas.

—¿Entonces?

—Abres una ventana. Te asomas. Disimuladamente, como el que no quiere la cosa. Le dices algo que quiera oír. Alguna tontería sobre el amor para siempre y las palomas del parque Shevchenko llevando el alma de Bogdana al cielo... Tonterías que funcionan muy bien. Que no sospeche.

—¿Y luego?

—Le pasas el brazo por el hombro, que para eso eres su mejor amigo. Os asomáis un poco más a la ventana.

—¿Y?

—Un empujón por la espalda, Fiódor. Y borrarás a ese cenizo. No volverá a interponerse en tu camino.

Fiódor imaginó el resto de su actuación, llorando desconsolado abrazado a los padres de Anton Oliynik. «El plan multiescalonado, querido. Acabas de comprender la esencia del ajedrez».

El amanecer rompió la noche. En la escuela, Fiódor se propuso ligar con Yeva, la chica menos agraciada de la clase. El camino hacia la sanación de sus emociones se andaba paso a paso, multiescalonadamente. Sus sentidos se afanaron en encontrar el camino directo al corazón de la joven, escarbando en las fisuras que se le habían ido abriendo en el paso que lleva de la niñez a la pérdida de gracia de la adolescencia. Una tierna sonrisa, una caricia en la mejilla, una caída de ojos simulando timidez... Le pareció un entrenamiento que habría de reportarle grandes réditos a lo largo de la vida. Ella, sorprendida por la atención que recibía, se dejó conquistar. No solamente se dejó, sino que participó activamente en su propia rendición.

—Bogdana, creo que me he enamorado. —Fiódor se hizo el encontradizo en un cambio de clases—. Esta vez no quiero cagarla.

La joven miró circunspecta a su exnovio. No sabía qué decirle. En esos cambios de humor era indescifrable. La nueva enamorada saludó con la mano desde las taquillas.

—¿Verdad que es encantadora? Me gustaría que os conocieseis mejor, seguro que os hacéis buenas amigas. Quiero que recuperemos lo que teníamos...

—Fío…

—No, no me malinterpretes. Sé que estás bien con Anton, y me alegro por vosotros. Me refiero a que volvamos a hacer cosas juntos como amigos. Si me ayudas, no la cagaré. Quiero que me vaya bien con Yeva.

Bogdana aún albergaba sentimientos por él. No precisamente los que Fiódor hubiese querido, pero sí los que le convenían para llevar a cabo sus intenciones. La joven se ruborizó, el corazón se impuso a su cabeza:

—Claro, seguro que os irá genial. ¿Por qué no la invitas a dar una vuelta por el parque Shevchenko? Anton y yo iremos a dar de comer a las palomas.

«¿Me pasas por la cara vuestro amor, traidora? No sabes lo que te espera».

—¡Buena idea, Bogdana! ¡Allí estaremos!

Pasaron los días. Las dos parejas fueron estrechando lazos, pero había algo extraño, como si el tiempo hubiese empezado a pasar de forma distinta, como si los relojes de Járkov se despistasen y perdiesen algunos segundos cada hora. Era una desviación de la realidad sutil, imperceptible para quien no estuviese pendiente de ello. Fiódor, en cambio, intuía que el universo estaba cambiando. «¿Será el mes que viene el mismo mundo que es hoy? Les habré borrado, puede que las cosas sigan igual. O no. O… bueno, les habré borrado y ya está». Se manejaba con encanto en las distancias cortas, su amplia sonrisa acentuaba el brillo natural de sus ojos azules. Pero un día, cuando llevaba un tiempo trabajándose a su nueva novia y la amistad con los que le habían traicionado, Fiódor se percató de que efectivamente el mundo se había desacompasado. Un minúsculo engranaje se había movido a destiempo. Para empezar, Bogdana se había saltado las clases. Y Anton también.

Las materias del curso académico habían llegado a una curva asintótica que funcionaba como una barrera que impedía avanzar contenidos a los profesores. «Aquí ya no tenéis nada más que aprender. Sois carne de instituto», parecía significar. «Los exámenes finales ya están puestos. ¡Qué oportuno, que estos se hayan saltado la clase! ¡Seguro que están en el parque, riéndose de mí!». Se le juntó la sensación de estar perdiendo el tiempo (que podría estar empleando en su carrera para ser campeón del mundo de ajedrez) con los celos. Entonces, al acabar la decepcionante última clase, la profesora de ruso les pidió un momento de silencio:

—Os habréis percatado de que vuestra compañera, Bogdana Koval, no está con nosotros...

Los estudiantes murmuraron por lo bajo, preguntándose si se había metido en algún lío. La profesora insistió en pedir silencio. Se acomodó las gafas, cuya montura de plástico daba a su cara el aspecto de estar ensamblada en una cadena de montaje. Era una mujer joven, vestía falda azul, ceñida a la altura de las caderas, marcando los glúteos. Tenía los pechos de tamaño mediano, aún mejor formados de lo que imaginaban sus alumnos pero, por contra, menos deseables que la imagen idealizada que azotaba las inseguridades de sus alumnas. Cuando cruzaba la mirada con los chicos, tenía el poder de hacer que se sintiesen escrutados en sus intimidades, pues era consciente de que no eran pocos los que fantaseaban con ella. Carraspeó. Alzó la voz:

—El señor Koval ha sido trasladado a Moscú. Bogdana hará allí los exámenes finales. No volverá. Podéis marcharos.

Fiódor hundió la cabeza entre los brazos. Su magnífico plan multiescalonado había fracasado. «¿Por qué? ¿Por qué?».

6

Aguas heladas y corazón caliente

Un mal plan es mejor que no tener plan.

FRANK MARSHALL (1877-1944),
legendario campeón de Estados Unidos

Fiódor había tomado la forma de un hombre enjuto, con las extremidades largas como las de una araña. También, engañosamente fuertes. Eran recios cabos de marinería que parecían frágiles a simple vista, pues no se trataba de uno de esos hombres cuya musculatura destacase. No estaba inflado. Él más bien se hallaba dotado de una fortaleza interior que le hacía resistente a todo mal: se apoyaba en la certeza de saber que si se permitía un día de flaqueza (solo uno) sería el fin, «porque todos se me echarían encima, como lobos». Su tótem personal era la garrapata, porque no le gustan a nadie y pese a todo sobreviven. A sus dieciocho años veía belleza en la capacidad de supervivencia de esos bichos tan desagradables a ojos de los demás. «La vieja Melnik también es una garrapata, sus hijos se han ido de casa porque no la aguantan. Pero no está tan mal para la edad que tiene».

Corría el año 1976 y Anatoli Kárpov, el Gélido Tolia, había pasado de ser el primer siberiano que formaba parte de la selección de la Unión Soviética a ceñirse la corona de campeón mundial de ajedrez tras la renuncia (desaparición, fuga, ataque de pánico o como se le quiera llamar) del estadounidense Bobby Fischer un año atrás. El reinado de Kárpov se había forjado en un dominio sin igual de las leyes de la estrategia que rigen el juego-ciencia, revelando una capacidad asombrosa para llevar sus piezas a las casillas adecuadas, aunque los movimientos pudieran parecer antitemáticos a simple vista. Era como si en un entorno de águilas privilegiadas solo Anatoli pudiese ver lo que se ocultaba en el horizonte, tras las nubes. Entonces, transformándose en una vigorosa boa, constreñía a sus rivales hasta que se quedaban sin espacio para maniobrar, extrayendo cada molécula de aire de sus pulmones ajedrecísticos. El joven campeón, cuyo peinado y vestimenta recordaban a los Beatles, había nacido para enseñarle al mundo la profundidad del juego estratégico: jugaban dos; ganaba Kárpov.

Fiódor había tardado menos de lo que se tarda en decir «¡Jaque mate!» en darle puerta a Yeva, arrastrada a su pesar por la zozobra del batir de las olas en un océano de emociones. La chica pasó largo tiempo llorando sus penas por los rincones, preguntándose con insistencia qué había hecho mal. La herida era profunda, apenas ancha, como si le hubiesen clavado una aguja en el lugar más sensible del ojo. El suyo pertenecía a ese tipo de dolores sin causa justificada que se apoderan de la paz de las personas, quebrándolas en lo más frágil e importante de su existencia, dejando marca. Yeva no conseguía sostenerle a mirada a Fiódor cuando se cruzaban por los pasillos de la escuela porque, como no sabía qué había hecho mal, había llegado a la conclusión de que su pecado era tan grande e imperdonable que no podía ser pronunciado.

Había pasado un cierto tiempo, sí, pero el desasosiego de Fiódor estaba hecho de filamentos de un capullo de melancolía en el que, aunque ya no estaba Bogdana, su esencia seguía impregnando aquel espacio mental echado a perder. La joven traidora había hecho brecha y se había filtrado, en estado semilíquido, fuera de la cápsula que pendía del pedúnculo, una suerte de cordón umbilical que le ataba a la cordura. Poco importaba que estuviese en Járkov, en Moscú o en San Petersburgo, la cuestión crítica es que ya no se cumpliría el destino que le había sido asignado: calmarle, a él, la angustia de existir. Le habría gustado que Bogdana hubiese permanecido sin fecha de salida definida en el capullo, donde un año podía durar un mes, para disciplinarla cuando le apeteciese, sin prisas, pero todo se había ido al traste. Ella se quedaba sin castigo; él, las manos pringosas de restos del capullo, se quedaba con la frustración.

El martes 17 de agosto fue una fecha de contrastes. Por un lado, el mundo entero estaba de luto debido al trágico tsunami que se llevó por delante las almas de ocho mil filipinos; por otra parte, las aguas del río Lopan fluían risueñas por las inmediaciones de Járkov, ignorantes del estado de ánimo de Fiódor. Al joven, perdido en sus pensamientos mientras daba una vuelta por el parque Shevchenko, le habrían ido bien los consejos de un padre, no dejaba su mala suerte atrás por mucho que corriese. ¿Sería que el Pavlovo Pole y sus miserias de barrio obrero nunca le soltarían? Cogió un kopek. Observó la moneda; jugueteó con ella pasándosela entre los dedos. Era una pieza modesta, pues no trabajaba y malvivía del sueldo de su madre, quien no se quejaba porque no tenía fuerzas para oponerse a la dictadura de su hijo. Lanzó el kopek al aire. Cara, iría a Járkov-Pasazhirski; cruz, iría en busca de Anton. Las dos opciones tenían su intríngulis: la primera podía acabar con él lanzándose a la vía; la segunda podía hacerlo con Anton arrojado por la ventana. Tenía el corazón tan enfocado en ideas tenebrosas que resultaba difícil que apartase de su mente esos pensamientos, por irracionales que fuesen. Salió cara. Torció el gesto. «Esto me pasa por pobre». Volvió a lanzar la moneda al aire. Salió cruz. Asintió, como un gato satisfecho.

Los padres de Anton Oliynik aún no habían llegado a casa. Acostumbraban hacerlo pasadas las siete de la tarde, cuando el cielo estaba a pocas horas de no dar chances a los rayos de sol. Anton era un buen estudiante. No el mejor, desde luego, pero sus calificaciones nunca bajaban del notable. Hay un lugar reservado en la vida para los jóvenes como él, un sitio confortable, salvo si se les cruza por el camino alguien como Fiódor. Este llegó a su puerta deslizándose entre las sombras, sin dejar rastro de huellas ni un olor perceptible, para que nadie pudiera señalarle con el dedo y decir en voz alta: «¡Él es el culpable, que yo le vi!».

Cuando Anton abrió la puerta estaba a medio vestir. Desde que Bogdana se había marchado a Moscú hacía las cosas por rutina, socializaba poco y se iba pronto a dormir.

—¿Qué quieres?

—He venido a ver cómo estás. Hace tiempo que no hablamos.

Anton hubiese preferido la visita de un puñado de arañas, pero ahí estaba la garrapata y no le iba a cerrar la puerta en las narices, porque habría sido demasiado violento. No le quedó más remedio que invitarle a pasar y, como en las novelas de vampiros, abrió las puertas de su casa a quien no debía, dejó que el mal entrase en su vida.

Fiódor se percató de que Anton caminaba pesadamente. Le recordó a un palomo que ha perdido una pata en un alambre. Pensó que había visto a ancianos más ágiles, lo que le turbó. Ya era bastante indignante que Bogdana hubiese escapado del justo castigo; lo menos que se podía exigir a Anton es que fuese un enemigo a su altura. Pero no, Anton estaba torpe. «¿Cómo voy a rebajarme tanto?». Una parte de su cerebro le estaba gritando a la otra que capturar a Anton en esas condiciones era degradarse. «¡A ver si encima voy a tener que animarle, como si fuera su amigo de verdad! —pensó, contrariado—. ¿Por qué me sale todo mal?».

Fiódor se preguntó si acaso no estaba viviendo la vida de otra persona, si se había producido un error burocrático en el Cielo, cuando nació, y le habían asignado la vida de otro. La de un perdedor. «Mis compañeros parecen felices. No se les ve con preocupaciones. Pero yo, que soy más inteligente, no paro de pensar las cosas». Este sentimiento crecía en compañía de los otros porque, cuanta más gente formaba parte de su entorno, más solo se sentía, más alejado del grupo. «¿Y si la gente como yo no tiene más salida que vivir encerrada?». Era, a efectos de vida social, como un escritor muy dotado para escribir que no sabía crear historias. Sí, ese era Fiódor.

—¿Quieres que demos una vuelta?

—¿Ahora? —Anton, a medio vestir, lanzó la sutil indirecta con la esperanza de que Fiódor desistiese.

—Es tan buen momento como cualquier otro.

—O igual de malo —se resistió.

—Eres un amargado. No me extraña…

Fiódor, aunque a su pesar estaba dispuesto a consolar a Anton, dejó caer el comentario a propósito. Fue una dulce venganza y ni siquiera tuvo que acabar la frase del todo, quedando suspendida en la atmósfera, cargada de malas vibraciones. Había en el asunto algo romántico: al insoportable Anton le hería comenzando las frases y a la traidora Bogdana, acabándoselas. Si en el universo cristiano todo empezaba con la luz, en el pequeño universo cerrado de Fiódor todo empezaba y acababa con la palabra. En el dolor, redención.

Anton Oliynik acabó la frase mentalmente. Una vez. Dos. Varias veces. Más de las que era sano soportar. Y a cada intento, la única construcción que cobraba sentido en su cabeza era «(…) que Bogdana se haya largado». Era un sonido cruel, la encarnación del *diabulus in musica* que llena de angustia las almas, una oruga de púas erectas sobre una cuarta aumentada y una séptima al final. El cilicio de música perversa le fue apretando el nervio del oído, la oruga se abrió camino a mordiscos hasta sus meninges.

—Yo… no quería decir eso —dijo Fiódor.

—No te preocupes... Me jode reconocerlo, pero eres el único que entiende por lo que estoy pasando.

Anton fue al lavabo a cambiarse. Fiódor pensó que seguirle estaría fuera de lugar y se quedó cerca de la puerta. Para no aburrirse, repasó mentalmente las líneas más agudas de la Defensa Siciliana. Se sabía la teoría al dedillo, le había dedicado incontables horas, hasta la obsesión. Examinó en su cabeza las líneas, tanto las principales como variantes muy secundarias.

—¿Qué te parece la entrega de torre por c3 en la Dragón? —preguntó en voz alta.

—¡Sospechosa! —respondió inmediatamente Anton desde el lavabo.

—A Víktor Korchnói le ha dado muchos puntos…

—¡Peor lo pones! —contestó Anton—. Ese traidor tiene demasiada suerte, pero Kárpov le pondrá en su sitio.

Estaba claro que, influido por la propaganda de las autoridades soviéticas, Anton no simpatizaba con Korchnói; muchos occidentales tampoco simpatizaban con Kárpov, ignorantes de que el siberiano tenía relaciones más que tirantes con las autoridades, pues estas no le querían dejar defender su título de campeón del mundo por miedo a que perdiese la corona ante el disidente. Anton salió del baño con la espalda recta al caminar. El hecho de adecentarse para salir iba más lejos de la mera circunstancia de vestirse, como si, al verse desnudo ante el espejo, el abrumador despertar a la vida de su musculatura depusiese al niño e instaurase el gobierno del hombre en su cuerpo.

Los dos jóvenes salieron del pequeño piso a sabiendas de que no eran amigos, desiguales en el ritmo de pensamiento, en intenciones y en determinación. Uno, porque la gente se empeñaba en decirle que se animase, como si eso dependiese de él y estuviese cometiendo un pecado imperdonable al no hacerlo; el otro, porque capturar a un cenizo exigía ciertos sacrificios. En suma, salieron a la calle pintados de blanco, pero con las paredes del alma recubiertas de hollín.

Caminaron juntos por tiempo indefinido. La conversación entre ellos se limitaba a frases sueltas, por compromiso, el tipo de charla insípida que tienen en común las parejas que se conocen demasiado bien y las formadas por completos desconocidos: el Sol mira a la Luna y Venus elude a Marte.

—¿Has cerrado con llave?

—¿No lo has visto?

Recorrieron la ciudad impulsados por la necesidad de acompañar un paso con otro, los brazos a la espalda, enterrando confidencias bajo toneladas de silencio. Los coches iban de un lado a otro en procesión, el brillo de los faros de posición se difuminaba bajo la luz mortecina del final del día, cuyo crepúsculo comenzaba a cubrir la populosa Járkov.

Anton cayó en la cuenta de que las calles de su barrio estaban cambiando. A su edad no resultaba fácil percibirlo, eran pensamientos propios de quien ha visto pasar muchas estaciones. Sin embargo, era inobjetable que una voz en su cabeza se lo estaba susurrando al oído. El Gobierno de la nación se desmoronaba de manera irreversible. Los tiempos pasados partían hacia el ocaso en naves de muchos remos, las banderas de las repúblicas se alzaban en los mástiles capitalizando los vientos de libertad que soplaban desde el Oeste.

—Esto acabará mal —se adelantó a decir Anton.

—Esto acabará como tenga que acabar.

—No quiero ni pensar en que la OTAN aproveche la situación para lanzarnos un ataque nuclear…

—Si lo hacen, responderemos —argumentó Fiódor.

—Pero ya estaremos muertos...

—¿Y qué? Todo el mundo muere, tarde más o tarde menos.

Las gentes se iban recogiendo en sus pequeños pisos, las ventanas se quejaban amargamente al forzarlas a cerrarse, el vacío se fue extendiendo en las calles como una enfermedad que apagaba las ganas de vivir.

—¿Vamos muy lejos? —preguntó Anton.

—No lo sé.

—¿Cómo que no lo sabes?

—Yo te estaba siguiendo a ti —respondió Fiódor.

—Y yo a ti.

Estaban avanzando por inercia, acompañando a las sombras en su lento crecimiento. Tenían tiempo para perder, nadie les iba a pedir que rindiesen cuentas. Lo más extraño que podía pasarles en aquel día anodino de verano era que se pusiese a nevar, lo que, bien mirado, habría sido digno de recordarse. Sin embargo, solo se cruzaban con gente de rostro aburrido que apretaba el paso para ir a casa. Probablemente gente sin vida que tenía tan poco que hacer como ellos, sin mayor motivación que echar la llave y el pestillo, a la espera de que la noche pasase deprisa.

Anduvieron así por lo menos una hora, quizá más. En el aire de aquel atardecer flotaban volutas grises, como si alguien hubiese fumado mucho en Járkov. Fiódor y Anton pasaron junto a un cartel desgastado en una parada de autobús. Había lugares mejores para poner un cartel patriótico con la hoz y el martillo, porque las espaldas soñolientas de los trabajadores habían ido corriendo los colores hacia los bordes.

Verlo provocaba ideas antirrevolucionarias. Si los niños se fijaban en el cartel, de allí no iban a salir nuevos aprendices de Lenin. Los adultos iban a tener que enseñarles a pasar de perfil, caminando como egipcios moviendo los brazos en las estelas, para no verlo. El color rojo de la bandera soviética había perdido contraste, como la nación. Para la generación nacida después de la guerra contra los nazis, el cartel con la hoz y el martillo significaba menos de lo que había significado para sus padres, por mucho que Vitali Vasíliev hubiera tenido en vida un concepto de sí mismo fluido: tan pronto se creyó el hijo amado de la madre Rusia como un hombre de provincias abandonado. No obstante, eso importaba poco, pues los muertos que habían defendido la nación no se iban a levantar de sus tumbas.

—Estamos en el quinto coño —objetó Anton.

—¿Puedes parar de quejarte?

—Aquí nunca cambia nada, de ninguna forma posible.

—Pero ¿no decías que esto va a acabar mal?

—Pues ahora digo lo contrario.

El viento seguía sin moverse. El silencio se había apoderado de cada rincón de Járkov. La ciudad, en los setenta, no era un lugar donde ser joven para siempre. Los muros que los hombres habían construido estaban a la vista en cualquier parte a la que se mirase, no iban a venirse abajo por sí mismos. Estaba escrito que si Ucrania quería ascender de las tinieblas de los días de guerra y darse un baño de luz tendría que pagar un precio.

Anton se detuvo, apoyó la espalda contra la puerta de un comercio, se metió las manos en los bolsillos, se miró los zapatos.

—¿Echas de menos a tu padre?

Fiódor se mordió el labio inferior.

—Hace tiempo que quería preguntártelo, pero no me atrevía —insistió—. ¿Le echas de menos?

—¿Por qué quieres saberlo?

—Cosas mías.

—No.

La lacónica respuesta de Fiódor tomó por sorpresa a Anton. No en el fondo, pues sabía de los malos tratos que recibía, pero sí en la forma. Esperaba una respuesta larga, perifrástica. «Algún tipo de justificación, porque no echar de menos al padre muerto es una monstruosidad. Pero está bien, es un tipo sincero. Cabrón, pero sincero», razonó.

Siguieron caminando un rato más. Las piernas no les pesaban, porque eran jóvenes. Charlaron de cosas intrascendentes, como hojas de olmo que están en el mismo árbol pero que no tienen nada que ver entre sí. «Pasa más a menudo de lo que la gente cree. Ves la misma cara un día tras otro pero no te sale nada interesante que decir». Un perro callejero perseguía a las ratas que salían de una alcantarilla. Los pájaros observaban la escena con gran interés desde un poste telefónico, preguntándose por qué los seres sin alas se daban tanta importancia y estaban siempre en conflicto entre ellos.

Fiódor y Anton llegaron a las orillas del Lopan. A lo lejos un puente conectaba ambos lados. Caminaron por el margen siguiendo el curso del río. Los árboles del lugar daban sensación de frescura al siniestro paisaje de postal. La tierra era arenosa, poco compacta. Entonces Anton se acercó al fin del mundo más de lo que la prudencia aconsejaba. Se buscó el rostro en las aguas traviesas, maravillado por el claro de luna sobre la superficie. Fiódor le siguió, acercándose discretamente a sus espaldas, como una araña. Le puso las manos en los hombros, podía sentir los tendones del cuello de Anton. «Adelante, adelante…».

—Aquí las aguas son rápidas… Ven. Cierra los ojos. Escucha conmigo. Es como si un ángel llorase.

—¿Tú también oyes cosas?

—¿Se llevarán las penas a su hogar transparente?

Anton y Fiódor estaban en la edad que limita los ecos de la infancia de la ruina de la madurez, en esa línea difusa en la que ni hay bien ni hay mal, donde todo es posible y, al mismo tiempo, parece más difícil hacer grandes cosas. Que no pudiesen ver al ángel no lo hacía menos real.

—¿Sabes nadar? —preguntó Fiódor.

—No.

—Podrías caerte…

—¿Piensas en ella, Fiódor?

—¿En Bogdana?

—En la muerte.

—¿Ahora? —Fiódor se llevó la mano al mentón, cavilando.

—En general.

—Sí.

«Pero no en la mía», se guardó de decir. Las luces de la ciudad habían ido quedando a lo lejos. Solo se oía el rumor de las aguas, que nunca paraban de serpentear, cómplices maravillosas de quien se acercase al río con la mente revuelta. Fiódor no tenía más que dar un empujón, con todas sus ganas, y la voz del Lopan se encargaría de engullir a Anton, extendiendo un manto de silencio alrededor de los dos jóvenes.

Ganas no le faltaban. «A Caissa le gustaría que sacrificase pieza en este paisaje tan bonito».

Anton, por su parte, se mesó los cabellos, se arremangó los puños de la camisa con esmero, inspeccionó sus pantalones para cerciorarse de que no tenían arrugas. «Las cosas, cuando van a hacerse, han de hacerse bien». Una forma de vida furtiva que no tenía nada que ver con él había tomado cuerpo en su mente. Ya no quería ser joven para siempre. Anton sabía que esos pensamientos no le pertenecían, pero ignoraba su propósito. «Lo sabré cuando me funda en la forma del agua».

—A veces me gustaría tener otra oportunidad —expresó Anton—. Empezar de nuevo bajo otro nombre, bajo otra identidad...

—Pero tú lo tienes todo.

—Yo no tengo nada.

Anton cogió un canto rodado. Lo lanzó contra la superficie del río, haciéndolo rebotar dos veces. Fiódor le imitó, sopesando cuidadosamente cada movimiento y cada palabra que salía de sus labios. Vistos así, de lejos pasaban por dos buenos amigos contándose las penas en la ribera del río. Un observador imparcial habría dicho que se respiraba una sensación de apacibilidad más propia de una adolescencia idealizada que de su auténtico día a día; un observador que se implicase más en el sentir de las personas habría llegado a la conclusión de que el chico que se asomaba al borde del Lopan le había hecho un niño a su novia y no sabía qué hacer con su vida.

Anton volvió al camino. Se sentó en una piedra, juntó las manos en las rodillas. Fiódor, de nuevo, le imitó. Ambos se quedaron mirando una flor solitaria que crecía en mitad de la nada. Sus pétalos, violáceos, temblaban, y no era porque tuviese frío. La belleza de lo transitorio tomó cuerpo en el aire que mediaba entre ambos porque, aunque no hubiese cerca nadie que lo constatase, no les separaba, sino que les conectaba de manera íntima.

—¿Qué hacemos aquí?

—¿En el río?

—En la vida —especificó Anton.

—Yo voy a ser campeón del mundo de ajedrez.

Anton miró con sorpresa a Fiódor. No es que este hubiese ocultado alguna vez su afición por el juego-ciencia, desde luego, pero esta vez había algo más. «Voracidad», pensó.

—Recuerdas cuando nos peleamos en la clase de Tkachenko?

—Cada día de mi vida.

—Lo digo en serio, Fiódor.

Las estrellas brillaban sobre el Lopan con destellos fugaces, desdibujados, parecía que se fueran a morir. «¡Qué tontería! —se le ocurrió a Fiódor—. Las estrellas no se mueren. O por lo menos, no se mueren todas juntas en el transcurso de una vida humana... A menos que las reglas del universo hayan cambiado desde que hemos llegado al río, lo que sí tendría más sentido». Mientras hablaban del vacío, el ajedrez y los recuerdos de instituto, la cosa oscura que Fiódor había ideado iba y venía con fuerza, como si se arrepintiese de dejar salir la ira y de golpe la volviese a liberar. Era una sensación morbosa, nueva para él, de control de sus impulsos y de descontrol, y le encantaba. No le importaba que el mundo entero se pusiera en su contra, porque le encantaba.

Le encantaba. Le encantaba. Le encantaba. Le encantaba y le encantaba.

—¿Alguna vez te has preguntado si tu corazón en verdad te pertenece? ¿Te has parado a pensar que si una determinada persona no está es como si te lo arrancasen? Ya no tendría sentido que latiese dentro de ti, porque estarías muerto en vida y ya no tendrías un corazón que hacer latir. Sería absurdo —reflexionó Anton—. Sí, completamente absurdo.

Anton hablaba despacio, meditando las palabras que salían del vallar de sus dientes. Rieron juntos de una pequeña broma sin importancia. La luz de la luna creaba una rendija de claridad ridícula sobre sus cabezas, incapaz de competir con la tenebrosa oscuridad. Allí, a la vera del río Lopan, se tomaron un momento para llenarse las molleras de silencio y los pulmones de aire fresco, compartiendo la frágil simplicidad de la existencia.

Anton se acercó de nuevo al río. Volvió a lanzar cantos rodados. Suspiró y cerró los ojos. En su mente, Bogdana. No vio que Fiódor se le acercaba, otra vez por detrás, pisando los cantos rodados con cuidado. Él también pensaba en Bogdana.

Eran las 3.20 de la madrugada cuando llegó la Milítsiya. Alguien había encontrado el cadáver de Anton y había dado la voz de alarma. Era el típico caso desagradable que nadie desea atender: la cara desfigurada de un joven golpeado por el lecho rocoso del río haría que al agente más rudo de Járkov le sentase mal la cena. Fiódor se encontraba sentado en la misma piedra que antes, con la diferencia de que estaba solo.

«Alguien les habrá avisado», conjeturó. Era una pareja de agentes con aspecto muy serio, uno mayor, gordo, y el otro, joven, en mejor forma física. Se les veía incómodos por el relente de la noche, una sensación de humedad fría que se incrementaba notablemente a la vera del río. El joven estaba en edad de disfrutar de las aventuras nocturnas, pero el mayor hubiese estado más feliz en casa, recibiendo el calor de su mujer. Las luces de sus linternas entraron limpias en la oscuridad, como los primeros rayos de sol de una mañana de primavera.

—¿Qué haces aquí, chico? Deberías estar en tu casa —le dijo el agente mayor.

Su voz sonó recia. Se puso con los brazos en jarras y las piernas abiertas. No se percató de que, en esa postura, uno de los botones de su camisa estaba a punto de estallar, pues era de buen comer. De hacerlo provocaría una reacción en cadena, llevándose por delante dos o tres botones más. Sus pies se hundieron en la tierra arcillosa. No podía quitarse de la mente la cara de Anton. Si le hubiese conocido unas horas atrás, las cosas habrían sido muy distintas. Tendría el recuerdo de un joven animoso, bien formado, el tipo de chico que cumple en la escuela y que toma el rol de líder para sus compañeros. Un chico al que todas las chicas le van detrás. Un triunfador de diecisiete años. Pero las cosas no se habían dado de esa manera y, para el agente mayor, Anton le recordaría por siempre a la carne picada. Tanto es así que años después de jubilarse nunca se dijo de él que fuese un amante de las *kotletas*.*

Fiódor no dijo nada, se limitó a agachar la cabeza. El

* Plato ucraniano de carne picada.

agente joven se percató de que había huellas de otra persona. Llevaba poco tiempo en el cuerpo, mas no le costó atar cabos. Le alumbró con su linterna.

—¿Qué le pasó al otro chico? ¿Habéis discutido?

Fiódor alzó la barbilla. Miró de frente al agente joven. Se fijó en que este tenía los ojos claros, como él. También una nariz muy parecida. Y el cabello ralo. Se preguntó si no eran dos imágenes espejadas, si no estaría viendo a su yo del futuro. Lo único que les diferenciaba era su sentimiento con respecto a los sucesos de esa noche. Le dijo su verdad:

—No hemos discutido.

—Ajá.

—Le dije a Anton que no se acercase tanto... —reconoció, al fin.

—¿Anton?

—Anton Oliynik.

«Anton Oliynik, Anton Oliynik...», repitió el agente joven para sí mismo. Sacó una pequeña libreta de tapas azules del bolsillo de su camisa. Pasó varias hojas con una sola mano, alumbrándolas con la linterna. Retorció su cuerpo, que no era ni atlético ni fofo, sino una mezcla de ambos estados de forma física, y procedió a tomar nota con un bolígrafo. Se apoyó en la rodilla, dejando ver que las primeras hojas de la libreta estaban repletas de garabatos. El agente mayor sonrió con suficiencia, pues le parecía más práctico que sujetase la linterna con la boca y se dejase de equilibrios. Él desde luego lo habría hecho así. «Pero las nuevas promociones hacen las cosas como les da la gana. No se dejan enseñar».

El agente mayor se acercó a la orilla. Las huellas de pisadas de Anton y de Fiódor se revelaron a la luz de su linterna.

—No hay rastros de lucha, las huellas son limpias —sentenció, en blanco y negro, que las aguas habían sido las culpables.

El agente joven se acercó a su compañero, dando cuenta de que en efecto no había rastros de pelea.

—He visto su ropa, Valentín. Impecable. No tiene el pelo revuelto. Ni un arañazo. No se han peleado —susurró al oído al agente mayor.

—Un triste accidente: el chico se tropezó y cayó al río. Caso cerrado.

—Pobre muchacho... Ha visto morir ahogado a su amigo —se lamentó el agente joven—. ¿Le acompañamos a su casa?

—Qué remedio...

Con aquella muerte se armó bastante revuelo en la ciudad. El *Pravda* publicó que el joven Anton Oliynik se había arrojado al río porque le habían roto el corazón. La sensación de culpa hizo desesperar a sus padres, que se divorciaron unos meses después; Bogdana, en Moscú, recibió una carta de su prima en la que le contaba el triste suceso. Lloró desconsolada y, cuando Anton fue enterrado, no fue el único que experimentó la horrible sensación de ser cubierto por varios metros cúbicos de tierra.

Aquella noche, Fiódor aprendió muchas cosas. La primera, que incluso en los asuntos más delicados la gente se queda con la explicación que más se ajusta a lo que quiere creer; la segunda, que solo su tablero damasquinado podía decirle la verdad de las cosas. Y, en tercer lugar (y no menos importante que las anteriores), lo fácilmente que concilió el sueño: «Lo que ha pasado esta noche ha sido como el primer amor: inolvidable».

7

Por una vez no pasa nada

> Dicen que mis partidas deberían ser más interesantes. Yo podría ser más interesante y también perder.
>
> Tigrán Petrosián (1929-1984), noveno campeón mundial, artista de la profilaxis, apodado el Tigre de Acero

Fiódor pasó discretamente el tránsito entre el convulso 1976 y 1984, sumido en un letargo más propio de los osos negros que de un humano convencional. No obstante, que la bestia no mostrase actividad no significaba que no estuviese al acecho. Su instinto seguía ahí, donde debía estar conforme a su naturaleza, pero daba la falsa impresión de que, habiendo vivido tiempos difíciles, había encontrado la paz. Sin embargo, la llama que le excitaba el corazón cuando bajaba la guardia todavía ardía, su reducto de rebeldía interior se resistía a desaparecer. Mas, si se preguntaba por él a los vecinos de Járkov, muchos hubiesen jurado que era un joven inmaduro, demasiado tímido para su edad, un santo cuyo halo dorado se había reblandecido hasta amalgamarse con su propia sombra. Sucedía que la gente confundía su pasividad con debilidad de espíritu. De haber sido capaces de adivinar los pensamientos que le pasaban por la mente, muchos habrían tenido dificultades para conciliar el sueño.

A lo largo de aquellos años habían sucedido muchas cosas interesantes. Entre ellas, ese mismo 1984 la adolescente Eriko Fukada y el profesor Tengo Kawana sorprendieron al mundo con la publicación de *La crisálida de aire*, y se convirtieron en el fenómeno editorial de la década. La inocencia virginal de Fukaeri había encontrado en Kawana el instrumento adecuado para dar forma literaria a las fantasías que la atormentaban.

> Toda mi vida había estado esperando la llegada de alguien como él. No sé dónde había estado todo este tiempo, pero ahora que tengo una voz tengo más cosas que decir.

Había poco que apelar al libro: su traducción al inglés era uno de sus puntos flojos, pero dado el estilo tan personal de la obra, autobiográfica, era muy difícil plasmar de forma precisa los sentimientos de la protagonista. De hecho, una traducción literal habría ido en contra del espíritu de *La crisálida de aire*, pues lo que en ella se narraba bordeaba los límites de la realidad.

Se especuló mucho sobre la intimidad de su relación, que ellos no se esforzaron por esconder para escándalo de la ultraconservadora sociedad nipona, donde las emociones se aceptan siempre y cuando se asuma que no están presentes. Sea como fuere, *La crisálida de aire* se había convertido en uno de los hitos de la novela japonesa moderna, a la altura de Kawabata, de Mishima y de Oé.

El principal cambio físico de Fiódor en esos años se hizo manifiesto en el paulatino retroceso de su línea frontal de pelo. No fue una sorpresa: desde su adolescencia se adivinaba que estaba condenado a lucir calva antes de lo habitual en los hombres, y a él no le incomodaba. No entendía a los chicos que se preocupaban por eso. «Yul Brynner sigue arrasando entre las mujeres y tiene menos pelo que una rana». En cuanto al resto de sus facciones, se habían endurecido con la edad, pero seguía siendo perfectamente reconocible para quien hubiese tratado con él en la adolescencia.

El sueño de ser campeón mundial de ajedrez seguía arraigado en la mente de Fiódor, pero a sus veintiséis años se le antojaba una meta irrealizable. Los cambios que habían tenido lugar en su vida añadieron a sus rutinas el peso de las responsabilidades propias de la madurez. Lo sabía: construir una carrera ajedrecística sólida requiere dedicación exclusiva, lo que era incompatible con el grueso de los menesteres mundanos. Se agarraba al hecho de que algunos grandes nombres de la historia del ajedrez descollaron también en otros ámbitos, como el campeón mundial Emanuel Lasker, por ejemplo, filósofo y matemático, cuyas profundas conversaciones con el físico Albert Einstein quedaron para la posteridad. Pero conforme avanzaba la profesionalización del juego-ciencia, el humanismo iba dejando paso a la especialización. Las simples tareas de estar pendiente de poner la lavadora o de planchar la ropa erosionaban la plenitud de su consagración al estudio, distracciones que un profesional no se puede permitir.

Fiódor había conseguido empleo en la cárcel n.º 18 de Járkov a principios de año. Fue en enero, unos meses antes de dar comienzo el campeonato del mundo de ajedrez entre Kárpov y Kaspárov y de la publicación de *La crisálida de aire*. No es que fuera el trabajo de sus sueños, pero estaba allí durante la jornada vespertina, cuando los presos bajaban su actividad, y su superior no le tocaba las narices más de lo necesario. La paga era exigua, bastante deprimente para ser un empleo de lunes a sábado, mas no se quejaba. Le bastaba con ese trabajo tranquilo, pues se llevaba bajo el brazo el tablero damasquinado, la bolsa con las piezas y un libro. Sus compañeros habían llegado a un acuerdo con los presos haciendo la vista gorda al mercado interno de cigarrillos a cambio de una compensación económica. En este acuerdo también pesaba la tranquilidad de sus esposas, conscientes de que los rublos corruptos llevaban la bendición de que a sus maridos no les clavarían un punzón por la espalda. Todos ganaban: ellas, en paz interior; los guardias, por el sobresueldo; los presos, porque eran la ley en su pequeño reino. A todo esto, Katerina había dejado este mundo víctima de una de neumonía en 1981 y Fiódor gozaba de cierta felicidad, porque «trabajando» en aquella cárcel tenía la agradable sensación de que el Estado le pagaba por estudiar ajedrez.

Un día de septiembre, en esas tardes en las que en la prisión no pasaba nada (porque, cuando se moría misteriosamente un preso, el médico firmaba obedientemente el parte de defunción por colapso cardiorrespiratorio y la ficha se archivaba), el alcaide Hryhory Moróz descubrió a Fiódor sentado frente al tablero damasquinado. A Moróz le sorprendió ver al joven apoyado en la pared blanca estudiando finales de torres en lugar de estar fumando cigarrillos con la vista puesta en el infinito.

—¿Ni siquiera vas a disimular?

—¿Para qué?

—¡Joder, que soy el alcaide!

Moróz estaba acostumbrado a que sus esbirros demostrasen un amor apasionado por la procrastinación, pero no a la impertinencia. Allí mandaba él (de cara a la galería, claro, porque estaba tan a sueldo de la mafia como los demás). El secreto de que el negocio marchase bien era la paz. Si la cárcel iba como la seda, las autoridades soviéticas no meterían la zarpa.

—¡En pie, guardia!

Fiódor se empezó a mosquear. Sus relaciones con los superiores eran correctas, siempre y cuando no se interpusiesen entre él y el ajedrez.

—¡Deprisa!

Cerró el libro con ambas manos dando un golpe seco. Se irguió y su frente despejada quedó casi medio palmo por encima de la cabeza de su superior. Miró directamente a Moróz, preguntándose cuánto iba a durar la pantomima. «Este no manda una mierda. A ver si se larga por donde ha venido».

El alcaide se arregló los puños de la camisa, jugueteó con

los gemelos. Metió tripa. Se llevó la mano a la nuca, masajeándosela vigorosamente, meditando qué sanción imponer al joven. No le gustaban los irrespetuosos. La falta de respeto le resultaba un pecado intolerable. Lo primero que se le ocurrió fue dejarlo pasar en apariencia, dando aviso a los internos de que el joven guardia era un chivato. Una solución limpia, sin necesidad de ensuciarse las manos. «A este nadie le va a echar en falta. Y si viene alguien preguntando le suelto la trola de siempre».

Pero aquel día Fiódor estaba de suerte. No porque lo mereciese, sino porque Caissa, que llevaba años sin hablarle, intercedió por él.

—¿Es un Lucena? —inquirió el alcaide al percatarse de la posición de las piezas en el tablero damasquinado.

Estaba claro que Moróz era aficionado al ajedrez (casi todos en la Unión Soviética lo eran), porque solo un amante del ajedrez conoce la maniobra del «Puente de Lucena». El atrevido rey blanco, ávido por ayudar a coronar a uno de sus infantes, tenía cortado el camino hacia el peón por la acción de una orgullosa torre negra. A cierta distancia, una torre blanca ejercía de convidada de piedra.

—Juegan las blancas —propuso Fiódor—. Gana si consigue hacerle una pasarela segura a su rey.

Se trataba de una composición que todo ajedrecista debe tener en su acervo de finales de partida, nombrada así en honor del judío converso español Luis Ramírez de Lucena, autor del tratado impreso de ajedrez más antiguo que se conserva, escrito allá por 1497 en Salamanca.

—¿Conoce la posición, alcaide?

—¿Por quién me tomas?

Entonces Moróz se puso en cuclillas y procedió a mover las piezas, construyendo el puente que permitía al rey blanco ubicarse a salvo de los jaques. Fiódor se aguantó las ganas de darle una patada en la cabeza; ver a ese imbécil manoseando su tablero desafiaba su autocontrol. Sin embargo, al percibir la expresión de placer en la cara de Moróz haciendo el Lucena se contuvo: reconoció en él un verdadero amante del ajedrez.

—Bonito tablero —dijo Moróz—. Aunque demasiado pretencioso para un aprendiz.

Lo que el alcaide no sabía era que Fiódor dominaba la maniobra de Lucena: tenía puesta la posición en el tablero sencillamente porque cuando estudiaba resolvía por orden cada uno de los problemas del libro, aunque los tuviese más que sabidos. «Por la repetición, a la perfección; por la perfección, al campeonato del mundo».

—Mañana te pasas por mi despacho. Dile a otro que se ocupe de los internos.

Al día siguiente Fiódor no perdió la oportunidad de visitar a Moróz, por si podía sacar algo. Nunca había estado en su despacho y, a decir verdad, le defraudó. Se había hecho a la idea de que un hombre con el ego tan inflamado como el del alcaide de la cárcel n.º 18 de Járkov tendría un despacho a la medida de sus ambiciones, pero nada más lejos de la realidad. La salita era un cuchitril de paredes desconchadas, que testimoniaban el peso de la rutina en la vida de aquel hombre. La mesa de trabajo de Moróz era de madera basta, las sillas eran funcionales y el archivador, metálico, era aburrido como un centinela de latón. Lenin, enmarcado en un cuadro torcido, no quitaba ojo de aquel espacio opresivo en el que ni las moscas se adentraban a través del ventanuco cubierto de óxido que, en teoría, debía filtrar el aire y a media tarde algo del sol moribundo.

En la mesa de Moróz, quien amontonaba papeles, estaba dispuesto un tablero de ajedrez. Era el único lugar de ese pequeño universo en el que luchaba por su derecho a ser persona. Fiódor respiró aliviado a sabiendas de que Moróz no iba a manosear su tablero damasquinado. Estaban lejos del Lopan, pero habría jurado que el rumor del río le llevaba a los oídos las alabanzas de Yákiv Kujarenko.

El alcaide Moróz, sin levantar la vista de los papeles, hizo un gesto con la mano para que Fiódor tomase asiento frente a él. El joven guardia se percató de que en el tablero había un final de piezas menores. Desperdigados por la mesa, los trebejos sobrantes formaban una barahúnda de madera asalvajada. Le llamó la atención que uno de los alfiles capturados presentaba un aspecto más desgastado que el resto de las piezas, como si lo hubiesen mordisqueado. «Igual se lo ha dado al perro para que se entretenga», conjeturó, aunque allí ni había perro ni se le esperaba.

—Tú eres un chico listo, Fiódor, pero no te creas que sabes más que los demás. Yo no soy tan listo como tú, pero sé muchas cosas.

La carta de presentación del alcaide Moróz distó de ser un canto a la amistad. El pensamiento de Fiódor se disparó hacia la idea de que le empujaban a estar solo, y la dura realidad era que Caissa ya no le hablaba. La última vez que lo había hecho fue aquella noche, a la hora del diablo, planificando cómo capturar a Anton Oliynik. Mientras Moróz aburría a las cuatro paredes con una arenga sobre lo listo que era a pesar de no tener estudios superiores, Fiódor se entretuvo resolviendo mentalmente el final de piezas menores. Era consciente de que con frecuencia las posiciones aparentemente triviales esconden secretos, por lo que fue analizando una a una las diferentes líneas que se le ocurrieron. Fue en definitiva una agradable forma de soslayar las gilipolleces de Moróz.

—¿Blancas o negras? —propuso el alcaide tras la perorata.

—Lo mismo da. Ganaré con ambos colores.

La humildad no era el punto fuerte de Fiódor. Ni falta que le hacía, porque Dios le había bendecido con un don. Sin embargo Moróz hizo oídos sordos a la provocación. A fin y al cabo, le salía más a cuenta aguantarle cuatro salidas de tono al niñato que jugar al ajedrez con sus lameculos, cuyo talento ajedrecístico brillaba por su ausencia. Se dispuso a conducir las piezas blancas, abriendo el juego con el valiente peón de rey.

Fiódor respondió con el peón del alfil de dama, fiel a su devoción por la Defensa Siciliana. Estaba dispuesto a plantear la variante Najdorf, pero el alcaide levantó las manos contrariado y agitando de derecha a izquierda el dedo índice le indicó:

—Esa no.

La sorpresa de Fiódor fue mayúscula.

—¿Cómo que «esa no»?

—Pues que no hagas esa jugada —se explicó Moróz—. Mueve tu peón de rey. ¿O eres un marica?

El tono de voz del alcaide no dejó lugar a dudas, era un hombre acostumbrado a que no le contrariasen. Fiódor retrocedió su jugada muy despacio, diríase que espasmódicamente. Sintió los dedos agarrotados. Fue como si estuviese sosteniendo un enchufe y le acabase de dar la corriente. Le faltaron palabras para quejarse, mas sus ojos expresaron el odio visceral que le manaba de las entrañas. Pensó que si el cuello de Spaski había cedido a la presión no le costaría mucho capturar a aquel hombre faltón.

Como veía que dudaba, Moróz tomó la iniciativa y avanzó dos casillas el peón de rey de Fiódor. A continuación, sin mediar palabra, Hryhory Moróz movió dos casillas adelante el peón de su alfil de rey.

«¡El Gambito de Rey!». Fiódor se sorprendió con la elección de su oponente, la apertura romántica por antonomasia. No le encajaba para nada con el alcaide, presuntamente un hombre gris, paradigma del aburrimiento de los mandos soviéticos intermedios. «Así que bajo la modesta colina hay un volcán...», se dijo. No le faltó razón: el Gambito de Rey es una forma de abrir el juego a cuchillo, cediendo un peón a cambio de montar un ataque fulminante contra el monarca rival.

—No sabía que era aficionado al rock'n'roll —bromeó Fiódor.

—¿Te pensabas que soy de polkas?

Un par de comentarios más sobre la música subversiva *yankee* y Fiódor habría tenido dificultades, pero paró a tiempo. Pensó que le iría bien a sus intereses dejar que Moróz se luciese un poco, que montase el ataque, que pareciese que iba a darle mate... y, con un «golpe de suerte», ejecutar al rey del alcaide en un final de peones mortificador, como quien no quiere la cosa. Así, aparentando que le había ganado de milagro, le envenenaría con más ganas de jugar al ajedrez. Planeaba cultivar su amistad y hacerse el dueño de la cárcel. Le convertiría, para siempre, en la paloma que comería de su mano.

—Imagino que seguirás el Mundial...

—¡Cómo no! —confirmó Fiódor—. Hay algo en Kaspárov que me recuerda a Borís Vasílievich... ¡Qué energía tiene! ¡Va a machacar al viejo de Kárpov!

—¿«Viejo»? ¿Kárpov, «viejo»? ¿Acabas de llamar «viejo» al gran Anatoli Yevguénevich Kárpov?

El alcaide Moróz echó fuego por los ojos. Kárpov era su ídolo. El suyo y el de muchos millones de *soviets* y de aficionados al ajedrez en todo el mundo, para ser fieles a la verdad.

—Quiero decir que, aunque el encuentro va a ser reñido, Garri Kímovich va a ganar. ¿Dónde se ha visto que un siberiano juegue bien al ajedrez?

—Tolia es imbatible —respondió Moróz—. Siempre ha sido así y lo va a seguir siendo.

Entonces el alcaide Hryhory Moróz se levantó tranquilamente de la silla. Se acercó al archivador. Abrió uno de los cajones y, muy ufano, mostró al joven guardia un auténtico puro habano.

—Montecristo —dijo—. Me lo voy a fumar en honor a Anatoli Yevguénevich Kárpov nada más gane el Mundial.

La siguiente vez que Fiódor y Moróz jugaron las cosas le estaban yendo mal a Kaspárov. Rematadamente mal. Fatal. Estaba pactado que se llevaría el título quien consiguiese seis victorias, sin contar los empates, y tras las primeras nueve rondas Kárpov se imponía por un abultado cuatro a cero.

—Me imagino a tu azerbaiyano agarrándose la nuca con las dos manos y cara de no saber dónde están cayendo las bombas —se burló Moróz—. Este Mundial va a ser el más corto de la historia.

—Aún queda campeonato…

—Sí, para que Anatoli le endose un bonito seis a cero. Si Kaspárov tuviese un poco de amor propio, se rendiría y nos ahorraría la pérdida de tiempo. Seguro que Tolia es un hombre muy ocupado y tiene cosas que hacer.

El Mundial era un choque de ideas, un choque de bloques, un choque de civilizaciones. A Kárpov le había caído el sambenito de ser «el niño mimado del régimen» a ojos occidentales; Kaspárov, tan explosivo en sus declaraciones públicas como en el tablero de ajedrez, transmitía la sensación de ser una supernova a punto de estallar, una fuente de energía infinita. Y, para sorpresa de todos, el encuentro había comenzado con un contundente cuatro a cero a favor del campeón, quien se había impuesto en las partidas tres, seis, siete y nueve.

—Remontará.

—Nadie lo ha hecho antes.

—¿Sabe lo que le decía su madre cuando le entraban las dudas y no quería estudiar?: «Si tú no; entonces ¿quién?». Lo he leído en una revista. Remontará.

El ajedrez es como la música. Tiene sus tiempos. A veces rápidos; en ocasiones lentos. Y Kaspárov, quien hasta entonces había dado la impresión de no haber entendido que a Kárpov no se le podía ganar tomando decisiones precipitadas, pausó su juego: provocó una glaciación como nunca se había visto en la historia de los campeonatos mundiales. ¡Se firmaron diecisiete tablas consecutivas! Los patrocinadores y la FIDE estaban satisfechos, pues no había día que el ajedrez no copase las portadas de los principales medios de la prensa internacional, pero la maratón de ajedrez estaba destrozando el sistema nervioso de las dos K.

—¡Ese joven es un tipo insufrible!

Estaban jugando una partida en el despacho de Moróz y el alcaide no tuvo reparos en demostrar su profunda desafección por el aspirante al título.

—Anatoli Yevguénevich se está quedando sin energía. Ya no gana. Me pregunto cuánto tardará en empezar a perder. —A Fiódor le vino a la mente la imagen de un superpetrolero embarrancado que tiene una fuga de combustible.

—¿Qué demonios le pasa a Kárpov? —Moróz se dejó llevar por los nervios. Cogió un caballo capturado y lo lanzó furiosamente contra la puerta—. ¡Deberían deportar a su familia a un gulag! ¡A ver si así se esfuerza en lo que se tiene que esforzar!

Fiódor juntó las yemas de ambas manos, estaba complacido. No sabía que Moróz había apostado una pequeña fortuna con el líder de los presos a que Kárpov renovaría el título. El alcaide cuando se estresaba podía ser un hombre peligrosamente incontrolable.

Pero el 24 de noviembre de aquel peculiar año de 1984 tuvo lugar una pequeña maravilla deportiva: Kárpov impartió una clase de sabiduría ajedrecística e impuso el cinco a cero en el marcador. ¡Estaba a solo una victoria de renovar el título!

Moróz se presentó de improviso en el puesto de guardia de Fiódor. Llevaba consigo una pequeña radio.

—Yo siempre he confiado en Anatoli —presumió—. Está tocado por los dioses.

En verdad, el ajedrez de Kárpov expresaba una gracia sobrenatural. La belleza prístina de los engranajes que movían su juego solo encontraba rival en la mirada penetrante con la que escrutaba el rostro de sus rivales. La forma de caminar del ruso le hacía acreedor de respeto, se movía entre la gente como un discreto ángel exterminador.

—Aún queda campeonato...

Fiódor repitió el mantra sin mucha convicción. Tenía pocas razones para ser optimista. ¿Cómo renovar la fe tras veintisiete jornadas de campeonato del mundo más sus respectivos días de descanso? ¡Veintisiete días de odio profundo entre las dos K, de mirarse a los ojos cara a cara, de provocar al rival atornillando los alfiles en sus casillas!

En el ajedrez, donde un punto de ventaja en un Mundial es muy complicado de remontar (porque, a esos niveles, quien está por delante en el marcador evita correr riesgos y minimiza las opciones de que las partidas restantes vayan más allá del empate), la distancia de cinco puntos era un abismo insalvable. Que el aspirante ganase una partida entraba en los cálculos, que ganase dos seguidas sería muy meritorio, sorprendente. Tres entraba en la categoría de lo fantasioso y cuatro habría sido un milagro. En cuanto a una quinta victoria de Kaspárov... ni se contemplaba. Era simplemente imposible.

—El azerbaiyano va a morder el polvo —manifestó Moróz—. Los de su tierra siempre están armando jaleo. Jaleo, jaleo... ¡Siempre jaleo para la madre Rusia!

Fiódor frunció los labios, los ladeó un poco modificando levemente su ángulo.

—Tolia es un hombre tranquilo, amante de la filatelia. ¿Sabes que tiene una de las mejores colecciones de sellos del mundo? —le ilustró el alcaide—. Un hombre que ama los sellos no puede ser un hombre malo.

—Pero usted, aunque lo disimule, es un jugador volcánico. Le encaja mejor el juego de Kaspárov.

A Moróz no le pasaron por alto las connotaciones políticas del asunto. El candidato Mijaíl Gorbachov estaba a unos meses de conseguir la presidencia de la Unión Soviética, poniendo en marcha el proceso histórico conocido como «perestroika».

—Llegan cambios, Fiódor. Grandes cambios.

—¿Y?

—Pues que se sabe cómo empiezan, pero nadie tiene ni idea de cómo terminan. ¿Te has enterado de lo que quiere hacer Gorbachov?

Se hizo la noche en el entrecejo de Moróz. Miró fijamente a Fiódor, que sintió penetrar el fétido aliento del alcaide hasta el fondo de sus fosas nasales.

—¡Ese loco pretende liberalizar la economía!

El temor de Hryhory Moróz estaba justificado. Se estaba poniendo en entredicho el alma del Partido Comunista de la Unión Soviética, con la idea de llevar la economía de planificación central hacia una economía de mercado.

—Las viejas creencias se resquebrajan, están heridas de muerte —manifestó Fiódor—. Por eso Kárpov no tiene nada que hacer. Kaspárov ha resucitado la Defensa India de Rey con nuevos planes.

—¡Esas ideas nuevas van a acabar con nosotros! —se quejó el alcaide—. Tenemos un caballo ganador. ¿Qué sentido tiene que venga ese a meter la mano donde no le llaman?

Fiódor no tuvo claro si el exabrupto iba por Kaspárov o por Gorbachov, pero le dio igual. Kaspárov representaba la ruptura con el modelo anterior. Los modales del joven no encajaban con lo que se esperaba de un deportista soviético; Occidente estaba fascinado con él, su actitud de luchador enfrentándose a la rigidez de su Gobierno le hizo el favorito de la afición. En un contexto de idas y venidas, de encuentros y desencuentros con Estados Unidos en relación al arsenal nuclear, no es de extrañar que uno de los apodos con los que fue conocido Kaspárov era el Hijo del Cambio. Sin embargo, a Fiódor le gustaba más otro apodo, el que definía su forma de competir: el Ogro de Bakú.

—Kárpov le está barriendo del tablero. ¿Estás seguro de que eliges bien tus lealtades?

Quien sí parecía elegir bien sus palabras era el alcaide Moróz. El comentario que acababa de caer de sus labios tenía muchas interpretaciones. Entre ellas la que le hizo enarcar las cejas.

—Pensaba que estábamos hablando de ajedrez.

—Y de ajedrez estamos hablando. Del ajedrez de la vida —precisó Moróz—. Un joven como tú puede hacer una pequeña fortuna en un lugar olvidado de Dios como este.

Al resultado que lucía el marcador del campeonato del mundo se le sumaban varios intangibles. En primer lugar, Kaspárov no estaba jugando con un cualquiera: se las estaba viendo con una leyenda viviente. Kárpov no solamente era el campeón del mundo, sino que era el jugador que había ganado más torneos a lo largo de la historia, dejando claro su estatus en el juego-ciencia. Por otra parte, estaba el sentimiento de vergüenza. A Kaspárov se le señalaba constantemente, de manera despectiva, desde el Kremlin. Las autoridades celebraban lo mal que le estaban yendo las cosas al altivo azerbaiyano y, a buen seguro, se sentía objeto de todas las miradas y de todos los comentarios hirientes. Esto, teniendo en cuenta también que Kárpov era campeón indiscutible desde hacía una década, habría bastado para hundir en la miseria a cualquiera. Solo que Garri Kímovich Kaspárov no era cualquiera.

Fiódor y Moróz habían desarrollado una rivalidad análoga a la de las dos K. Se citaban casi a diario en el despacho del alcaide para jugar al ajedrez mientras seguían por radio la retransmisión del Mundial. La voz del comentarista soviético era monocorde, todo lo contrario a lo que estaba sucediendo en la Casa de los Sindicatos. Pasaban los meses y la lucha en el tablero continuaba. Las dos K estaban tensas. Se daban patadas en las espinillas por debajo de la mesa. El comunismo y el capitalismo echaban un pulso sin cuartel por la preeminencia intelectual, que era tanto como validar su razón de ser. Definitivamente, el *match* por el título mundial de ajedrez entre las dos K de 1984 se había convertido en la mayor rivalidad deportiva de todos los tiempos. Era apoteósico, lo nunca visto en la historia del deporte. Hasta que de pronto…

—¡Lo tiene!

El grito de Fiódor fue desde Járkov hasta La Habana, lo oyó la perrita Laika desde el Sputnik 2, aunque llevaba casi treinta años muerta en órbita. Moróz apretó los dientes.

—¡Kárpov está contra las cuerdas! —se pavoneó—. Alguien va a tener que dejar su Montecristo para mejor ocasión.

La alegría incontenible del joven guardia fue directamente proporcional al temblor en la voz del comentarista oficial del campeonato, quien trató de mantener el tipo a sabiendas de que a las autoridades soviéticas no les hacía la más mínima gracia que Kaspárov estuviese anotándose su primera victoria. El alcaide, enrabietado, apagó la radio.

—Muerto el perro, se acabó la rabia.

—Lo que usted quiera, pero el día de hoy va a quedar en los libros de Historia. Esto acaba de cambiar y ya no hay quien lo detenga.

Era imposible decir si Fiódor hablaba de ajedrez o si estaba tocando temas espinosos, pero lo cierto es que ese 12 de diciembre de 1984 Garri Kímovich Kaspárov dejó de ser un hombre y se convirtió en leyenda. Meses después, a principios de febrero de 1985, en la partida n.º 47 del *match*, consiguió su segunda victoria. La tercera llegó unos días más tarde.

Kárpov estaba exhausto. Kaspárov se crecía con cada partida. Y entonces sucedió la jugada más inesperada en la historia de los campeonatos del mundo de ajedrez: el presidente de la FIDE, el controvertido Florencio Campomanes, detuvo el *match* tras seis meses de feroz desgaste.

—¡¿Qué?! ¡¿Cómo?!

Fiódor sostenía el *Pravda* entre las manos sin dar crédito a los titulares que estaba leyendo. A sus pies, el tablero damasquinado con una composición de jaque mate en tres jugadas que admitía dos soluciones diferentes.

—El año que viene empiezan desde cero —le informó Moróz—. Al mejor de veinticuatro partidas.

—¿No sería más acertado darles unos cuchillos y que se maten ya? —Fiódor estaba sumamente disgustado—. ¡Campomanes lo ha hecho para salvar a Kárpov!

—Todo lo contrario, le ha salvado el culo a Kaspárov. ¡Está a sueldo de la mafia de Azerbaiyán!

La nieve cubría la ciudad de Járkov. Las heladas de la noche formarían capas de hielo tan incrustadas en las aceras como la ira lo estaba en el ánimo del alcaide. Fiódor era consciente de lo delicado del asunto. No quería que se rompiese el sedal que había ido dejando correr a lo largo de la temporada, por lo que se dispuso a recoger carrete ahora que el pez aún se creía el gran depredador de aquellas aguas.

—He pensado en su propuesta, señor alcaide. ¿Qué tendría que hacer?

—Nada. —La voz de Hryhory Moróz recuperó su tono natural—. Eso es lo mejor del asunto. Basta con que mires a otro lado y no hagas nada.

—Parece fácil.

—Lo es.

—¿Y qué ganaría con eso?

El alcaide se restregó los ojos con los nudillos, como si estuviese muy cansado... de no hacer nada. Estaba acostumbrado a que sus subordinados le hiciesen la pelota, era un reyezuelo de postín en un reino de naipes, y la conversación con Fiódor le empezó a resultar pesada. No era del todo su culpa; así funcionaba el tema, y se había acostumbrado a un estado constante de pereza intelectual.

—¿Te gusta el dinero?

—El dinero que sirve para hacer cosas —matizó Fiódor.

—Los rublos tienen su encanto. La gente dice que se ensucian porque pasan de mano en mano, pero a mí me gustan. ¡Qué se le va a hacer!

—Pues algo más que tenemos en común —le dijo el joven con una sonrisa de cinco dientes.

Fiódor pasó las siguientes semanas cumpliendo los mínimos en el trabajo tal como le había indicado el alcaide Hryhory Moróz, a la espera de recibir un sobre a fin de mes. Aceptó la oportunidad que la vida le brindaba: se formó en la mente una idea (al principio vaga, pero pronto tomó cuerpo) que le llevó a redefinir su relación con el ajedrez. «Hay más de una manera de escribir mi nombre en letras de oro, no todo es jugar para ser campeón del mundo».

La idea se le había ocurrido con motivo de una visita programada del célebre entrenador Mark Dvoretski. Nadie discutía su valía como jugador, pero desprendía un aura de santidad que se percibía claramente ligada a su faceta como preparador. No en vano figuraba en la agenda de los aspirantes al título mundial, tanto en la categoría masculina como en la femenina, y sus libros se habían popularizado. «¿Y si me dedico a la formación? Pero un profesor de ajedrez no se gana mucho la vida, excepto si eres Dvoretski». La perspectiva de ser un humilde maestro no iba con él. No por avaricia, porque el dinero en sí nunca le había importado; lo que le gustaba de los rublos era lo útiles que resultaban para hacer realidad los sueños. Eso estaba ligado de alguna manera con brillar en el ajedrez. «La cuestión es averiguar cómo».

Iba un día por la calle preguntándose cómo sería recibir un ataque nuclear preventivo por parte de Estados Unidos, cuando se cruzó con la anciana Kalina Melnik, que cargaba una pesada bolsa de patatas.

—¿Quiere que la ayude, señora Melnik?

—No te preocupes, Vasíliev, puedo con esto. Tengo la sensación de que llevo toda la vida cargando patatas.

—Llámeme Fiódor, por favor, que hay confianza —dijo—. Deje que se las lleve a casa. No lo hago por usted, es que necesito hacer ejercicio.

La sonrisa de cinco dientes acabó de convencer a la anciana, que se llevó la mano a la frente dejando ver que, en verdad, la ayuda le iba muy bien. El camino hacia el bloque de viviendas no fue ni rápido ni lento, pues la señora Melnik se adaptó al paso de Fiódor. De vez en cuando parecía tener dificultades para seguirle, pero recuperaba el resuello cuando paraban frente a los semáforos. Era mejor seguir ese ritmo sin peso en los brazos que cargar con las patatas, mas el convencimiento de que la ciudad no era para personas como ella le oprimía el corazón.

—¿Y sus hijos? ¿No le ayudan con la casa?

—A veces vienen... a llevarse algún libro —dijo la anciana con voz entrecortada—. Por cierto, no te di el pésame porque no quería molestar, y luego me parecía que era remover el fango. Tu madre era una buena mujer. No es que fuésemos las mejores vecinas, pero era discreta. Y muy limpia.

—Yo digo que los hijos tienen que sostener a sus madres, y no al revés.

—Es que la vida se ha puesto por las nubes y tienen hijos —se excusó la anciana.

—No me malinterprete, señora Melnik, no quiero malmeter. Solo digo que si usted fuese mi madre, no cargaría bolsas de patatas.

La mujer sonrió con el corazón. La nobleza que irradiaban las palabras de Fiódor estaba impregnada de los valores de la vieja Unión Soviética que, como ella, no se estaba acomodando bien a los cambios. Los jóvenes de antaño expresaban más respeto por los mayores. Eran tiempos de mayor rigidez, pero para ella lo eran de seguridad. De hecho, evitaba ir sola por la calle a ciertas horas. En cuanto a salir una vez que se ponía el sol, ni por todos los rublos del mundo.

Cuando llegaron al portal, Fiódor se adelantó y subió las escaleras a paso ligero hasta la séptima planta. Hizo guardia frente a la puerta de la anciana. Imaginó cómo esta se apoyaba en la barandilla para subir los escalones pesadamente. Se preguntó si llegados a ese punto la vida seguía teniendo sentido. «¡Pobre mujer! Un resbalón a tiempo la liberaría de sus angustias».

Pasaron varios minutos en los que solo alcanzaron a oírse los pasos de elefante en la escalera y, conforme la anciana vecina se iba acercando, el fuelle de sus pulmones al hincharse y deshincharse.

—¡Eres una bendición! —le dijo la señora Melnik cuando llegó a la séptima planta.

Estaba muy cansada. Más de lo que habría reconocido. Se llevó la mano al pecho, tenía un soplo en el corazón.

—¿Se encuentra bien?

—No es nada...

La anciana se acompañó de un jadeo intenso que corroboró la tesis de Fiódor. «¡Qué asco de vida! ¿Por qué no se tira por la ventana? En el ajedrez puedes abandonar cuando estás perdido. Hay que tener clase».

—Pasa, Fiódor. Come conmigo, que así me haces compañía.

Era la mejor forma que se le ocurrió a la buena mujer de agradecérselo. No le iba a dar una propina (habría sido lo más fácil si Fiódor fuese un adolescente) y, como sabía que vivía solo, pensó que una comida caliente le arreglaba el día.

—No se preocupe, ya como en casa...

—Ni hablar, joven. Sé que a los hombres de hoy en día no os gusta cocinar —zanjó—. ¿Te gustan las patatas hervidas?

—Sí.

—Y, si no, daría igual, porque no tengo otra cosa.

En lo que la señora Melnik se perdió en la cocina Fiódor tomó asiento en un sillón de orejas comodísimo, pues con los años se había ido desgastando y, aunque no lucía muy bonito a la vista, resultaba extremadamente suave al tacto. Le dio por pensar que podría quedarse ahí lo que le restase de vida, tal vez porque, como el salón era clónico con respecto a todos los salones de los hogares trabajadores de Járkov, se sentía en casa. Había además una pequeña biblioteca con muchos volúmenes desordenados, encajados los unos sobre los otros, de lo que se deducía que era una ávida lectora. «Le gustan las novelas —pensó—. Pero seguro que le gusta más que se las lean, y sus hijos no vienen a hacerlo».

Las patatas se fueron cocinando a fuego lento, y como la anciana seguía en la cocina le entró curiosidad por saber cuáles eran las lecturas que amueblaban el alma de su vecina. Se levantó pesadamente, medio arrepentido de dejar el sofá.

Echó un vistazo a los libros. La mayoría eran novelas, tal como había conjeturado. Se fijó en los lomos felizmente agrietados por el paso del tiempo y de las manos que, a su vez, habían pasado páginas al ritmo que las horas morían en los relojes. Cogió un ejemplar de las obras de Dostoievski.

El libro pesaba lo suyo. La literatura de Dostoievski es para ser tenida en cuenta, tanto por su peso literario como por la física gravitatoria. Reflexionó que, en sentido estricto, con aquel libro se podía abrir una cabeza tanto en sentido metafórico como en sentido literal. «Una obra útil y hermosa, digna de un genio», se congratuló.

Se puso a dar vueltas al libro. Lo sopesó cuidadosamente. «Debe de pesar sus buenos cuatrocientos gramos», calculó. Subió y bajó el libro como si fuese una mancuerna, haciendo bíceps. Lo acarició como se acaricia un vientre, sin prisas. Entonces lo abrió y, para su sorpresa, encontró un cheque del Gosbank* por valor de quinientos rublos al portador entre sus páginas. «Con varios como este podría montar mi escuela de ajedrez y forjar un campeón del mundo. Todos me admirarían».

La cara de Fiódor era un poema. Se metió el cheque en el bolsillo a toda prisa, echando miradas furtivas en dirección a la cocina. Pasó las páginas del libro varias veces, sin resultado. Sacudió el tomo sujetándolo por las solapas, como una matrona que se dispone a dar las pertinentes cachetadas a un recién nacido.

La buena mujer llevaba una existencia lejos de ser lujosa. Se trataba de una de esas personas a las que la estabilidad

* Banco central de la Unión Soviética.

económica le llegó tarde, cuando sus apetencias vitales apenas conservaban ecos de su juventud. Los cheques eran cronistas de un mundo que ya no existía, testimonio de que su marido y ella habían hecho todo cuanto había en su mano para sacar adelante a sus hijos. Querían, tras años de ahorrar con grandes esfuerzos, que la familia saliese adelante. Esos cheques se correspondían con salarios de su esposo, que él nunca disfrutaría. Cada uno relataba una historia de superación, de emerger de entre las piedras para sacar la cabeza. Su perseverancia merecía respeto pero Fiódor no lo veía así, porque le daba igual. Para él no había una historia humana detrás del dinero.

Si los rublos representados en los cheques hubiesen podido hablar, esa historia habría llegado al menos a sus hijos. Habría sido justo que lo hubiesen sabido, que hubiesen sido partícipes de las conversaciones clandestinas en la cocina, de las celebraciones en el Día del Trabajador, de las oportunidades perdidas... Pero había envejecido. Eso era un hecho. Se había hecho vieja en un momento histórico poco propicio para las alegrías. Cuando se miraba al espejo le venían los remordimientos por haber hecho tanto y no haber recibido nada, ni de sus hijos. Pero esto, de nuevo, era algo que a Fiódor no le importaba. Los cheques al portador estaban ahí. Para quien los cogiera. Cuando la señora Melnik acabó de cocinar las patatas hervidas llamó a Fiódor, quien entró en la angosta cocina con varios libros de cuentos y obras de teatro de Chéjov en las manos. Arrugó la nariz, molesto por el fuerte olor a cebolla que emanaba del plato. Apiló los libros en la mesita de la cocina. La anciana no pudo ocultar su asombro cuando le vio pasando páginas y recolectando cheques como si no hubiese un mañana. «Una escuela para forjar al campeón del mundo», le susurró Caissa, tras años de silencio. Fiódor, con los ojos humedecidos por la emoción, miró a la señora Melnik fijamente y sonrió como un gato que encuentra un ratón.

SEGUNDA PARTE

La luz; la oscuridad

8

La luna de día y el sol en la noche

> La estrategia es cosa de reflexión; la táctica es cosa de percepción.
>
> MAX EUWE (1901-1981), quinto campeón mundial de ajedrez, presidente de la FIDE, doctor en Matemáticas y catedrático de Matemáticas y de Computación

El 20 de febrero de 1983, apenas un mes después de que el chimpancé Ham reentrase en la atmósfera terrestre tras pilotar una nave en el espacio exterior, una niña de rostro nacarado y sonrisa de algodón de fresa vino al mundo en la ciudad amurallada de Tiflis. El matrimonio Isakadze rebosaba ilusión, la recién nacida fue recibida como un don del invierno en el hospital de Chachava. Las nieves cubrían amorosamente la capital de Georgia, el ayer se fundía con el presente y la maternidad, ubicada frente al Palacio del Ajedrez, acordonaba la realidad para preservar el futuro de los bebés.

Irakli Isakadze, científico de profesión, era un hombre esforzado. Llevaba años esperando a que su matrimonio fuese bendecido con un bebé y, como padre y marido protector, procuraba dejar en el trabajo los sinsabores de la rutina para que su esposa tuviese siempre la mejor versión de él. No era fácil, porque había mil pequeñas frustraciones diarias que se iban acumulando, pero a bien que lo conseguía. Era en suma un hombre cariñoso con ella, muy educado, cuyas manos estaban hechas para trabajar honradamente.

Las cualidades de Irakli tenían su reflejo en las arrugas que surcaban su rostro aún joven, testigos silenciosas de la responsabilidad que había decidido cargar sobre sus hombros desde que conoció a Tamara. Supo nada más verla que era la mujer de su vida, con la que construiría una familia. «Esas cosas se saben nada más ves a la persona», se decía en el laboratorio cuando pensaba en cómo se conocieron, por casualidad, esperando el autobús. En casa aprovechaba los momentos buenos para acariciar la cara de su mujer, cultivando su sonrisa; cuando las cosas no iban bien la abrazaba, para que le sintiese a su lado, apoyándola en las decisiones que tomaba.

Lo primero en lo que se fijó Tamara cuando se conocieron fue en lo bien que le quedaban a Irakli sus gafas de lente redonda. Le gustaban los hombres leídos, reflexivos, que supiesen manejar los tiempos y las emociones en su trato con las mujeres. Había llegado a acostumbrarse a que el sexo masculino se fijase principalmente en el llamativo contraste del tono negro azabache de sus cabellos con su piel blanca, casi albina, que le confería el aspecto de un ángel, pero no le salía del corazón enamorarse de ese tipo de hombres. Habría sido la solución más sencilla para ella, pues sus padres eran campesinos y la dote nupcial iba a ser muy escasa, pero siempre tuvo claro que se casaría por amor. «Y si no, me quedo soltera, me encierro en los pétalos de una flor y me dejo morir de hambre». A veces simulaba que se moría, como una concubina que extingue su vida antes de que el mundo quede huérfano de su belleza al ir envejeciendo.

Los Isakadze habían conseguido forjar un matrimonio sin grietas, más allá de las típicas pequeñas peleas de pareja. Tenían una regla: nunca acabar una discusión sin tomarse de la mano. Lo hacían mirándose a los ojos. Siempre, ineludiblemente, terminaba cediendo Irakli porque, como solía decir, «los ojos crepusculares de mi esposa son mi verdad». Estaba lejos de ser un pusilánime, bien lo sabían en el trabajo, pero era consciente de la suerte que es encontrar el amor verdadero y, en el duelo del orgullo, sabía que siempre gana el que no lo tiene. «Tu belleza exige obediencia, Tamara», le decía cuando se enfadaba con él. Y, claro, a Tamara se le arrebolaban las mejillas, le reía en voz baja la gracia y sonreía de corazón. Nadie les entendía pero, mientras muchos sentían ganas de llorar todos los días, Irakli y Tamara habían descubierto que el amor que se hace verso no puede morir.

Los Isakadze residían en una casa ajardinada. La vivienda no dejaba de ser un hogar georgiano modesto, pero el ambiente era muy acogedor. Aquella casa estaba construida con paredes robustas de piedra, que brindaban protección contra el frío y que también les aislaba del ruido exterior aunque, para ser fieles a la verdad, no había mucho ruido en las calles. En aquel espacio de paz y tranquilidad, a pesar de la ausencia de lujos, la madera de los muebles tenía la mejor calidad: la de Irakli y Tamara persiguiéndose como gatos enamorados para hacer el amor por toda la casa. Sonaban todos los días las arpas y los violines, aun cuando no tenían equipo de música.

No había un día peor para traer a una niña al mundo: el noticiario había pronosticado tormenta y fuertes rachas de viento para aquella noche. Tiflis estaba preparada para resistir el temporal, pero la tormenta llegaba con fuerte carga eléctrica. El hospital de Chachava contaba con generadores que asegurarían el suministro de electricidad ante un corte eventual, mas en el quirófano donde estaba pariendo Tamara temblaban las paredes con el sonido de los truenos. La luz hizo amago de irse varias veces durante el parto, y aunque los médicos y las enfermeras no podían ver los relámpagos, sabían de su presencia; Irakli, que llevaba toda la tarde paseando con un cigarrillo en la mano, no hacía más que pensar en lo valiente que era su esposa. La doctora al mando del parto había practicado la cesárea a Tamara; a Irakli, que ya no tenía uñas y se le habían acabado los cigarrillos de un mes, se le llenó la cabeza de ideas funestas. Entonces, cuando la puerta del hospital parecía que iba a venirse abajo por la fuerza de los truenos, la matrona salió para informarle:

—Ha nacido una luchadora —le dijo—. Los bebés que nacen con el cordón umbilical alrededor del cuello tienen altas posibilidades de sufrir hipoxia fetal, lo que puede afectar gravemente a su desarrollo intelectual, pero tanto la niña como la madre se encuentran bien.

No se equivocaba, el paso de la pequeña por la incubadora abriría grandes interrogantes sobre sus posibilidades de supervivencia, mas Elene se aferró a la vida con sus manitas de algodón. Por suerte, la fatalidad no se encaprichó de aquella niña, tal vez porque sus ojos negros estaban hechos del material en el que se hacen los milagros.

—Tenemos que cuidar de ella —dijo Irakli Isakadze cuando pudo visitar a su esposa, mientras sostenía en brazos a Elene por primera vez—. Será nuestra misión en la vida de ahora en adelante.

Tamara asintió. Su pequeña aprendiz de hada colmaba las ilusiones de sus años de infancia, cuando soñaba que algún día encontraría un hombre bueno con el que casarse y al que, cuando menos lo esperase, le daría una hija a la que querer con locura. «Se desvivirá por ella aunque yo no supere el parto», se había dicho innumerables veces durante el problemático embarazo. «Aunque yo no esté aquí para verlo, dejaré a Elene en buenas manos. Mi Irakli, que aún es un hombre joven, estará a tiempo de reconstruir su vida con otra mujer. Está bien, no me quejo. Quedo en paz conmigo y con mis seres queridos». Esta promesa, mirando la luna llena a través de la ventana del hospital, conmovió a los ángeles, quienes bendijeron con calma en los cielos el nacimiento de la pequeña Elene.

Los dioses quisieron que ese mismo año de 1983 naciera Borislav Miroshnychenko, al que sus íntimos conocerían como Slava. Vino al mundo en el seno de una familia muy humilde aunque con estudios. Su padre, Kostyantin, era ingeniero y su madre, Oxana, profesora de inglés. Estos empleos habrían dado para llevar una buena vida en otros lugares, pero en la ciudad ucraniana de Górlovka, en la región del Donbás, todo giraba alrededor de la minería y los salarios rozaban la miseria.

En los días previos al nacimiento de Borislav, Kostyantin estuvo en vilo preguntándose cómo sacar la familia adelante. Aquella mañana, cuando se dirigía a la mina, removía el culo en el asiento del autobús nerviosamente y miraba por la ventanilla en busca de una salida. El paisaje estaba salpicado de las típicas torres de extracción de minerales, una constante del impacto de la actividad humana en el denso bosque ucraniano. Abrió el *Izvestia* a toda página explayándose en su lectura, buscando expiación por el pecado de traer un niño al mundo. Las noticias, como era costumbre en el medio oficial del Soviet Supremo, daban cuenta de lo mal que se hacían las cosas al otro lado del telón de acero. Kostyantin sospechaba que se salpicaban hechos verídicos con medias verdades, mas le bastaba con echar otra mirada por la ventana para asumir que, a pesar de lo que él pensase, su pequeño universo no iba a cambiar. «¿De qué sirve ilusionarse con un mundo que ni siquiera sabemos si existe?». La mentalidad pragmática soviética estaba siempre en constante conflicto con los ideales románticos que se expresaban en lo más sagrado de su cultura. Kostyantin, mecido por el avance a trompicones del vetusto autobús, era demasiado consciente de que estaba allí para hacer cosas, no para pensar.

Oxana, en cambio, tenía una perspectiva de la realidad muy diferente. No era ajena al hecho de que las estrecheces iban a ser inevitables, pero aceptaba los contras del embarazo con el mismo espíritu que la alegría de dar a luz. Las patadas de Borislav se dejaban sentir en el bajo vientre, claro, pero era un indicativo de normalidad, de que el niño venía sano.

Una de las cosas que le hacían más ilusión del embarazo estaban siendo las visitas que recibía de sus alumnos a lo largo de esa última semana. Se sabía una profesora muy apreciada, pero es difícil cuantificar el cariño del alumnado, porque los adolescentes suelen llevar en silencio esas emociones. Sin embargo, el timbre del piso no dejaba de sonar. Daba la impresión de que en estado de buena esperanza el amor incondicional de los chicos y chicas a quienes daba clases hubiese tomado forma para proteger a su bebé. El afecto que le demostraban era la cosecha de años preocupándose por ellos, más allá del aprendizaje. Allí donde había profesores mercenarios (que hacen eficazmente la labor por la que se les remunera, pero que se abstraen absolutamente de los «monstruitos» a los que instruyen), Oxana se tomaba como algo personal las inquietudes de su grupo de quinceañeros. Era consciente de que no era un hada con una varita mágica que pudiese solucionar los problemas de cada cabeza (la mayoría de las veces, problemas en el hogar), pero estaba en su mano procurarles cierto apoyo emocional, hacerles sentir que no estaban solos en el mundo y que, por muy mal que estuviesen las cosas en casa, pronto serían personas autónomas y podrían volar lejos del nido. Enfatizando siempre que la libertad nace de la formación académica. «Las personas incultas y las cultas tienen en común la esclavitud, pero las incultas están condenadas a no liberarse nunca del yugo, porque ni saben que lo tienen al cuello».

Oxana fue internada en el hospital el día previo al parto, de acuerdo con el obstetra. Todo estaba preparado para inducir el nacimiento de Borislav, inconsciente de las muchas molestias que estaba causando el que abriese los ojos al sol por primera vez. Especialmente a su madre, a quien las contracciones desgarraban el útero.

—¡Tengo miedo! —fueron las últimas palabras que le dirigió a Kostyantin antes de entrar en el hospital.

—Todo irá bien —trató de reconfortarla.

—¿Y si Slava nace mal?

—Contaré sus dedos en cuanto me dejen verle —le dijo Kostyantin—. Te doy mi palabra.

Las enfermeras apartaron a Kostyantin, que tuvo que volverse a casa como era preceptivo. En el fondo se alegró «porque donde hay rutina hay efectividad y las cosas salen bien»; también porque le entraban sudores fríos y temía desmayarse si sus ojos contemplaban de lleno la masa sanguinolenta que le saldría de entre las piernas a su esposa. «Todo, porque tengo el vicio de pensar».

Fue recibir la sedación y Oxana se dejó caer en un plácido sueño, rodeada de querubines que tocaban la trompeta para anunciar la venida al mundo del pequeño Borislav. En su fantasía los médicos le ponían un candelabro en la cabeza para que bailase, girando con una mano hacia el suelo y la otra hacia al cielo, mientras tenían lugar las contracciones que, para su sorpresa, habían dejado de doler. Acto seguido Borislav resbaló de su interior para caer de pie en el suelo, como un equilibrista. «Él tenía razón, el niño viene sano. ¿Cuántos deditos tiene? Voy a contarlos: uno, dos, tres...». Pero el pequeño se movía tan deprisa que no le daba tiempo a contárselos, por lo que tuvo que empezar de nuevo varias veces, hasta asegurarse de que tenía diez dedos.

Para cuando despertó, Oxana estaba rodeada de caras sonrientes. Era una gran sala dividida en secciones con blancas cortinas correderas de rieles, que procuraban a las mujeres unos pocos metros cuadrados y les daban cierta sensación de intimidad.

—Lo ha hecho muy bien —le dijo una enfermera con cofia, al tiempo que se agachaba para ponerle un termómetro.

Oxana estaba cómoda en la cama, los almohadones le parecían los más mullidos del mundo.

—Tiene diez dedos, ¿verdad?

—Diez preciosos deditos, para comérselos —le confirmó la enfermera—. Ahora has de cerrar los ojos, has hecho un gran esfuerzo.

Oxana obedeció. Se sonrió pensando que aquellos pechos generosos transmitían sensación de paz, de acogida. «¡Qué suerte tiene mi bebé, no le va a faltar leche!», se dijo, antes de quedarse dormida. Horas o días más tarde (Oxana no podía precisar cuánto tiempo había pasado), la matrona se acercó a ella con Slava en brazos, quien lloraba y berreaba como un pequeño becerro. Kostyantin estaba allí, por lo que había transcurrido más tiempo del que ella pensaba. Entonces, cuando la enfermera retiró al bebé de sus manos y lo fue a acomodar en una cuna, Oxana le dijo a su esposo:

—¡Qué guerrero nos ha salido! ¡Hará grandes cosas en la vida!

Él asintió, pero estaba convencido de que el futuro de su hijo, como el de casi todos los hombres que conocía, estaba en la mina. «Te espera una vida a pico y pala, hijo mío. Te hemos traído a un mundo cruel».

Kostyantin y las enfermeras corrieron las cortinas. Abandonaron discretamente la habitación. Habían dejado a Oxana en brazos de Morfeo. Para la matrona había sido un parto más, uno de muchos. Tanto era así que cuando al cabo de un rato fue a tomar la temperatura a Oxana no se esperaba que tuviese la frente tan fría.

Para el hospital no había diferencias significativas entre que hubiese una parturienta más o una menos, porque el global de los números les salía favorable, pero a Kostyantin Miroshnychenko se le rompió la vida con la pérdida de su esposa. «El niño ha nacido del pecado y al pecado se une matando a su madre. ¡Maldita sea su especie!».

Cuidaría del niño, porque es lo que le tocaba hacer, pero su paternidad no sería más que una mascarada: jamás podría querer a su hijo. Echó el primer puñado de tierra en el ataúd de Oxana, sabedor de que ya nunca envejecería a su lado.

La infancia de Elene Isakadze fue muy feliz. Irakli y Tamara supieron protegerla de los males del mundo y, a su vez, cultivar su personalidad para que creciese independiente y segura de sus elecciones. El modesto hogar familiar la vio crecer en paralelo a una rosa laevigata que Irakli había plantado en el centro del jardín. El rosal era más que un simple arbusto, pues su lozanía respondía a las estaciones tal como lo hacía el tono vital de Elene. Se diría que la niña y la rosa laevigata compartían más que el hecho de venir al mundo sincronizadas: las unía un lazo sutil, transparente, que solo podía verse si se miraba con mucho detenimiento en ese pequeño intervalo que se da entre la noche y el amanecer, cuando el sol asoma pero aún es débil. Era en esa hora mágica que la conexión entre ambas fluctuaba hasta hacerse vigorosa, como la seda de las arañas al solidificar: si Elene enfermaba, la rosa se ponía mustia; cuando Elene mejoraba, la rosa recuperaba el color. Fueron años de descubrimientos sensoriales para Elene, cuya tez nunca abandonaba el blanco de la luna bajo la que había nacido: al experimentar con su cuerpo le recorría los muslos un cosquilleo agradable, como una sonata de Chopin que, nota a nota, llevase el anuncio de experiencias futuras a su intimidad.

Ingresó en la escuela primaria a los cinco años, como era preceptivo. Pero mientras que las demás niñas acostumbraban montar un numerito y berreaban abrazadas a sus madres para que no las dejasen, Elene sencillamente entornó los ojos con melancolía y se preguntó si esa sensación que se había apoderado de ella, el abandono, era lo que se sentía al morirse. Así, cuando entró por primera vez en el aula, no paseó la mirada por las caras de aquellos niños y aquellas niñas que le eran desconocidos, ni se preocupó por la presencia de los adultos que se hacían llamar «profesores», sino que puso el culito en la primera silla que vio y lo acomodó para quedarse allí, como la rosa laevigata al creerse olvidada, ensimismada, dispuesta a dejarse morir.

—Elene Isakadze, ¿estás con nosotros? —La pregunta de su profesora, Nino Gokieli, al verla tan seria mirando el techo, entró por un oído de Elene y salió sin desordenar sus pensamientos por el otro.

—¿Elene?

La profesora Gokieli insistió, sorprendida. Era simplemente que la niña la ignoraba, que no la hacía objeto de su atención. Como una sultana que, en plena recepción de embajadores de otros reinos, se entretuviese dibujando la forma de las nubes con los dedos y todos, en la corte, estuviesen expectantes.

—¡Elene Isakadze!

Elene despertó, salió de su mundo en tonos pastel, cuya gama iba del negro puro hasta la palidez del rosa palo, para caer de golpe en la ferocidad del verde esmeralda y del amarillo chillón, donde sus compañeros parecían sentirse cómodos. O, más que «cómodos», parte inseparable de una misma paleta de colores agresivos. ¡Qué diferente de su habitación era aquel lugar! ¡Qué alejado, a años luz, de su jardín! ¡Qué ganas le daban de esconderse en los pétalos de una flor de su rosal!

—¿Profesora? —Se sintió desnuda, a la vista de sus compañeros—. Yo...

—No te preocupes, Elene, no pasa nada. Aquí vas a estar bien, ya lo verás —dijo Nino Gokieli—. Todos y todas vais a estar muy bien. ¡Bienvenidos a la Escuela Municipal n.º 26!

Elene parpadeó, pues no sabía qué esperar de aquel lugar ni de aquellas personas. «Es una mujer simpática. Me gusta», se dijo, y en aquel momento dio comienzo su portentoso paso por la escuela, que a nadie dejó indiferente. Mientras, en casa, Tamara le cortaba el pelo a su marido en una silla de la cocina. Irakli tenía abierta la puerta del jardín y miraba el movimiento de las ramas de un viejo roble al mecerse con el viento.

El primer día que Borislav Miroshnychenko pisó la escuela tuvo la sensación, como una caricia en el pene, de que había nacido para aquel sitio. Todos los niños recibían el mismo trato, nadie les culpaba por existir, en la solidez de los muros de hormigón de la Escuela Municipal n.º 26 se encontraba a salvo de los reproches. Allí para sus profesores no era un asesino; sus compañeros le respetaban, la llama de la inteligencia ardía en sus ojos inquisitivos.

Pronto una realidad se hizo patente: las extraescolares de ajedrez le calzaron como un guante. Poseía un talento natural para entender el valor de las piezas en el tablero. Todos en la clase habían aprendido que el peón vale un punto, que alfiles y caballos valen tres, que la torre equivale a cinco... basura materialista que les iba bien para mover madera; a Borislav, en cambio, se le revelaban los misterios mutables de las piezas, como si las oyese decir sus nombres y valores al ser pesadas en una balanza cada vez que se movían, cargando con sus esperanzas de victoria y con sus tragedias insondables. «Soy un peón en séptima fila a punto de convertirme en dama. ¡Qué responsabilidad sobre mis hombros! ¿Por qué no puedo ser como los demás?». El pequeño había nacido con el don de lograr que el espíritu se impusiese a la materia, lo que hace del ajedrez vehículo de conocimiento y de placer, de mecánica y de arte... y de mística.

—Slava —le dijo su profesor al poco de enseñar a los alumnos el movimiento del caballo—. ¿Cómo capturarías el alfil de tu rival en cuatro saltos de tu caballo?

La posición que Serguey Prijodko, el profesor de ajedrez, había compuesto en el tablero mural de madera y ganchos que usaba para impartir la clase era caprichosa: una masa de peones blancos y negros formaba una cremallera que cerraba el centro, por lo que el caballo objeto del problema tenía que desplazarse por un lateral para llegar adonde estaba ubicado el alfil. Era un ejercicio para principiantes, con el objetivo de que los niños se familiarizasen con la idea de buscar circuitos para las piezas.

Phihodko tenía el rostro serio, apretaba fuertemente la comisura de los labios. Lo que sus alumnos no sabían era que lo hacía para aguantarse las ganas de estallar en carcajadas, porque las caras de sus pequeños aprendices de ajedrecista eran impagables. Ponían cara de velocidad, achinaban los ojos mientras exploraban mentalmente los senderos del caballo, se apretaban la cabeza con las manos para concentrarse. «Y pensar que el Gobierno me paga por esto... ¡Debería ser yo el que le pagase!». Viendo que Borislav no decía nada, trató de ayudarle dándole una pista:

—¿Cómo se mueve el caballo, Slava?

Borislav estaba de pie, en mitad de la clase, con la mirada escondida bajo el abundante pelo ondulado que cubría su cabeza. Aquella mirada distraída caía sobre el profesor Phihodko como el resplandor vacío de contenido del luminoso de una casa de citas sobre la acera de un callejón.

—¿Recuerdas cómo se mueve? —insistió, paternalmente. Chasqueó los dedos, para que despertase.

«Pobre chico, es de los lentos». Phihodko tenía una lista mental de alumnos difíciles. Iba incorporando unidades sueltas a su «pelotón de los torpes», el pequeño comando de niños con la cabeza de piedra que el Gobierno le enviaba cada curso, como filas de reemplazo, para poner a prueba sus capacidades docentes.

—Amina, ayuda a tu compañero. ¿Qué tiene que hacer Slava para cambiar su caballo por mi alfil? —se dirigió a la niña más avanzada de la clase, quien había llegado al curso sabiendo el movimiento de todas las piezas porque se lo había enseñado su abuela materna. Pero antes de que Amina Volosozhar abriera la boca Borislav la detuvo:

—No toques mi caballo, niña.

Solo le faltó añadir la muletilla «que te corto la mano», pero no le hizo falta. Amina le miró. Miró a su profesor. Volvió a mirar a Borislav. Y así en bucle hasta que Phihodko intervino:

—Deja que Amina te enseñe, Slava. Un buen ajedrecista tiene que saber dejarse ayudar cuando lo necesita.

Phihodko estaba acostumbrado a tratar con niños que cuando no sabían qué hacer negaban la realidad. Le apenaba tener que ser él quien les abriese los ojos, mas pasado ese Rubicón les iba a ser más fácil aprender a trabajar en equipo y a progresar en armonía con el grupo. Con todo, que fuese lo adecuado pedagógicamente no significaba que fuese fácil para él. Tras la máscara de severo instructor soviético, se le rompía el alma cuando los críos se echaban a llorar, no podía evitarlo.

—¿Por qué tengo que cambiar mi caballo? —le preguntó, a corazón abierto, Borislav—. No quiero.

Una bombilla se encendió en la mente del profesor. Una luz tímida, cierto, pero ahí estaba.

—¿Por qué no quieres? —Borislav bajó la cabeza, preguntándose si lo que él estaba viendo en el tablero era lo que veían los demás—. Recuerda el orden de importancia de las piezas: el peón vale un punto y los caballos y los alfiles, tres cada uno.

—Y el alfil es mejor que el caballo porque mueve más casillas —dijo Amina Volosozhar con voz chillona, tomándose la revancha.

—Pero mi caballo puede saltar y vuestro alfil está atrapado por todos esos peones —se defendió Borislav para sorpresa mayúscula de su profesor—. No os lo voy a cambiar.

Phihodko no daba crédito al pequeño milagro que se había obrado en su clase de iniciación al ajedrez. En un país en el que las personas piensan en 2D, había aparecido un niño con la capacidad de hacerlo en 3D. Y él como profesor tenía el sagrado deber de cultivar ese maravilloso talento, porque, en su opinión, había que proteger a los niños de oro, en lugar de dejarles a su suerte como champiñones.

—Slava, lo que acabas de decir tiene un nombre en ajedrez: «valor relativo de las piezas». ¿Te lo habían enseñado antes?

Borislav negó con la cabeza. Entonces el profesor Phihodko se dirigió a toda la clase:

—Las piezas tienen su valor, como ya conocéis: el peón vale un punto, el caballo y el alfil valen tres, la torre vale cinco y la dama vale nueve —se repitió—. Pero esto, aunque nos sirve de orientación cuando somos novatos, es una verdad a medias, como Slava nos acaba de mostrar. Solo con eso no se puede jugar al ajedrez. Es imposible. Perderíais siempre.

Los alumnos estaban sorprendidos. Hacía poco que habían aprendido las reglas del juego y los movimientos de las piezas, ese punto del proceso de aprendizaje en el que se empiezan a descubrir verdades maravillosas, reforzando la autoestima. Ahí el secreto de la extraescolar de ajedrez: era el único ámbito en el que niños y niñas se sentían como adultos inteligentes. Y, de pronto, su maravilloso pequeño universo ajedrezado había implosionado, devolviéndoles a la realidad terrenal, donde no eran nadie.

Amina Volosozhar hizo pucheritos, miró a su profesor con cara de no entender nada, su ego inconmensurable se había hecho minúsculo en un suspiro. Parpadeó para que no le cayesen las lágrimas en la libreta, rabiando porque el hombre al que más admiraba en el mundo acababa de reducir a cenizas los valiosos tesoros que le había confiado su abuela.

—Abrid bien los ojos y los oídos, porque voy a daros la clase más interesante de vuestras vidas. ¡Bienvenidos y bienvenidas al apasionante mundo del «valor relativo de las piezas»!

El entusiasmo del docente caló en casi todos los alumnos, despertó en ellos el afán investigador, el arrojar luz en las tinieblas. Y para los niños y niñas de aquella clase las maravillas no habían hecho más que empezar. El profesor Phihodko vació el tablero mural. Entonces tomó un caballo con cada mano y, mostrándolos como bailarinas del Bolshói bajo los focos, formuló una pregunta:

—¿Qué caballo es mejor, el que sostengo en mi mano derecha o el de la izquierda?

Los alumnos no supieron qué responder, algo les decía que la pregunta tenía trampa, pero no la veían.

—Os lo voy a poner más fácil: los dos caballos tienen el mismo tamaño, pesan lo mismo y son del mismo color. Y si los acerco lo suficiente a mi oreja, puedo oír que tienen exactamente la misma voz.

Entonces Amina Volosozhar infló los carrillos, soltó un bufido y rompió el silencio:

—Ninguno es mejor que el otro. ¡Son iguales!

—¡Eso es, Amina, muy bien! Son iguales. —Phihodko premió la respuesta de Amina, como era su costumbre—. Pues ahora os voy a confiar un secreto: los ajedrecistas hacemos magia.

Hubo un intercambio de silbidos de sorpresa entre los alumnos, a quienes la palabra «magia» tenía encandilados: empezaban a hacerse con su entorno, pero se aferraban a sus fantasías. «Magia...», se oyó varias veces, alargando la palabra en el susurro, no fuese a ser que el encanto se desvaneciese.

—¡Atención! ¡Vamos a convertir un caballo «normal» en un caballo «bueno»! ¡Y el otro, como es un envidioso, lo vamos a convertir en un caballo «malo»! —les conminó—. Slava, ven. Coge un caballo y haz que sea «bueno».

Borislav no necesitó darle muchas vueltas al asunto. Entendió perfectamente lo que quería su profesor y tomando un caballo lo situó en el centro del tablero.

—¡Qué caballo tan bueno! —manifestó Phihodko—. ¿Veis la movilidad que tiene? Desde el centro puede acceder a todas las partes del tablero. ¡Vamos a contar cuántas casillas domina!

Era por momentos como ese que Serguey Prijodko adoraba su profesión. La horda de niños se había convertido en un coro de querubines: «Una..., dos..., tres..., cuatro..., cinco..., seis..., siete... y ocho». Los pequeños aprendices estaban maravillados con el hecho de que el caballo, en el centro, podía desplazarse a ocho casillas diferentes.

—¿Es un caballo bueno o malo?

«¡Bueno! ¡Bueno!», concluyeron los alumnos por unanimidad. El concepto se presentaba con diáfana pureza.

—Ahora, castiga al otro caballo y haz que sea «malo», Slava.

Borislav tomó el otro caballo. Lo ubicó en un rincón del tablero, en la casilla más alejada del centro.

—¿Cuántas casillas domina?

Los alumnos se pusieron a buscar casillas para el caballo, pero solo encontraron dos. Hacían ruedas mentales con el movimiento del caballo, pero el mecanismo se atascaba. Dos. No más. Dos miserables casillas para un miserable caballo.

Entonces el profesor Phihodko tomó los dos caballos. Los sostuvo uno en cada mano, mirándolos de nuevo, haciendo el teatrillo de que buscaba en vano diferencias entre ellos.

—Por fuera son iguales, nadie puede distinguirlos. Pero si los ponemos en el tablero... ¡Ay, si los ponemos en el tablero! Porque somos magos y podemos hacer que valgan más de tres puntos... o menos, si nuestra magia falla. Esto es el ajedrez —concluyó el docente—. El ajedrez de verdad, el que yo os voy a enseñar. Esta es la diferencia entre mover madera y jugar al ajedrez.

La facilidad innata con la que Borislav Miroshnychenko entendía el ajedrez no había hecho más que mostrarse como la punta de un iceberg, pues aún no había sido sometida a la disciplina de la reflexión, pero ya destacaba. Vaya si destacaba... Poseía sin saberlo lo que los ajedrecistas llaman «tacto de la posición». Era un sexto sentido que le decía cómo maniobrar, cómo llevar las piezas a sus mejores casillas. Era en verdad un don: el don de la estrategia, de la planificación a medio y largo plazo. Estaba por verse cómo se le daría el cálculo concreto.

Elene Isakadze destacó pronto en todas las asignaturas de la escuela. El hecho de ser una niña estudiosa e introspectiva jugó a su favor, pues no se metía en jaleos con sus compañeras y siempre estaba dispuesta a ayudar. Era tan sensible que cuando veía que otro niño se quedaba solo en el recreo iba a sentarse a su lado. No es que ella empezase las conversaciones, que no lo hacía, sencillamente recostaba la cabeza en el hombro del niño solitario y le hacía sentir acompañado.

Se había ganado buena fama de persona bondadosa, también un poco rara. Su belleza tenía un punto de oscuridad, como si una capa de tristeza escondiese sus verdaderos pensamientos, protegiéndolos para que no se los manoseasen bajo esa piel, casi albina, que coronaba con su bonito y denso pelo negro. Elene, tal como acostumbraba ubicarse en los espacios porque le salía así de natural, recordaba a una estatua. Se ponía en cualquier punto principal de una sala con un brazo en jarras y el otro suspendido en el infinito, muy seria. Por eso, viéndola tan guapa y tan elegante, los chicos no se le acercaban con intenciones románticas, se pensaban que era una borde, que les sometería a un implacable rechazo. Sin embargo, cuando la iban conociendo mejor, descubrían que Elene sencillamente desconectaba, pero no por maldad. Tenía un corazón de oro, era sincera por encima de sus posibilidades, pero le afectaban sobremanera los males del mundo.

Tuvo su primer contacto con el ajedrez en la escuela, participando como una más en las competiciones internas de la asignatura extraescolar. Era bastante hábil pero como no quería herir los sentimientos de sus compañeros se dejaba ganar. Así todos se sentían bien y no pasaba nada.

Las clases de ajedrez se complementaban con unos diagramas para resolver en casa.

—Es importante que hagáis táctica —dijo la profesora Gokieli mientras repartía las hojas—. Tenéis que encontrar el jaque mate en una jugada. Al final hay ejercicios de mate en dos, de esos haced los que queráis, son optativos.

—¿La «táctica» es «pensar»? —preguntó Oleksandr Sobol, un chiquillo avispado.

—Imaginad que sois cazadores de ideas. De ideas que funcionen en el corto plazo. «¡Pum, pum y te mato!». Esto es la «táctica» —aclaró Gokieli, teatralizando que les disparaba con una escopeta, con respecto a esos ejercicios para pulirles la capacidad de cálculo—. Más adelante veremos otra cosa llamada «estrategia», que consiste en hacer planes a largo plazo.

—¿«Planes»? —preguntó, boquiabierto, el chiquillo avispado—. Mi padre dice que el Gobierno no tiene planes.

La profesora Gokieli no pudo reprimir una sonrisa ante la inocencia subversiva del pequeño.

—Es como jugar a las casitas y hacer que duren en el tiempo. Sí, casitas recias, pero hechas con ideas en lugar de hormigón —les dijo, con respecto a lo que es la estrategia—. Y, Oleksandr, hazte el favor de tener el pico cerrado sobre las opiniones de tu padre.

Elene mimetizaba su talento. Resolvía en secreto los ejercicios de táctica al primer golpe de vista. «Al toque», como dicen los ajedrecistas argentinos y por extensión todos los de habla hispana. En casa la joven hacía los cálculos de cabeza, se tapaba la boca con la mano izquierda y anotaba las soluciones con la derecha. Con el matiz de que hacía mal la mitad de los ejercicios deliberadamente. Acto seguido guardaba la libreta de ajedrez en un cajón y no la sacaba hasta que llegaba el día de clase. Así pasaba desapercibida, siendo una alumna promedio. Este estado de cosas podría haberse extendido a lo largo de toda su escolaridad, lo habitual en las chicas superdotadas. Pero en el examen trimestral, como el ajedrez le gustaba muchísimo, bajó la guardia y resolvió los diagramas sin cometer ni un fallo. Huelga decir que la profesora Gokieli no se puso contenta cuando corrigió los ejercicios:

—Elene, ¿por qué copias? Si copias de los compañeros, no aprenderás.

Elene se angustió mucho. Contuvo la respiración, un elefante imaginario se había sentado en su pecho para tomarse un descanso de sus quehaceres en la sabana africana y no la dejaba respirar. Le dolieron las sienes. El suelo bajo sus pies se estaba moviendo, primero de forma apenas perceptible, pero luego como la proa de un barco en alta mar. Sus manos temblaron, aunque las puso a la espalda y nadie se fijó.

—No te engañes, hacer trampas no lleva a ningún sitio. Te vas a quedar rezagada.

La profesora Gokieli lo hizo con la mejor intención, pero a Elene le dolió insoportablemente. En su mente no encajaba que su profesora, una mujer admirable en todas las estaciones del año, pensase mal de ella. Se suponía que la conocía bien, pero la estaba dejando en evidencia delante de todos. Entonces Elene no vio otra salida. Huyó. Se alejó corriendo de la sombra tenebrosa que la abrazaba quemándole la piel, hasta que pudo refugiarse en los lavabos.

Cuando Nino Gokieli entró en los aseos la encontró postrada, pellizcándose el brazo bajo la manga. Tenía múltiples marcas rojas, como besos de un vampiro. No sabía con qué palabras decirle a su profesora que no había copiado. Que era una buena persona. Que para ella el cálculo era un lenguaje natural. En su cabeza un cuerpo de carteros repartía ideas entre ambos hemisferios cerebrales, de unas sinapsis a otras, transversalmente. Cada cartero aguardaba a que le llegase el turno hasta recibir su correspondiente sobre cerrado, con una idea posicional, que llevaba en mano a su destino. Allí esperaba la respuesta, en forma de cálculo, que le era entregada en un nuevo sobre que llevaba a otro lugar. Así, uno por uno, su pequeño ejército de carteros hacía fluir las ideas para generar cálculos, con puertas mentales que se abrían y que se cerraban, como si se tratase de una pequeña ciudad. La tragedia de Elene es que su maravillosa ciudad era como las ciudades subterráneas de la antigua Turquía, un tesoro escondido.

—¡Para, Ela, para! —La profesora Gokieli la abrazó, cubriéndola de cariño verdadero.

—¿Por qué piensa mal de mí, señorita Gokieli?

Nino Gokieli comprendió que tal vez había juzgado mal a su alumna.

—Elene, ¿de verdad has hecho tú los problemas?

Elene la miró a los ojos. En los suyos, lagrimones al filo del abismo; en los de la profesora, las pupilas dilatadas por la sorpresa. La niña asintió.

—Pero… Cómo decirlo… A ti no se te da bien el ajedrez.

Elene tragó saliva. Cerró los párpados para ocultarse de la

profesora y de todo lo demás y llevó la mente a su rincón secreto, donde nada la podía dañar.

—e4 —propuso la profesora, abriendo el juego avanzando dos casillas el peón de rey, para ganar espacio y dar salida a sus piezas.

—e5 —respondió la joven con un hilo de voz, haciendo la jugada simétrica en disputa por el centro.

—Cf3. —El caballo blanco se unió a la lucha por el control central.

—Cf6. —Elene desarrolló el caballo para que contribuyese a la defensa de su centro.

—Ab5. —Nino Gokieli sacó a pasear el alfil, amenazando cambiarlo por el caballo de Elene. De conseguirlo, debilitaría mucho su centro y se haría con la iniciativa.

La profesora acababa de plantearle la Apertura Española, que da ventaja, muy ligera pero efectiva en todas sus variantes, a las blancas. No obstante eso no importaba. La belleza del asunto estaba en que su alumna era capaz de seguirla en una partida a la ciega, sin tablero. Eso sin duda estaba mucho más allá de unos vulgares problemas de táctica para principiantes. Nino Gokieli, que no era estúpida, comprendió lo equivocada que había estado con respecto a Elene.

9

Bajo estricta disciplina

> Existen los jugadores duros y los buenos muchachos; yo soy un jugador duro.
>
> ROBERT JAMES FISCHER (1943-2008),
> undécimo campeón mundial de ajedrez,
> apodado el Genio de Pasadena

El día que Elene cumplió siete años Tamara lo celebró llevando a su hija al Palacio del Ajedrez. Desde que se quedó encinta de Irakli tenía el pálpito de que su bebé sería una niña llamada a prolongar la estirpe de las legendarias ajedrecistas georgianas. No en vano era costumbre que la mujer aportase un tablero de ajedrez en la dote matrimonial.

Era el segundo mes de 1990, un febrero frío que empezaba extremadamente convulso para la Unión Soviética. Como si la mano del destino lo hubiese querido hacer coincidir, el día 20 el Sóviet Supremo anunció el proyecto de secesión de las repúblicas. No eran días para que los soviéticos saliesen a los balcones a hacer el amor, pero Irakli y Tamara se habían tomado la licencia de hacerlo apasionadamente en el jardín, bajo la lánguida rosa laevigata, antes de que se despertase su hija. Fue su manera íntima de participar del fervor patriótico georgiano que estaba tomando Tiflis.

Tamara había ido a recoger a Elene a la escuela. La pequeña no decía nada, pero estaba segura de que su madre le tenía preparada alguna sorpresa. Lo sabía porque siempre la felicitaba efusivamente por su cumpleaños y le preparaba pastelitos. «¿Qué me estás escondiendo, mami? ¡Qué casualidad que este año no se haya acordado!», se decía a sí misma bromeando. Por eso, cuando fueron al parque Vera y se adentraron en su densa arboleda, Elene se puso a dar zancadas y brincos, como los personajes de «El Ministerio de los Andares Tontos», de lo nerviosa y contenta que estaba. Destacaba, con su abrigo verde, entre las plantas que florecerían cuando llegase la primavera. Sus ojos intensos, abiertos como los de una pequeña lechuza, se posaron en cada recodo del camino, grabando en su memoria hasta el más pequeño detalle.

Habían paseado juntas mil veces por aquellos caminos, pero sin internarse demasiado en el parque por miedo al abrazo tenebroso de la soledad. Pero aquella tarde, aunque la inseguridad en las calles era manifiesta, madre e hija caminaron, caminaron y caminaron, mirando atrás de vez en cuando: Tamara por si alguien las seguía; Elene porque algo le decía que estaba a punto de dejar atrás una etapa de su vida, la única que conocía.

El poco sol que se filtraba entre las ramas desnudas de los árboles dibujaba un mosaico de luces y sombras en la piel nacarada de Elene, que se divertía siguiendo esos tatuajes cambiantes sobre sus guantes de lana. Veía figuras que se deslizaban sin importar el ambiente gélido y desangelado, pues compartían un secreto. «¿Qué os trae a mis manos, ranitas? ¿Habéis venido a jugar o a esconderos? Ahora os veo; ahora no os veo».

A la pequeña Elene no le costaba en absoluto seguir el paso determinado de su madre. Aunque también era de constitución delgada, había heredado de Tamara músculos sanos y huesos fuertes, por lo que se desempeñaba bien en las tareas que exigían buena forma física. A cada giro del sendero de tierra que tomaban fantaseaba, se imaginaba a todos los niños y niñas de su clase celebrando un banquete: mesas y más mesas repletas de dulces deliciosos. No faltaba nadie, incluidos familiares que ya no estaban. Luego, al pasar junto a una pequeña fuente de la que escurrían hilillos de agua helada, tomaron un sendero a la derecha y su madre paró en seco, reteniéndola de la mano. Entonces Elene alzó su cabecita curiosa y lo vio. Aquella imagen imponente la acompañaría para siempre.

El edificio del Palacio del Ajedrez era a ojos de la pequeña Elene inmenso y, por extraño que pareciese, ligero. Los arquitectos Vladímir Aleksi-Meskhishvili y Germane Gudushauri habían recibido el encargo de alzar un palacio en honor de la gran campeona mundial femenina Nona Gaprindashvili, enfrentando el reto de hacerlo de manera orgánica, en armonía con la frondosidad exuberante del parque Vera cuando llegaba la primavera. El reto no era fácil, desafiaba los estándares de la arquitectura urbana de los años setenta. Elene por supuesto lo ignoraba, pero intuyó que aquel bonito palacio de formas rectas y amplios ventanales era el lugar en el que debía estar.

No sabía qué esperar de un sitio como ese en medio del parque, mas la conexión que sentía era clara. El palacio la estaba llamando, con un lenguaje hecho solo para ella. Llevaba haciéndolo desde antes de que Tamara la pariese, preparándola en el vientre de su madre para que algún día pudiese entender el vínculo. Y allí, embutida en un gorrito rojo, su abrigo verde y sus guantes de lana, Elene se hizo un poco de pipí en las braguitas, tuvo su primera epifanía y se echó a llorar.

—Vas a tener que acostumbrarte a este sitio porque va a ser para mucho tiempo.

Tamara enjugó sus lágrimas con un pañuelo de punto y la tomó de la mano. Había soldados en la entrada. Más que de costumbre. En las caras de los extraños que se cruzaron se percibía desasosiego: la determinación de Tamara llevando a su hija al templo del ajedrez formativo georgiano era una bendita inconsciencia. En otras zonas de Tiflis las camareras cargaban platos y se dolían de la espalda en las casas de comida porque, cuando la crispación se hace rutina, las barricadas en las calles se viven como la tormenta a la que toca acostumbrarse un día más.

«Shevardnadze ha dimitido». Elene oyó la frase de refilón en boca de uno de los guardias del palacio, llevándose la impresión de que estaba pasando algo gordo. La dimisión del georgiano Eduard Shevardnadze como ministro de Exteriores de la Unión Soviética estaba cargada de contenido político. El alejamiento del poder (caída, defenestración o lo que fuese que hubiera acontecido) de uno de los principales líderes de la perestroika evidenciaba que las buenas intenciones, por nobles que fuesen, habían perdido el pulso que le habían echado a la política real.

La atmósfera dentro del Palacio del Ajedrez no tenía nada que ver con lo que se estaba viviendo en las calles. Se hallaban en una sala espaciosa con vistas al parque en la que destacaban las figuras, como estatuas que cobraban vida a ratos, de un grupo de ajedrecistas. Entre aquellas personas una mujer de aspecto vigoroso, que rondaría los cincuenta, movía las piezas con más energía que los demás. Elene se quedó embelesada viendo las posiciones en los tableros, proponiéndose jugadas a sí misma que quedaban para ella. «¿Quieres que te diga mi jugada? No puedo. Secretitos, secretitos, no son para tus oídos».

Permanecía tan absorta que no cayó en que su madre estaba hablando con dos hombres trajeados de negro, con semblantes serios, los que adquieren las personas cuando duermen mal. Lo que tampoco se podía imaginar era que estaban hablando de ella. Entonces uno de los jugadores de ajedrez, viéndola tan metida, le preguntó si quería jugar un *blitz*.*

Elene respondió que sí muy bajito, le costaba reconocer su voz entre aquellos muros, aceptando muy educadamente. Compuso las piezas blancas con delicadeza, consciente de que habría de enviar algunas al matadero para salvar a las demás. La cuestión era cuáles sacrificar y cuáles conservar para lanzarse al ataque. Su rival tendría unos treinta años, vestía un buen traje y llevaba los zapatos limpios. Era de ojos intri-

* Partida rápida, normalmente a cinco minutos por jugador.

gantes, su mirada decía cosas interesantes de él, pero *sotto voce*.

La partida se jugó a un ritmo frenético. Las primeras jugadas de Elene habían sido de tanteo, pero enseguida cogió carrerilla. Sus dedos finos se prolongaban por las casillas como los de una pianista recorriendo las teclas, ávida de explorar nuevas ideas. Los golpes en el reloj se impusieron al silencio que reinaba en la sala, lo mismo que la vida política georgiana con respecto al Gobierno de la nación. Pronto quedó patente que Elene se enfrentaba a un rival superior, pero fue una derrota digna, porque le dio un par de sustos bien dados.

—Buena partida —le dijo el ajedrecista al dar jaque mate a su rey. Extendió la mano en señal de respeto.

—¿Jugamos otra?

Elene acababa de descubrir que no le gustaba perder. Aquel sitio no era como la escuela, jugaba con ajedrecistas «de verdad», y perder dolía. Era una sensación nueva, íntima. Lo que acababa de experimentar le recordó a cuando su madre le daba un agradable masaje en los pies y, de pronto, paraba.

Allí estaba ella, mirando a su maduro contrincante arrebolada para que se apiadase y la dejase jugar otra vez, cuando notó una mano pesada en el hombro.

—Levántate.

La orden era clara, no dejaba espacios para interpretaciones. Miró arriba y se encontró a un palmo del rostro de uno de los hombres de negro que hablaban con su madre: la misma cara seria de no haber dormido.

—¿Puedo jugar otra partida, por favor?

—No.

De nuevo, una orden condenadamente clara.

Borislav era un niño circunspecto. Participaba en las mismas actividades escolares que los demás niños, pero su mente nunca estaba allí. No daba problemas, hacía lo que se le decía, pero sus ojos tristes delataban la soledad de aquellos días de infancia.

En casa era peor, su padre había caído en el alcohol y no levantaba cabeza desde que se había quedado viudo. Acostumbrado a ser una pequeña autoridad en la mina, ya nadie contaba con él: lo mismo daba que trabajase o que se quedase en la calle con la mirada perdida, por lo que un día dejó de ir a trabajar y nadie le contactó para preguntarle cómo estaba. El engranaje social siguió girando sin él. Por eso no perdía ocasión de recordarle a Borislav que había matado a su madre y que, naciendo, le había jodido la existencia.

Kostyantin Miroshnychenko no tenía nada mejor que hacer que volcar sus desgracias en el pequeño Borislav, de modo que este escapaba de la angustia como podía. Cultivó un espíritu cerrado en sí mismo, de envejecimiento prematuro, echando espaldas anchas para cargar con responsabilidades que no se correspondían con su edad. A veces al pasar por un puente camino de la escuela le daba por pensar en arrojarse. No eran pensamientos recurrentes que estuviesen todo el día removiéndole la cabeza. Eran ideas que de cuando en cuando aparecían de la nada.

Borislav nunca se ponía enfermo. Otros niños se inventaban dolores o exageraban cualquier síntoma de resfriado para tener una excusa con la que saltarse las clases, pero él apretaba la mandíbula y cumplía, aunque sus emociones fuesen un campo yermo. Si había de elegir entre pasear su fantasma en la escuela o aguantar los reproches de su padre, elegía lo primero.

El hombre de negro llevó de la mano a Elene hasta la mesa en la que se encontraba jugando la mujer que movía las piezas con tanta energía. Su rival, al verlos llegar, concedió la partida y se fue a otra mesa. El hombre de negro acomodó la silla para que Elene tomara asiento.

—Yelizabeta. —El saludo de la mujer que movía las piezas con tanta energía fue lacónico—. Juega.

—¿Yelizabeta? ¿Es usted la campeona Yelizabeta Karseladze? —se sorprendió la niña—. Me llamo Elene, pero mis amigas me llaman Ela.

Yelizabeta Karseladze se limitó a mover la mano, dando a entender que estaba esperando a que Elene hiciese su primer movimiento en el tablero. Era una mujer hierática, poderosa, más peligrosa en el tablero (y, posiblemente, también fuera de él) que cualquier otra persona en el Palacio del Ajedrez. La pequeña Elene estaba impresionada y, como respiró haciendo un pequeño hueco, muy estrechito, entre la lengua y la garganta, comenzó a marearse.

Yelizabeta Karseladze volvió a mover la mano de manera más pronunciada. Elene se lo tomó a pecho, haciendo de la pequeña provocación algo personal. Agarró fuertemente su peón de rey y lo estrelló contra el centro del tablero, provocando que un ligero temblor sacudiese al resto de trebejos. Yelizabeta Karseladze arqueó las cejas, en su santuario nadie le iba con esos humos. Menos, una chiquilla.

—Juega con educación —le dijo al oído el hombre de negro—. En este tablero ha jugado la gran Nona Gaprindashvili y se ha sentado en la misma silla que tú. Eso merece un respeto, niña.

Elene odiaba cuando los adultos acababan las frases llamándola «niña», pero asumió que en ese momento se lo tenía merecido. Se acomodó en la silla, apoyando la espalda en el respaldo, apretó la mandíbula y se puso a jugar. Yelizabeta Karseladze planteó un Sistema Erizo con las negras, quería ver cómo se desempeñaba la niña teniendo la iniciativa.

—*Niet**.

Elene, en lugar de enrocarse para asegurar su rey, se había lanzado a la aventura con sus piezas menores. Había montado una especie de campamento de guerra contra el enroque de su rival, acumulando efectivos en el ataque. A su vez el Erizo de Yelizabeta Karseladze era sólido, aguantaba lo que le echasen.

—*Niet* —volvió a decir Yelizabeta Karseladze, viendo que pasaban las jugadas y que Elene no se enrocaba.

Y pasó lo que tenía que pasar: Elene vio una pequeña grieta en el Erizo y lanzó sus piezas en tromba, sacrificando material para abrir brecha. El intercambio de golpes fue terrible: la niña se mordía el labio y sacrificaba piezas en cascada; Yelizabeta Karseladze, por su parte, cerraba filas y se aguantaba las ganas de darle un tortazo a la insolente niñata. A Elene le pareció por un momento que iba a entrar hasta las entrañas de la posición negra, pero no contó con un contraataque letal, que acabó con su rey en el cadalso.

* «No» en ruso.

—*¡Niet, niet, niet!* ¡Tu estilo es salvaje, de odiar a la gente! ¡El ajedrez no es eso!

Elene se quedó sin respiración, no le habían echado una oleada de energía así en su vida. El hombre de negro iba a intervenir, pero Yelizabeta Karseladze le hizo una señal con la cabeza y se fue.

—Tu profesora dice que eres buena resolviendo problemas, pero una partida de ajedrez es otra cosa. Debes escuchar lo que tienen que decirte tus piezas. Tienen sus propios deseos, tienen ganas de vivir, como tú, como las personas. ¡No se sacrificarán alegremente por capricho tuyo! ¿Tú lo harías? —Yelizabeta Karseladze habló sin remilgos—. Abre tu mente, escúchalas, ¡no seas una pequeña dictadora en tu ridículo reino!

Los ojos de Elene se llenaron de lágrimas. Había derramado demasiadas en lo que llevaba de día. No en vano había quien pensaba que un rato en el Palacio del Ajedrez equivalía a hacer el servicio militar. Elene se juró que nunca más volvería a pisar aquel odioso lugar.

—Tráigala mañana a la misma hora —le dijo Yelizabeta Karseladze a Tamara desde la mesa—. Voy a encargarme de domar a esta fierecilla.

Borislav no tardó en descubrir que si le hacía los deberes al más malencarado de la clase, una mala bestia de mirada dañina llamada Lev Dushkin, su estancia en la escuela iba a ser un remanso de paz. Aquello le empezó a dar fama de intocable; fue su primer contacto con las estructuras de poder que mueven el mundo. El niño sin madre entendía que todas las cosas estaban ligadas, por mucho que pareciesen ir por libre. La lucha de clases, sin que nadie le hubiese explicado el concepto, le resultaba evidente: su pequeño mundo se dividía entre los fortachones, que dan y reciben las hostias; los débiles, que están sometidos; y los tipos duros, que se hacen obedecer.

El equilibrio vital de Borislav distaba mucho de ser perfecto, pero a él ya le iba bien. Todo lo que fuese mitigar el dolor le valía. A sus siete años se veía preparado para sobreponerse a todo porque había establecido su pequeña red clientelar clandestina en la escuela y no se había arrojado por el puente, pero no contaba con la expresión lobuna del hombre que una tarde se presentó en casa para hablar con su padre. El tipo le dio mala espina desde el principio. Su cabeza se alzaba más de un metro noventa sobre el suelo, era calvo, se le marcaban los huesos y en su rostro destacaba una fila de dientes que invitaba a mantener las distancias. Vestía un traje caro, de marca italiana, gris, a juego con unos zapatos tan impecables como impersonales. En su muñeca destacaba un reloj de oro.

—Slava, te estábamos esperando.

Borislav frunció el ceño. Su padre nunca le llamaba por el sobrenombre familiar.

—Recoge tus cosas. Te vas con este señor.

Tamara no daba crédito a que su pequeña Ela estuviese recibiendo clases de una de las mejores jugadoras de Georgia. Habían comenzado a las bravas, con su pequeña llorando a moco tendido, pero la relación había ido evolucionando muy deprisa. Las clases de Yelizabeta Karseladze parecían de boxeo, porque se arrojaban las ideas a la cara sin darse cuartel, pero era evidente que Elene las estaba disfrutando. Tanto es así que de camino al Palacio del Ajedrez le tiraba de la mano para que se diese prisa.

—¿Cuándo podré jugar un campeonato?

—Cuando lo diga Yelizabeta.

—¿Cuándo lo dirá Yelizabeta?

—Cuando Yelizabeta considere que estás preparada.

—¿Cuándo considerará que estoy preparada?

Tamara era consciente de que cuando Elene entraba en bucle no había fuerza humana ni divina capaz de hacerle dar el brazo a torcer. Pero tenía sus truquitos de madre:

—Vamos a jugar a un juego muy divertido, Ela. Se llama «el juego del silencio». La primera que hable pierde.

Y Elene, con gran satisfacción, mantuvo la boca cerrada y se adjudicó una pequeña gran victoria.

—¿Cómo se llama eso con lo que me ganaste?

—Sistema Erizo. Y con él puedo ganarte con negras todas las partidas que quiera.

Elene se mordió la lengua, sabía que era verdad. De hecho, Yelizabeta Karseladze le ganaría con blancas y con negras, con Erizo o sin él. Mas, aún mordiéndose la lengua, sostuvo la mirada de Yelizabeta Karseladze. Se escondió un poquito la boca con las manos, pero permaneció en su puesto como una cosmonauta que mira la Tierra desde su pequeña escotilla, con sentimientos encontrados de angustia y esperanza.

Yelizabeta Karseladze adoraba a su pequeña alumna, pero

se abstenía de decírselo. Necesitaba sacar lo mejor de ella, tensar la cuerda, si quería que la niña tuviese una oportunidad de poder dedicarse profesionalmente a ello. Era preciso que el carácter de Elene, tan inocente, se mantuviese enfocado en las situaciones de estrés. Había comprendido desde el primer día que la criatura tenía tendencias destructivas más allá de lo común, que se descontrolaba en el tablero, que atacaba como si no hubiese un mañana y no tuviera más salida que morir matando.

—¿Me vas a enseñar a jugar el Erizo?

—No —zanjó—. Pero vamos a estudiar juntas las partidas de Mijaíl Suba. Es el mejor jugador de Erizo de la historia. Él te lo enseñará mejor que yo.

El trayecto en coche se le hizo larguísimo. Borislav no decía palabra y el extraño tampoco. Cruzaron toda Górlovka y dejaron atrás alguna otra ciudad, que el pequeño no fue capaz de identificar. Tanto le daba: había metido algo de ropa y unos libros en la mochila, nada que no le importase perder. Le parecía increíble estar aún más solo que antes, porque al menos su padre le recordaba que era alguien, aunque fuese llamándole «pequeño criminal».

—Fiódor.

Borislav enarcó la ceja, se había quedado adormilado con el traqueteo del coche.

—Me llamarás Fiódor. O señor Vasíliev, como quieras. Pero obedecerás sin rechistar. ¿Te queda claro?

—Sí.

—Sí, ¿qué?

—Sí, Fiódor.

Conduciendo mantenía intacta su capacidad de manipulación. No le hacía falta levantar la voz para poner los cabellos de punta a Borislav. Su halo, intrínsecamente malo, capturaba retazos del alma del muchacho, y exacerbaba su narcisismo administrando silencios, manipulando la situación para nutrirse de la incomodidad que experimentaba el joven. La alquimia del paso del tiempo apenas le había cambiado, seguía sabiéndose listo. Legalmente no había nada que objetarle; socialmente era irrecuperable.

—Tu pelo no es bonito. ¿Quién te va a querer si yo no me ocupo de ti?

Si Yelizabeta Karseladze hubiese sido pintora, se podría decir que estaba pintando su obra maestra en el lienzo virgen que Dios le había dado como alumna: las inocentes disputas salvajes que tenían en las clases eran un delicioso tira y afloja, cogían una idea y le buscaban los puntos fuertes para, una vez establecida la línea principal, exponer las debilidades que se ponían de manifiesto en el estudio de las variantes. Era, en términos competitivos, un pulso constante entre la profundidad estratégica de Yelizabeta Karseladze y el filo táctico de Elene. Poco a poco, clase a clase, la alumna se fue haciendo fuerte, verdaderamente fuerte, obedeciendo en la medida de sus posibilidades a su entrenadora. Esta no aspiraba a que Elene fuese una estratega de corazón como ella, sabía que eso nunca iba a suceder, pero se conformaba con que el caudal táctico no se le desbordase, con que jugase las aperturas con sentido del peligro, con que no fuese una kamikaze del tablero.

—Te he apuntado al campeonato sub-14.

—¿De Tiflis?

—De Georgia. En cierto modo has acertado, se juegan aquí. En la pista del BC Dinamo.

Elene cerró los ojos. Se imaginó jugando con las mejores niñas del país. Daba vértigo, pero lo deseaba.

—¿Y si no gano?

—Ganarás.

—Ya, pero… ¿y si no gano?

Yelizabeta Karseladze meditó qué palabras decirle a su pupila. Lo primero que se le pasó por la cabeza fue hablarle de su propia experiencia, cuando era niña, pero no era justo poner en sus espaldas su legado. «El éxito si no se disfruta es un fracaso», pensó.

—¿Pueden los patos volar? Eso sí que es difícil, Ela. Pues no tengas miedo, que lo tuyo solo es ganar un campeonato de ajedrez.

Fiódor y Borislav llegaron a una casa de campo, apartada de cualquier sitio, de aspecto desolador.

—Ahora vives aquí.

—¿Hay escuela?

—Esta es la escuela —selló Fiódor—. Vas a aprender ajedrez por las mañanas.

—¿Y por las tardes?

—Ajedrez.

—¿Cuándo estudiaré?

—Parece que eres menos listo de lo que me habían dicho. ¿Seguro que he comprado al niño adecuado?

A Borislav, que no sabía de qué le estaba hablando, no le gustó en absoluto que se refiriese a él como mercancía.

—Ajedrez por la mañana, ajedrez por la tarde y ajedrez antes de acostarte. Todos los días. De siete a nueve, con un descanso para comer. Aparte de eso, estudiarás las materias escolares, pero poco.

—¿Y los fines de semana?

—Ajedrez.

La guerra civil no sabía de los derechos humanos ni le importaban. Elene, de camino al campeonato sub-14, pasó por un parque lleno de tanques. Iba de la mano de su entrenadora, pero esta no pudo evitar que la niña viese a los soldados apilando los cadáveres de sus vecinos. Para Elene fue una visión inolvidable, un recuerdo imborrable de que las cosas siempre pueden ir a peor cuando se tensan. «Los árboles se mecen igual que en los días normales», meditó, porque su mundo acababa de cambiar y necesitaba que algo se mantuviese sensato. Había visto por primera vez muertos. Se subió a un tanque, tenía el ánimo turbado, seguía siendo una niña.

El estadio del BC Tibilisi estaba especialmente engalanado para la celebración de los campeonatos nacionales escolares de ajedrez. Las mesas estaban cubiertas con tapetes blancos y azules sobre los que se hallaban dispuestos el correspondiente tablero de ajedrez, las piezas, un reloj analógico de doble esfera, las planillas para anotar las jugadas y las placas de identificación de los deportistas.

Elene entró en la sala de juego en el más escrupuloso silencio, sola, con los ojos abiertos como platos. Se abrió paso entre los niños y las niñas que buscaban sus asientos, como una bailarina discreta que llevase candelabros en la cabeza. La música que sonaba en su mente la guio hasta su tablero, en el que su pequeño ejército de trebejos estaba perfectamente dispuesto para dar comienzo a la primera partida. Pestañeó, nerviosa. Se preguntó cómo sería la niña que jugaría con ella. Se la imaginó determinada, con coletas muy apretadas y cara de quererla ver pisoteada.

Su rival, no obstante, resultó ser una renacuaja con aspecto de no haber roto un plato en su vida. Ambas extendieron la mano cuando los árbitros dieron la señal y, en lo respectivo al juego, Elene se impuso sin tener que esforzarse en absoluto.

—Juegas muy bien —le dijo la niña.

—¿De verdad?

Elene no fingía falsa modestia, ni pretendía darse importancia. Trataba de evaluar las palabras de su contrincante con sus propias percepciones de lo que había pasado. La cabeza le decía que la otra niña jugaba rematadamente mal, pero el corazón celebraba con entusiasmo la victoria. El venenito del orgullo estaba surtiendo efecto, por mucho que Yelizabeta Karseladze, cuando se vieron en la sala de análisis, rebajara la euforia aplicando dosis de realidad a las jugadas que se habían hecho en la partida.

—Hay monos que habrían jugado mejor que vosotras.

—¿También hay monos que critican menos que tú?

El pulso entre la entrenadora y la alumna rozaba los límites de la educación y Yelizabeta Karseladze pensó que lo mejor que le podía pasar a Elene era que le diesen unos azotes en el culo. «Pero no le voy a hacer el favor. Que venga educada de casa».

A Borislav le había parecido en una primera impresión que las clases de ajedrez en el internado iban a ser duras, pero estaba muy equivocado: la expresión «dureza» se quedaba muy corta. Con el paso de los días se fue enterando de que, tanto él como el puñado de niños de diversas edades que compartían reclusión, estaban en aquel lugar para ser forjados como aspirantes al título de campeón del mundo de ajedrez. Los profesores eran tan severos como Fiódor, que se dejaba ver allí de cuando en cuando.

—¿Cómo van mis inversiones?

—Trabajan duro —le informó el entrenador jefe—. Siempre se les puede apretar más, desde luego.

—Más les vale no defraudarme. Me estoy dejando un buen dinero en ellos.

—Estamos trabajando duro los finales de torres y peones.

—¿Y el chico nuevo?

—¿El de Górlovka? Tiene buena madera, pero no echemos las campanas al vuelo. Hay que hacerle sangrar un poco las ideas, esto es más que montar una mafia de los deberes. Necesita arder por dentro.

—Romperlo. Reconstruirlo a nuestra manera —dijo Fiódor, complacido—. Los campeones se forjan en la adversidad.

—Por cierto, no tiene cama.

—No la necesita. Que duerma en una esterilla. En la cocina, que se está caliente.

A Fiódor le dio la risa oyéndose a sí mismo, porque el invierno ucraniano era para tenerse en cuenta. Él, a quien Caissa le había retirado la palabra, iba a convertirse en el representante del campeón del mundo de ajedrez. Borislav debía desarrollar una armadura natural que le hiciese inmune a todo daño. «Forraré con espinos los peldaños del infierno, para que los subas uno a uno y te hagas insensible al tormento. Serás mi máquina perfecta de ganar torneos, mi guerrero implacable».

La segunda ronda del campeonato fue literalmente dramática. Elene se dejó un alfil en plena apertura y su rival, una niña con aspecto de ir de sorpresa en sorpresa, se limitó a capturar la pieza y a sonreír. Elene se puso furiosa, su ajedrez no tenía ni pies ni cabeza. Reagrupó el material que le quedaba llevándolo al flanco de rey con idea de lanzar un ataque en kamikaze. Todo en vano, porque la defensa era sencilla y se cambiaron las piezas, resultando que Elene entró en un final manifiestamente perdido, con alfil de menos. Había caído víctima de la vieja estrategia de simplificación, capturándose ambas el material, muriéndosele en el tablero las posibilidades de complicar la posición y de machacar a su rival merced a su potencia de cálculo. Tumbó su rey, no quiso alargar la agonía. Firmó la planilla debajo del cero y se fue sin dar la mano. La otra niña parpadeó repetidamente: su entrenador le había dicho que Elene era alumna de la gran campeona Yelizabeta Karseladze. «¿Cómo puede ser tan torpe?». Mientras, en las afueras, se oía el ruido de los morteros.

Yelizabeta Karseladze esperaba a Elene en la sala de análisis, sentada frente a un tablero vacío. Sin decir nada, tomó asiento frente a ella. Se aguantaron la mirada por tiempo indefinido. Junto a ellas, uno de los hombres de negro. Serio. Muy serio. Más que nunca. «¿A que me tapo la nariz y dejo de respirar? No se darían cuenta —fantaseó Elene—. ¿Me echarían de menos? Yo a ellos no, porque ya estaría muerta y los muertos no echan de menos a nadie. ¡Oh, soy un monstruo, no echaría de menos a mi familia!». Pasaron así unos minutos. El hombre de negro las dejó solas.

—¿Qué podía hacer? —Elene rompió el silencio—. Es muy buena.

—Esa niña no juega una mierda —sentenció Yelizabeta Karseladze.

—Pero es mejor que yo.

—*Niet!* Tú no eres nadie para decir eso.

—Yo creo que sí.

—Pues yo creo que no.

—Ela te avergüenza. Hace perder el tiempo a todos. —Elene se llevó las manos a la cara, tapándose los ojos. No quería que su entrenadora la viese llorar. Había perdido la gracia; todo tenía espinas, hasta las palabras y el aire que respiraba. Su piel estaba más pálida que nunca, la derrota en el ajedrez le había succionado la alegría de vivir.

—Si no me haces caso, vendrá otra derrota. Y después otra. Y otra... hasta que te hundas en el fango, hasta que nadie te reconozca, porque dejarás de ser la niña brillante y nadie querrá estar contigo.

Elene giró repetidamente la cabecita. Quería que su entrenadora se callase. Tosió como si se ahogase, pero Yelizabeta Karseladze no cedió.

—Voy a decirles a los del Gobierno que eres indomable y que no tienes amor propio.

—¡Está bien! —cedió Elene—. ¡A partir de ahora jugaré como una vieja!

Yelizabeta Karseladze se guardó de sonreír delante de su alumna de trece años, pero estaba muy satisfecha de haberse salido con la suya. Y razón no le faltó, porque Elene ganó todas las partidas que quedaban, con blancas y con negras, haciéndose con el entorchado nacional sub-14 femenino. «No puedo evitar que pases por una guerra, pero haré lo que esté en mi mano para que tu mente se aleje de ella».

Los años pasaron pesadamente en el internado y no había día que Borislav no echase de menos la imposible figura idealizada de su madre: una Virgen de sonrisa beatífica, blanca en su intención, quien se iba difuminando a su pesar del registro fugitivo de sus recuerdos. Lo disimulaba bien, pero crecía como un árbol en un permanente otoño, deshojando sus sentimientos poco a poco. Tenía perfecta conciencia de sí mismo y, aunque se decía que a las personas normales nunca se les mueren del todo los pensamientos, su situación distaba de ser normal y le costaba ver más allá de la capa de hojas marchitas. «¿Quién querría mi vida? Pero aquí estamos». Y aún no había cumplido la edad de once años. Le quedaba el consuelo de sus progresos en el ajedrez. Le había cogido gusto al juego, porque podía construir un mundo propio. No estaba exento de sufrimiento, pues las derrotas en el internado se pagaban con humillaciones y amenazas, pero su umbral del dolor estaba en otra dimensión. Además era raro que perdiese. Cuando jugaba sentía una agradable electricidad en los dedos, moldeaba la posición en la convicción de que no se debía hacer de otra forma, hallaba el camino de la verdad sometiendo el caos aparente.

—Está tocado por los dioses —le dijo el entrenador jefe a Fiódor al cabo de unos meses—. Ignoro lo que hay dentro de esa cabeza, pero estoy seguro de que no es de este mundo.

—¿Y su corazón?

—No tiene.

—Excelente —dijo Fiódor—. Tienes un año para que esté preparado. El campeonato del mundo sub-12 es *open:* evitaremos que juegue los nacionales para que los rivales no se preparen contra él.

—Así se hará.

Fiódor juntó las palmas de las manos, exhibiendo su sonrisa más piadosa.

—Una cosa más: los martes y los jueves mandadle a la cama sin cenar. El hambre estimula el intelecto.

La celebración del título de Elene como campeona de la Unión Soviética sub-14 se convirtió en un pequeño acontecimiento social en Tiflis. Fueron tiempos extraños porque lo mismo la llevaron a hombros desde la escuela hasta su casa que luego corrió la sangre por las calles, pero ni la guerra iba a detenerse porque ella ganase un campeonato ni la gente iba a renunciar a sus pequeñas victorias por culpa de los disparos. Por su parte, Elene pasaba las noches durmiendo aferrada a su copa, como si fuese un peluche, porque era consciente del esfuerzo que había puesto en ello, del dolor de llevar las emociones al extremo; aunque recibía las felicitaciones de los vecinos y le hicieron pequeños homenajes, no se podía imaginar lo que se estaba gestando en torno a su figura. Percibía el asomo del reproche, la exigencia, el arrebatarle trocitos de la respiración con fórceps inmateriales. Las autoridades locales se congratulaban del éxito, que hacían suyo: las fuerzas secesionistas sacaban pecho por la victoria en los tableros; los funcionarios unionistas se vanagloriaban de haberlo hecho posible. En suma, todos participaban de su parte de gloria, dejando para ella la responsabilidad de no fallar. Y Elene, profundamente dormida, se agarraba a su copa porque era la única manera de que aquella herida dejase de sangrar.

—¡Ela, has salido en el periódico! «La discípula de la veterana maestra de ajedrez georgiana Yelizabeta Karseladze se adjudica el campeonato de Georgia sub-14 femenino con un punto de ventaja sobre la segunda clasificada». ¡Mi niña está en la misma página que el campeón olímpico de judo!

Irakli estaba exultante, era la primera de la familia en recibir semejante honor. La mañana de domingo no podía empezar mejor. Para él.

—¿Puedo ir a jugar?

—Ha llamado Yelizabeta —intervino Tamara—. Dice que has sido seleccionada para ir a un centro de alto rendimiento.

—¿Eso que es?

—Unos campamentos de ajedrez —aclaró su madre—. Irán los mejores deportistas de la Unión Soviética. Se hacen cada año.

—¿Cuándo?

—Al principio del verano, para que prepares el campeonato del mundo sub-14.

—¡Qué bien se lo va a pasar mi niña! —celebró Irakli. Estaba entusiasmado pensando en la suerte de poder apartar a su hija del horror—. Pero esta semana tienes que apretar mucho con Yelizabeta.

Elene se alegró de ser una niña, así no tenía que tomar tantas decisiones, pues los adultos se lo planificaban todo; en su sonrisa podían verse algunos trenes de la niñez pasar, porque una parte de ella era muy competitiva y otra, más sentimental, anhelaba volver a ser una niña como las demás.

10

Muchacha singular en pasión y en locura

> Solo el jugador con la iniciativa tiene el derecho a atacar.
>
> WILHELM STEINITZ (1836-1900),
> primer campeón mundial de ajedrez

La disciplina en el centro de alto rendimiento funcionaba a golpe de silbato. Los seleccionados, jóvenes de diferentes áreas competitivas, tenían horarios muy estrictos, que comenzaban con ejercicios de gimnasia a primera hora de la mañana, hasta el desayuno, entrenamiento específico de su campo hasta la comida, vuelta a los entrenamientos, cena, un rato de ocio y gimnasia, para caer rendidos pronto y no dar problemas a la noche. Desde luego, nadie hablaba de la guerra.

Por suerte para Elene, las autoridades consideraban que era muy niña y al ser la más joven con diferencia en el campamento permitieron que fuese con una acompañante. La decisión fue clara: un funcionario sesentón fue el encargado de comunicar a sus padres que la persona elegida era Yelizabeta Karseladze, «para que el ajedrez de la niña no se agostase en soledad».

En el comedor, donde el bullicio se hacía notar, se sentaban dispuestos en bancos que agrupaban a los atletas por su especialidad, para fomentar el espíritu de equipo. Allí se daban cita, entre platos abundantes en proteínas, aspirantes a campeón olímpico y otros muy jóvenes que ya lo eran. Yelizabeta Karseladze y Elene compartían mesa con unos cosmonautas, que tenían intereses personales muy distintos a los de los deportistas, pues perseguían la gloria a sabiendas de que tenían altas probabilidades de morir en el intento.

—¡Vaya paliza que te dio anoche Yelizabeta al billar, Serguey!

—Me dejé…

—No disimules, que te ha ganado una mujer. —El comentario de Valeri Liájov, el líder de los cosmonautas, un tipo forzudo, iba con malicia. Yelizabeta Karseladze lo obvió, pero no olvidó. Los otros cosmonautas se rieron a mandíbula batiente, haciendo chascarrillos sobre la humillación al billar de su compañero.

—He dicho que me dejé ganar —repuso Serguey Kononenko.

—¡Claro, camarada! Tú te dejaste ganar y a la cría le han salido las tetas —insistió Liájov, incorporándose para hacerse notar. Elene se tapó los oídos con los dedos.

Entonces, sin mediar palabra, Yelizabeta Karseladze se

limpió los labios con la servilleta, se levantó de la mesa, se acercó adonde estaba el cosmonauta, se arremangó la blusa... y le dio un puñetazo con todas sus ganas, que eran muchas, poniéndole en órbita. En la perilla, donde los boxeadores consiguen el KO.

—Vuelve a meterte con mi alumna y te clavo un tenedor en el ojo.

Yelizabeta Karseladze no necesitó alzar la voz. El comedor quedó en silencio. La campeona de ajedrez había dejado tendido en el suelo al cosmonauta Valeri Liájov de un puñetazo; a partir de ese momento nadie hizo humoradas a costa de Elene, que acababa de aprender una valiosa lección de su mentora.

Algunas noches, Borislav oía cantar a la lluvia desde su enclaustramiento, pero no era una tonada alegre: le recordaba que por muy infeliz que fuese no podía fracasar y que, en el mejor de los supuestos, un campeón del mundo es el más expuesto de los mortales. «El dominio de nuestras vidas es una ilusión, somos hojas al viento». Fantaseaba con fugarse de su propia oscuridad, escapar continuamente en busca de un día de sol, pero eso a él le estaba vetado. Le comían los gusanos ante la duda de si iba a ser así para siempre, si tendría que mantener escondida la sonrisa el resto de su existencia. Pensó varias veces en cortarse las venas, mas ni con esas podría ser un niño como los demás. Cerrar los ojos, el camino fácil, no es una opción para los desarraigados como Slava. «Madre, no resisto un día más. ¿Para qué me trajiste al mundo? Lo quemaría todo por poder abrazarte una vez».

Cuando las clases eran menos severas porque los maestros se cansaban de apretar, se preguntaba a sí mismo cómo podría amarse. Con lo poco que le gustaba su vida, ¿qué reproche se le podía hacer si estaba lejos de sí mismo? A veces veía a otros chicos desmoronarse, desfallecer en el tablero porque les dolía la cabeza de hacer tanto cálculo. Él por su parte no se podía permitir demostrar debilidad: si no daba la talla le devolverían con su padre, perdería la única bala de su rifle para salir de una vida de mierda. «Las lágrimas, cuando no me vean. O llego a campeón del mundo o me tiro por la ventana». Borislav no era de andarse con bromas.

La única persona que le trataba como a un niño era Svetlana Kotova, una cocinera bielorrusa que había acabado en aquel lugar perdido en los mapas porque a su vida conyugal le faltaba el amor.

—Dame la mano, Slava —le dijo un día en el comedor, posando sus hermosos ojos azules en las sombras del muchacho—. A veces hay que dejarlo ir.

—¿El qué? —Le devolvió la mirada, se desentendió del plato de sopa caliente que tenía en la mesa.

—El odio que te corroe por dentro.

Borislav tragó saliva. Una llama eterna acababa de prender en su interior, tan pequeña que no la reconocería suya ni que le zurciesen.

—Hoy no tengo apetito.

Borislav dejó caer la cuchara sobre el plato de sopa. Se soltó de la mano de Svetlana Kotova. Dio la espalda a la única persona que le trataba como a un ser humano.

Elene a sus trece años se desenvolvía por el centro de alto rendimiento con soltura. No le hacían falta grandes cosas para acomodarse a los espacios: movía las piernas, ladeaba la cabeza como una modelo con pretensiones y se encerraba en sus pensamientos. Tejía mentalmente una jaula de Faraday, donde nada ajeno a su voluntad podía entrar. Era feliz a su manera, siempre que no la sacasen de su espacio confortable.

Los días pasaban sin darle tregua: ejercicio, ajedrez, agotamiento, dormir... y vuelta a empezar. Esto bajo la estricta supervisión de Yelizabeta Karseladze, quien mantenía las distancias salvo cuando, por lo que fuere, se sentía en la necesidad de rescatar a su alumna de vicisitudes desagradables por las que ella misma había pasado. Con la diferencia de que Yelizabeta Karseladze nunca tuvo a nadie que acudiese en su auxilio.

Una noche en la que no paraba de dar vueltas en la cama, a Elene se le ocurrió que sería buena idea escaparse. No con intención de subirse al primer coche que lograse parar en la carretera (aunque se le pasó por la cabeza rechazó el plan, lleno de peligros. «¿Y si me subo al coche de un asesino? ¿Quién encontraría mi cadáver si lo tira en medio del monte?». Había oído más de una historia sobre chicas secuestradas en mitad de la noche y no quería inquietar a sus padres). Lo que tenía en mente era mucho más simple y, a la vez, placentero: darse un paseo por el jardín del centro de alto rendimiento, mirar la luna y pensar en la rosa laevigata, posiblemente la mejor amiga que una niña circunspecta podía tener.

El plan de fuga, con posterior retorno («para que nadie lo supiese jamás de los jamases»), implicaba descender por la ventana porque la puerta estaba cerrada con llave desde fuera, precisamente para que los internos no se diesen a la fuga. En las películas los presos siempre se escapaban atando sábanas con grandes nudos y descendiendo por la ventana. «¿Y si me pillan? Si el plan fracasa será porque me he caído desde gran altura y ya estaré muerta, así que no importará». En su cabeza sonaba de maravilla, por lo que no le dio más vueltas.

Svetlana Kotova había vivido mucho. Le había dado tiempo a enamorarse, a casarse, a tener dos hijos y a perder la fe en el matrimonio. Todo esto antes de cumplir los veinticinco. Entrar en el internado como cocinera liberaba su mente de muchos fantasmas: con el trabajo conseguía cruzar el universo y fijar la mente en otra galaxia. En un momento de bajón emocional había encontrado a Borislav, el joven más prometedor de la institución y, para ella, el más desdichado. Se lo imaginaba llorando todas las noches, necesitado de cariño, porque a primera hora de la mañana tenía que sacar el instinto animal y poner cara de que cualquier golpe que le diese la vida no dolía. Era el niño que se quedaba en la cocina, tirado en una esterilla, repasando ajedrez mientras ella limpiaba las últimas ollas. El niño serio. El que nunca se quejaba aunque le redujesen la ración de comida, porque le estaban convirtiendo en un mercenario del tablero y le estaban extirpando las pocas emociones que le quedaban. Y sí, allí estaba él, a su lado, quemándose las pestañas con una batería de problemas: cuatro hojas de mate en tres y otras tantas de finales de torres.

«Slava, ¿por qué no lo dejas? Mañana será otro día».

Borislav hizo oídos sordos a este comentario, en una escena que se fue repitiendo cada noche hasta que un día a los lindes de su oscuridad:

«Porque nadie me quiere y no puedo permitirme ignorarlo. O gano o me dan la patada. Hay mil chicos como yo esperando su oportunidad. He de ser mejor que ellos».

Cuando Elene pisó el césped del patio miró en derredor. Allí no había nadie salvo la luna, pero estaba en lo alto y le guardaría el secreto. Notó frío en los pies. ¡Se había olvidado de ponerse los zapatos! Le pareció divertido. Divertido y a la vez triste, puesto que era una niña privilegiada por estar allí y, sin embargo, toda su felicidad era fugarse y pisar el césped descalza. Le pareció una pequeña miseria, lo que llenó de pronto su corazón de angustia, porque era una desagradecida.

Echó un par de carreras para ver si así se le despejaba la cabeza. Cualquiera que la viese la habría tomado por una loca, pero le daba igual. Se contuvo de ponerse a hacer volteretas porque no era de señoritas y, además, iba a ser complicado de explicar en la lavandería.

Llegó a la pista de baloncesto donde entrenaban los jugadores de la selección soviética. ¡Allí estaba todo el mundo! Desde los más jóvenes hasta los mayores, chicos y chicas, como si tal cosa. Tenían montada su propia fiesta. Estaban haciendo cosas prohibidas, sin supervisores adultos, en la más absoluta clandestinidad. Aquello era como un circo furtivo, con antorchas y gente deambulando en medio del bullicio, mientras que otros parecían coordinarse jugando un partidillo callejero. Se cantaban canciones nuevas que algunos se habían traído de las competiciones internacionales como un tesoro. Había tabaco, que se adueñaba de los pulmones de aquellos deportistas que se pasaban salvajemente botellas de vodka para beber a morro.

Elene se sentó en la grada, mirando a ratos a los chicos que jugaban el partidillo y a ratos la luna llena. Entonces como una sombra, Pável Beterbiev, que era el capitán de la selección sub-16 de baloncesto, tomó asiento a su lado. Ella se hizo la distraída pues no estaba avezada en las artes de la seducción, y él, acostumbrado a que las chavalas le encontrasen de lo más atractivo, tuvo la sensación de haberse dado un cabezazo contra un muro.

El partidillo transcurría como si tal cosa, con los chicos del baloncesto mezclados con otros deportistas agarrando la pelota y tirando a canasta con libertad, sin un entrenador que les obligase a mantener el control del *tempo*. Pável recibía con las palmas de las manos hacia tierra las propuestas constantes de regresar a la cancha, aunque no se le ocurría la manera de comenzar una conversación con Elene.

—¿No te da miedo venir sola? Cualquiera podría saltar de los matorrales y clavarte un cuchillo. —El flirteo de Pável era más que mejorable, pero no supo improvisar una conversación más acertada—. Yo podría ser un asesino.

Elene, que había paseado entre cadáveres, le echó una mirada inquisitiva, de gata. Aquel mocetón de metro noventa a los quince años le resultaba de lo más divertido, no se lo podía imaginar matando ni a una mosca. Tenía los hombros muy desarrollados pero la cara aniñada; le salían pelos en las piernas (que a Elene no le gustaban nada de nada), mas la voz del joven asesino peligrosísimo recordaba al coro de los niños cantores de Viena.

—¿Cómo tenías pensado matarme, si puede saberse?

—Soy fuerte —continuó—. Me llamo Pável. Soy el capitán de la selección de baloncesto. Algún día ganaré una medalla de oro en los Juegos Olímpicos.

—Yo soy Ela —dijo—. Y si me matas, pues no pasa nada. Parece una oportunidad maravillosa de morir acompañada.

Entonces ladeó exageradamente la cabeza y la dejó caer de golpe sobre las piernas de Pável, como una María Antonieta en el cadalso.

—¿A qué esperas? ¿No vas a matarme?

—No... —dijo Pável torpemente, fascinado por la chica más extraña que había conocido en su vida. Se fijó en los brazos delgados de Elene que a simple vista parecían presentar livideces cadavéricas.

—¿A qué esperas para pedirme que sea tu novia? Soy una niña, no doy miedo —le preguntó—. ¿O ya tienes novia? ¡Qué tragedia! ¡Seguro que un chico tan guapo tiene muchas novias! Creo que voy a dejar de respirar...

Elene contuvo la respiración. Se abrazó fuertemente a las rodillas de Pável. A continuación llegaron los espasmos.

—¡Oye, oye! —Pável se asustó mucho—. ¡Que no tengo novia!

Elene se hizo la digna, muy teatrera. Alzó el mentón. Tosió afectadamente. Se secó unas lágrimas inexistentes con los puños.

—Sabes que no está bien ir por ahí asustando a las chicas, ¿verdad?

—Pero ¡si eres tú la que me has asustado a mí!

—¿Cómo lo vas a demostrar? Yo soy una niña delgaducha que juega al ajedrez y tú eres un torreón con cara de ogro... ¡y capitán de la selección de baloncesto!

Viéndole azorado, Elene le cogió de la mano entre sonrisas furtivas. A Pável se le había acelerado el pulso y ella, conmovida por su dulzura, le apretó suavemente los dedos.

—¿Crees que vamos allí cuando morimos?

—¿Adónde? —quiso saber él.

—Con la Luna.

—No lo sé.

—A algún lugar tienen que ir las almas de las personas cuando mueren, ¿no? ¡Imagínate los problemas de espacio que tendríamos si los muertos se quedasen aquí!

—¿Sabes que eres muy rara?

Elene y Pável se miraron. El tiempo se había tomado un descanso a su alrededor. Aquella noche fue el primer contacto de ambos con el amor, con el amor verdadero, el que no duele y se deja observar pacientemente.

—¿Puedo darte un beso? —Pável era demasiado joven para conocer el lamento de verse rechazado por una Andrómeda, con el pelo alborotado se sentía bastante seguro de sí mismo, ahora que se había roto el hielo entre ellos.

Acortaron la pequeña distancia que separaba sus labios. Él cerró los ojos; ella no.

—No me beses, no me robes la ilusión de besarte algún día, cuando mi corazón esté seguro de quererte. Así estaré en deuda contigo y la pagaré llorando por ti —se excusó Elene—. Pero puedo ser tu novia si quieres.

Pável se quedó de piedra, le acababan de dar unas calabazas melodramáticas. Se preguntó si Ela le decía lo mismo a todos los chicos para reírse de ellos. Nadie supo con certeza si allí se dieron el primer beso, pues el manto radiante en la oscuridad les protegió de miradas ajenas y les permitió pasar inadvertidos entre todos aquellos talentos en flor. Allí, en noche cerrada, tocados por la luz de la luna, Elene vio flores en la nieve, mas era verano.

Las rutinas de Borislav en el internado comenzaban con un chorro de agua fría en las sienes a las siete de la mañana. Se levantaba puntualmente para ser el primero en entrar en las duchas, porque le molestaba tener que pisar los pelos que dejaban los demás. Esto no era porque fuese escrupuloso, sino porque llevar los pies limpios era un lujo en aquella cárcel de niños olvidada por Dios. Con frecuencia se planteaba salir de allí corriendo, pero al mismo tiempo le angustiaba la perspectiva de no poder hacer nada si franqueaba la puerta principal. Era consciente de que tendría el mundo a su alcance y que a su vez todo le sería rechazado. «He de largarme de este sitio. Yo no pertenezco a este lugar». Las cucarachas se acercaban al agua y Borislav, los puños apretados, envidiaba su suerte.

Le habría gustado poder elegir. Cualquier hueco en el infierno le merecía mejor opinión que aquel lugar austero con paredes de hormigón y pasillos que encogerían el corazón de un carcelero. Entonces un día tomó una decisión.

—¡Date prisa, Ela, que perdemos el avión!

Yelizabeta Karseladze tenía experiencia en vuelos intercontinentales, por lo que marcaba los pasos de su pupila en el aeropuerto con estilo militar. Cargaban con maletas llenas de libros de ajedrez para preparar las partidas en la habitación del hotel antes de cada ronda de juego. Llevaban en sus bolsos las libretas con variantes afiladísimas, producto de horas interminables de entrenamiento. Las llevaban así, pegadas a ellas, porque era lo único que no podía perderse de ninguna de las maneras. La ropa, los libros... eran accesorios; las libretas lo eran todo, eran su visado para que Elene fuese campeona del mundo sub-14.

—¿Cómo es Argentina?

—Argentina es el lugar más bello de Occidente si juegas al ajedrez —le dijo Yelizabeta Karseladze—. Es una tierra culta, el país de Borges.

—¿Borges?

—Borges.

—¿Juega al ajedrez?

Yelizabeta Karseladze apretó los dientes, guardándose una risa escandalosa. Corrían más que caminaban por la cinta transportadora, con los visados en la mano y el equipaje mareado.

—¿Sabes bailar el tango?

—Un poco a mi manera —dijo Elene.

—Eso es porque no te impones. El tango bien bailado es un modo de arreglar los errores de la vida. Los hombres se piensan que lo usan para gobernar a las mujeres, pero en el tango mandan las argentinas.

—Entonces yo quiero ser argentina.

Yelizabeta Karseladze echó una mirada a su pupila y recordó sus tiempos jóvenes, cuando hacer un comentario así era una fuente inagotable de problemas.

—Georgianas, Elene. Somos georgianas. Que se te meta bien en la cabeza.

Así, a la carrera y entre risas, Yelizabeta Karseladze y Elene Isakadze entraron en el avión, cruzando el mundo en busca de un sueño, huyendo a su manera de la guerra.

Borislav aprovechó el manto oscuro de la noche para reordenar sus ideas y saltar el muro del patio del internado. Se miró las manos de ajedrecista, tan finas que nadie sospecharía la cruda vida que llevaba. Los rincones de su alma estaban desordenados, como el cabello de las personas que tienen la vista puesta en las estrellas. Sabía que cada paso que le alejase de aquel lugar tenía un precio, que andar era quemarse, carbonizarse, dejar de existir, para convertirse... en otra cosa. «Que lo mismo seré bueno que malo, que si no me largo de aquí seré como las piedras, que no sufren porque no saben sufrir y tampoco se llevan alegrías».

Estaba Borislav en esas cavilaciones ante su particular muro de las lamentaciones cuando, de pronto, oyó un ruido cerca de él. Tras unos matorrales. Escondido. Alguien se estaba tomando muchas molestias para espiarle, necesitaba saber qué estaba pasando. Se internó en la maleza, afrontando lo que hubiera de pasar.

Las primeras rondas del campeonato mundial femenino sub-14 no depararon grandes sorpresas: las jugadoras rusas y las exsoviéticas dominaban la competición. Elene por supuesto estaba entre ellas.

Borislav se sorprendió al darse de bruces con Svetlana Kotova, la última persona que esperaba encontrarse tras unos arbustos. La cocinera, igualmente sorprendida, estaba llorando.

—Lo siento, señora Kotova, no pretendía importunarla...

Svetlana Kotova se sonó discretamente en un pañuelo de punto. Su rostro enrojecido hacía equilibrios entre mantener la compostura o romperse en añicos. La luna estaba en cuarto creciente; ella no.

—¿Se encuentra bien?

Borislav Miroshnychenko era aún demasiado joven para entender lo que pasa por la mente de una persona adulta cuando se siente forzada a refugiarse de todos en un rincón para llorar, por mucho que su talento tuviese impresionados a sus profesores en el internado. Si de algo sabía era de sufrimiento, pero no del propio de la etapa adulta, por mucho que se le obligase a madurar antes que los demás.

Svetlana Kotova se fue recomponiendo, azorada al verse desnuda emocionalmente delante del muchacho.

—¡Oh, Slava! ¡Se supone que yo soy la adulta, que soy yo la que debe cuidarte!

Svetlana Kotova dio un paso al frente, abrazándose a Borislav. Él mantuvo los hombros firmes, la mirada fría y el corazón distante.

—No voy a preguntarte qué haces aquí —prosiguió Svetlana Kotova—. Pero será mejor que regreses a la cocina.

Borislav, que bien podría haber echado a correr campo a través y dejado atrás el internado, nunca había experimentado la agradable sensación de ser abrazado por una mujer. A sus trece años no le importaba lo más mínimo el otro sexo, que le era prácticamente desconocido.

—Me largo… —susurró al oído de la cocinera.

—¿Tienes adónde ir?

La pregunta le hirió.

—Adonde no me peguen si fallo.

La respuesta acongojó a Svetlana Kotova, que nunca había visto levantar la mano a un profesor. Había oído gritos, reproches, humillaciones y amenazas, pero no tenía constancia de que se golpease a los alumnos.

—No digas eso…

—Pues es verdad.

—Pero no lo digas.

Dos nómadas de las emociones buscaban la paz en mitad de la noche ucraniana, pero eran incapaces de darse buenos consejos.

—Algún día todo cambiará.

—Sí, pero no para mí si sigo aquí.

—¿Tienes familia?

Borislav Miroshnychenko sintió los dedos de Svetlana Kotova revolverle el pelo y las palabras revolverle las ideas, hasta que contestó:

—No.

¿Cómo llamar «familia» a un padre que le había vendido, que se había deshecho de él como de la basura, que nunca le había dicho que le quería?

—Pues yo seré tu madre si me dejas.

A Elene se le fue complicando el mundial sub-14 conforme entraban en la segunda semana de campeonato. Se había dejado un punto haciendo tablas con dos jugadoras no muy bien posicionadas en el ranking inicial y su entrenadora estaba que se subía por las paredes.

—¿Repasamos el Erizo?

—¡En mi época te mandaban a un gulag por jugar así el final de torres!

—Pues qué suerte que ya no estemos en tu época.

—¡No me repliques, niñata!

Aquella tarde Yelizabeta Karseladze se fue de la habitación del hotel dando un portazo. El cuerpo le pedía ir a echarse unos vodkas. O unas botellas, para caer rendida y olvidar toda aquella mierda. «¡Con lo bien que estaría ahora en casa, con mi Oleg…!».

Elene se fue a por una manzana. Se metió en la cama aunque aún no había anochecido. Con la ropa de calle puesta, porque tenía la mente en otro lugar. Las piezas estaban dispuestas en el tablero testimoniando el final de torres que había tirado a la basura frente a su rival por la mañana, una jugadora china de ojos inescrutables y hermosos. Se puso a pensar en la muerte, en lo dulce que sería arrojarse por el hueco del ascensor del hotel y tenerlos a todos preocupados por unas horas, pero sin ánimo suicida. «A un punto de las rusas. Mal. Fracasada. Mal. Muy mal».

En la primera semana tras su encuentro nocturno Borislav no abría la boca cuando se encontraba con Svetlana Kotova. Tenían un secreto, les iba a llevar tiempo conciliarlo con la vida en el internado. Pero conforme se iban conociendo mejor Borislav se fue abriendo. Muy poco a poco, mas ya era un hecho.

—¡Elene! ¡Corre, tienes que ponerte al teléfono!

Yelizabeta Karseladze había entrado en la habitación a toda prisa irrumpiendo sin miramientos. Elene, que estaba sumida en sus pensamientos recurrentes, saltó de la cama de un brinco. Se puso las zapatillas y sin siquiera peinarse salieron de la habitación.

—¿Qué pasa? ¿Quién llama?

Yelizabeta Karseladze no le dijo nada más que:

—Mantén la calma y habla poco.

Elene supo por la seriedad en el rostro de su entrenadora que aquello iba más allá del enfado que llevaba. Había más. Mucho más.

—¿Mis padres están bien?

Yelizabeta Karseladze seguía sin decirle nada. Entonces llegaron al vestíbulo del hotel y, allí, un teléfono descolgado llamó la atención de la joven ajedrecista.

—¿Hola?

—¿Eres Elene?

—Sí —respondió con timidez.

—Tienes que vencer a las rusas. —La voz al otro lado del hilo telefónico fue tajante—. Georgia necesita que ganes el campeonato del mundo. La moral de nuestra nación depende de ti.

—¿Quién es usted?

—Puedes llamarme Eduard.

Elene por un momento se acordó de los tanques y de los muertos que había visto cuando fue a jugar el campeonato nacional sub-14 de Georgia. Entonces formuló la pregunta más inocente del mundo:

—¿El presidente?

A Borislav le gustaba tener cerca a Svetlana Kotova. Conforme se iban conociendo más a fondo, le agradaba que ella le siguiese tratando como a un ser humano. Había cultivado el vicio de ser su propio enemigo, por lo que le costaba reconocer el cariño cuando le rondaba cerca, pero ella empezaba a ocupar un hueco en su corazón. Siempre se había preguntado qué era tener una madre.

—Como no te acabes la sopa te doy con el cucharón en la cabeza.

—Vale, Lana, a ver si así me arreglas la memoria y aprendo más deprisa.

—¡Eres incorregible!

Oír risas en la cocina se salía de lo normal, pero lo estaban consiguiendo. De pronto se echaban a cantar inventándose rimas en un idioma ficticio sin saber lo que decían, aunque comprendiéndose entre ellos. Su secreto estaba a salvo en la cocina. Con él, las pocas oportunidades de Borislav para ser un chico normal.

Elene afrontó el siguiente tramo del campeonato con sentimientos ambivalentes. Se sabía buena al ajedrez, capaz de dar mucho más de lo que había demostrado en las rondas previas. Pero estaba tensa: la llamada le había colocado sobre los hombros el peso de los muertos en la guerra. No se podía poner más pálida porque su piel carecía de más tonos de blanco, pero sus niveles de oxígeno en sangre estaban bajo mínimos. Las rusas en cambio parecían frescas como rosas. «Aunque seguro que también les aprietan. ¿Quién se romperá primero?».

La octava ronda puso todo del revés. La china dio un golpe en la mesa y le colocó una línea con blancas a la número dos de Rusia que la dejó en apuros en diez minutos. Era una línea venenosísima, entregando un par de peones a cambio de la iniciativa, en una lucha en la que la jovencita de ojos rasgados se demostró implacable. La milenaria cultura surgida en las riberas del río Amarillo tomó cuerpo en la mente de la ajedrecista, estirando su capacidad de cálculo hasta límites sobrehumanos. Calculó una secuencia no forzada llena de sutilezas, donde un error en la toma de decisiones acabaría con una de las dos contendientes mordiendo el polvo. Cuando la rusa inclinó su rey, lo hizo consciente de que acababa de perder sus opciones al oro y posiblemente a medalla.

Elene desde su posición no veía bien la cara de la rusa durante la partida, pero la sonrisa de la china la delataba. De vez en cuando la georgiana se levantaba, muy erguida, como una modelo desfilando en la pasarela de París, y se acercaba a echar un vistazo a la posición de la campeona de Rusia. Había otras jugadoras de gran talento, pero las dos rusas eran harina de otro costal y había que tenerlas bien vigiladas por si surgía la oportunidad de recortarles medio punto. «O el punto entero, que igual el rey se les muere esperando acción, de tan buenas que son, que la muerte llega cuando menos se la espera».

Algo pasó. Un hado caprichoso maldijo a las rusas, o simplemente las rivales estuvieron más acertadas, pero las dos rusas se vinieron abajo y empezaron a perder fuelle, como los barcos petroleros que se van desangrando en el mar cuando tienen un accidente. Elene, que estaba en racha ganadora, se plantó en la última ronda en el primer tablero, igualada a puntos con la campeona de Rusia.

Borislav había desarrollado un sentimiento cercano al amor por las posiciones tranquilas de la Defensa Caro-Kann. El peón negro de c6 le sostenía el centro frente a las acometidas feroces de sus rivales con blancas, le ofrecía más confianza que la mayoría de las personas con las que había tratado, a excepción de Svetlana Kotova. No fallaba: daba igual que le lanzasen un ataque de peones, que los caballos amenazasen con incrustarse en sus casillas débiles o que la dama blanca se pasease enseñoreada por el tablero... el humilde infante de c6 guardaba el fuerte. Esto sirvió a Borislav para ganarse merecida fama de jugador sólido.

—¿Y la táctica? ¿Calcula bien?

Fiódor Vasíliev no las tenía todas consigo. Se fiaba poco de los jugadores especializados en un tipo de estructuras, prefería depositar su confianza en los que tenían un estilo universal, aquellos que se adaptaban a todo tipo de posición.

—Es el mejor de la clase calculando, de eso no hay duda —aseveró el entrenador jefe—. Pero no se siente cómodo. Es más de simplificar material que de las complicaciones tácticas. Y en los finales de torres no tiene rival.

—Que juegue de rey lo que queda de curso. Y con negras, la Dragón —exigió Fiódor—. No voy a arriesgar los dineros con una maricona que le tiene miedo a calcular. Despertadle las ganas de meterse en líos.

Al entrenador jefe no le gustó en absoluto la forma de expresarse de Fiódor, por lo demás un hombre al que no daban ganas de acercarse y del que nadie sabía de dónde había sacado su fortuna. A aquel hombre homosexual, de cincuenta años cumplidos tiempo ha, se le torcía la mirada cuando otros se burlaban o despreciaban la homosexualidad. Conservaba el aspecto esmirriado de su niñez y sabía tanto de pájaros como de ajedrez, pero en ese ambiente opresivo no podía compartir con nadie su pasión desmesurada por sus amigos con alas. Vestía ropas oscuras, funcionales, que le ayudaban a esconder la absurda alegría que habría caracterizado sus días de haber pertenecido a un lugar mejor.

La novena y última ronda del campeonato mundial sub-14 femenino cogió a Elene en un estado de febril excitación. La posibilidad de ser campeona del mundo pesaba, como cuando a un adolescente se le ocurre la genial idea de robar cartones de leche en el instituto y no sabe luego qué hacer con ellos, pero nunca había podido ver tan cerca el rostro de la victoria, por lo que no podía dejar de mirarla. En el éxtasis, como una ausencia en su pecho, la llamada de «Eduard», arrastrándola con violencia a un pequeño pozo sin fondo del que nunca se liberaría.

Lo que más acongojaba a la niña obediente que desayunaba en el comedor del hotel con su entrenadora era sin embargo el silencio. No se oían los morteros, ni siquiera algún disparo al aire, por lo que la mirada se le volvía traslúcida ante la falta del estímulo que llagaba las almas de los niños georgianos. Acariciaba tímidamente el tazón de leche, buscaba calor. Se puso encarnada.

—¿Estás bien?

Yelizabeta Karseladze sabía reconocer la presión, el romperse, la perversidad de ser apretada. Elene se hizo la valiente, asintió, pensó en los muertos.

—Hoy es el día. Después de esto, solo lo igualará el día de tu boda.

—¿Crees que merezco estar aquí?

La entrenadora no supo del todo si la pregunta era una expresión de humildad o si era un reproche por la dureza del camino que habían recorrido juntas.

—Ahora no importa lo que merezcas —puntualizó—. O ganas el mundial o vuelves a casa como una segundona. Nadie va a darte una palmadita en la espalda si pierdes. Es lo que hay.

—Es lo que hay... —repitió Elene, mojando un dulce en la leche.

Yelizabeta Karseladze acarició las mejillas de su pupila. Carraspeó.

—Sé por lo que estás pasando. Yo también estuve en tu lugar.

—¿Ganaste?

—Fallé.

Borislav se las veía con su aversión a la táctica. Le obligaban a jugar de rey, teniendo que alternar entre la Apertura Española*

* También conocida como Apertura Ruy López, en reconocimiento al primer campeón mundial oficioso, el clérigo Ruy López de Segura (Zafra, Badajoz, 1530-1580<1590).

y la Escocesa. Había de avenirse a asumir riesgos, a perder el control en cierta medida, a proyectar sus miedos en sesenta y cuatro casillas.

Jugaba al ajedrez con precisión y definía el ataque dejándose la esencia en el camino, como una niña de aldea a la que quieren quitar las pecas. Era el precio que tenía que pagar por salir de allí, aunque los compañeros que se arremolinaban para ver sus partidas no podían adivinar hasta qué punto le dolía que le quebrantasen el espíritu.

Se acostumbró a sobrevivir a posiciones diabólicas, con el rey saliendo a pasear en las narices de las piezas rivales. «En el final es una pieza más, la que acompaña a los peones centrales para que progresen». Pero, definitivamente, si aquello era el progreso, dolía.

Elene jugó la última partida como una kamikaze. Yelizabeta Karseladze se echó las manos a la cabeza en varias ocasiones, desde la distancia en la sala de juego, maldiciendo el ímpetu de su alumna. Le había estado repitiendo, una y otra vez, desde que la conoció, que debía ser más cuidadosa, que la táctica es el producto de hacerlo bien estratégicamente, creando las condiciones apropiadas para que las piezas se coordinasen en el ataque... pero Elene se la estaba jugando a lo bruto. «¿Me está retando con la mirada? ¡Me está retando con la mirada! ¡Estúpida niñata! *Niet! Niet!*». Lo estaba haciendo a un abismo de todas las horas, día a día, temporada a temporada, que habían estado trabajando en el Palacio del Ajedrez. La diferencia evidente con respecto a sus tiempos jóvenes era que si a ella se le hubiese ocurrido jugar como una loca en una final del mundo, su entrenador habría tenido que pedir asilo político en una embajada. «Pues qué suerte que ya no estemos en tu época», recordó. No sabía si llorar o reír.

Con todo, la rusa estaba en un estado de nervios aún peor. Su entrenadora había previsto para ella un escenario de partida absolutamente distinto: un Gambito de Dama, juego ultrasólido, ir cambiando piezas poco a poco, alargar la partida dando mil vueltas en un final de torres e imponer su calidad en los pequeños detalles tras seis horas de partida.

«Te vas a ir a casa sin la medalla de oro», se guardó de decir Elene, aunque lo pensó fuertemente. No obstante admiraba a su rival. Había montado una defensa que tenía buen aspecto, con los peones bien atrás. «Esas mariposas me encantan. ¡Parece que van a echar a volar!». Aunque la posición exigía cálculo preciso y la llamada de «Eduard» estaba ahí, se había prendado del bordado que lucía en las mangas la chica rusa. Repasó desde los zapatos hasta las trenzas el estilo de su rival. «¡Ojalá yo tuviese una falda como la suya!», se le ocurrió, puesto que sus pantalones azul marino no podían competir con el patriotismo de la falda roja de su oponente. Y así, frunciendo los labios porque sus pensamientos tenían muchos asuntos en los que adentrarse, Elene ganó la partida y Yelizabeta Karseladze pudo respirar. ¡Georgia volvía a tener una campeona del mundo de ajedrez!

Unos días más tarde dio comienzo el mundial femenino sub-16. Elene lo jugó para probarse, aunque era la más joven, sin presión. Lo hizo muy bien, quedó cuarta, a nada de ganar medalla. Estaba en una nube, de la que aterrizó cuando al bajar del avión en Tiflis vio el titular de la sección de Deportes en el periódico: «Elene Isakadze, cuarta en Argentina, avergüenza a la Unión Soviética».

11

Nadie comprende a nadie

> La amenaza de la derrota es más terrible que la derrota misma.
>
> ANATOLI KÁRPOV (1951),
> duodécimo campeón mundial de ajedrez,
> apodado la Boa Constrictor

La adolescencia de Elene fue una suma de altibajos emocionales, que llevó con discreción para no parecer petulante. Tenía el fuerte anhelo de conocer mejor el mundo y su lugar en él, haciendo descubrimientos sorprendentes que no le importaban a nadie. A sus dieciséis vio correr el año 1999 con una guerra en los Balcanes que a ella, como niña que se había criado durante la desintegración de la Unión Soviética y la Guerra Civil de Georgia, le hizo supurar heridas en el alma que no se podían cerrar. Se decía en su entorno que la Elene de naturaleza extremadamente sensible se ocultaba tras la pose de persona distante, soberbia, fría, que en nada casaba ni con su bondad ni con su inteligencia. Era una máscara, como las del teatro *noh*.

A menudo se preguntaba si había algo más en la vida que ganar partidas de ajedrez. Estaba claro que se le daba muy bien, pero su vida había de tener algún propósito más profundo y explicativo. «Si no, ¿qué sentido tiene que gaste oxígeno cuando respiro? Ese oxígeno sería muy provechoso para otras personas, para los animales y para las plantas. Pero ahora que lo pienso los asesinos también gastan oxígeno y no tienen utilidad... ¡Qué suerte tienen los muertos, que no respiran y no les duele la cabeza con estas cuestiones!».

Elene cultivó el gusto por la literatura. En las obras clásicas se hallaba la razón de ser de todo cuanto existía, incluso de los sentimientos más problemáticos. Fue en esa búsqueda que Elene descubrió el placer de sumergirse de lleno en las páginas de los libros. Un día en la biblioteca de su barrio encontró una copia de *Crimen y castigo*, de Fiódor Dostoievski, y se adentró irremediablemente en su mundo de error y purga.

La prosa envolvente y los personajes densos de Dostoievski cautivaron su imaginación y la arrastraron a rincones del alma que nunca había explorado. Se sintió identificada con el protagonista pues, como a él, una cadena de sucesos fortuitos la tenía recluida en una prisión interior de la que no había salida. Otras personas en esa encrucijada escriben relatos cortos o poemas, pero Elene, una tarde al volver de clase se tumbó en el sofá y sin poder evitarlo se sintió exhausta, incapaz de sostener el libro que había tomado prestado en la biblioteca. Las páginas se abrieron en su pecho, como las hojas de un nenúfar. Se quedó con los ojos abiertos, vidriosos, sin más fuerzas que las justas para respirar.

Los episodios oscuros que había vivido en la niñez aplastaron sus ganas de vivir. Rodión Románovich Raskólnikov, el protagonista, era culpable de haber matado; Elene sentía que durante la Guerra Civil había quedado en deuda con los muertos, porque ella vivía y ellos no. Deuda, de la grande, de la que rompe a la persona por dentro. Suele decirse que en las guerras no hay reglas, pero la deuda de los supervivientes, tarde o temprano, se paga.

Irakli Isakadze y Tamara se asustaron muchísimo al ver que su hija no respondía a ningún estímulo. Avisaron a los servicios de urgencias, las sirenas apagaron el sonido infame de los disparos.

Borislav se alejaba de los cánones del típico adolescente. Se guardaba la rebeldía para evitar problemas, aunque por dentro se le extendía un auténtico tormento emocional. Se esperaba de él que cumplidos los dieciséis años comenzase a hacer dinero para Fiódor Vasíliev. Iba a jugar sus primeros torneos, a enfrentarse a otros ajedrecistas ávidos de hacerse un nombre en el juego de reyes. Se le iba a medir e, indefectiblemente, a arrojar al vertedero de jóvenes sin futuro en el caso de que no diese la talla. Así estaban las cosas, le gustase o no.

La disciplina de Borislav en el entrenamiento era proporcional a su capacidad para cuestionarse el temperamento de las personas, así como sus creencias más íntimas. Se había convertido en un deportista de alto rendimiento desde muy joven dedicando todo su tiempo al ajedrez, pero a medida que crecía se le hacía más evidente que algo no encajaba. No estaba seguro de quién era en realidad, por mucho que los entrenadores y sus compañeros le profesasen admiración. No le servía de nada que le pusiesen en un pedestal, él solo deseaba tener una vida normal. La que su corazón sabía que jamás le dejarían tener.

—Pronto saldrás de aquí.

Las palabras de Svetlana Kotova cruzaron la cocina y se abrieron paso a través del pequeño escándalo del salto de agua del grifo que repiqueteaba en los platos de latón. Borislav esbozó una media sonrisa, incapaz de discernir qué parte había de conocimiento y cuál eran meramente buenas intenciones.

—¿Y qué hay de ti, Lana? ¿Por qué no dejas esto de lado, tú que puedes?

—Porque tengo que llevar un sueldo a casa, Slava —le dijo la cocinera—. Mis hijos necesitan ropa nueva.

—¿Seguro que no es por otra cosa?

—¿Qué quieres decir?

Borislav no escarbó más. Se entretuvo un rato, en lo que Svetlana Kotova retiraba los restos de comida de las ollas, repasando un manual de Aleksandr Kótov. Era una edición de *Piense como un gran maestro* que había pasado por muchas manos. El libro, un original de 1974, presentaba restos de moho en las esquinas de algunas páginas, pero conservaba intactos los sabios consejos del legendario autor de teorías y metodologías de la Escuela Soviética. Borislav estaba en presencia del rector del cálculo, del primer autor que desnudó la técnica del cálculo de variantes en forma de ramificaciones de un árbol, haciendo asequible ese arte a cualquier persona que estuviese dispuesta a invertir esfuerzo personal en doblegarse el espíritu y aprender a depurar sus cálculos. Le iban a salir sarpullidos por pasar las páginas en aquellas condiciones; alentador, porque estaba aprendiendo de un maestro al que el tiempo le había dado la razón. Borislav, tan lejos del hogar que nunca tuvo, se entregaba al estudio para que a sus rivales en la lucha por encaramarse a la escarpada cima del ajedrez de torneo se les encogiese el corazón con solo saber que les habían emparejado con él.

Los análisis de Kótov solapaban el runrún de la voz de la cocinera, y en la mente de Borislav iba tomando forma la belleza estructural del cálculo, una venus sin brazos que necesitaba su ternura además de su pasión por la efectividad. Comprendió que le resultaba demasiado fácil manosearla, por lo que ella se mostraba esquiva, no se sentía respetada. Svetlana Kotova seguía hablando a las paredes; Borislav frunció las cejas, se veía a sí mismo en su pasado más reciente yendo a ella como un animal en celo, moviendo los trebejos en el tablero sin que escuchase nunca de su boca un «te quiero».

—¿Slava?

—Perdona, estaba en mi mundo.

—Pues vuelve a la Tierra.

—Nunca me has hablado de tu marido.

Borislav acababa de poner el estoque en la palabra. Svetlana Kotova, por mucho que se hiciese la entera en la cocina, se lamentaba a solas, en su rincón tras los matojos, de verse sin amor; necesitaba que alguien se preocupase por ella. En ese internado de Ucrania, independientemente de la época del año, podía hacer mucho frío.

—A una mujer casada no se le hacen esas preguntas.

Los ojos fríos de Borislav Miroshnychenko, bajo los rizos de su flequillo, examinaron a la cocinera con atención, e hizo ver que el exabrupto no iba con él.

—Tú me haces muchas preguntas. No pasa nada porque ahora sea yo el que las haga.

El argumento se sostenía por sí mismo, mas Svetlana Kotova no tenía el ánimo dispuesto para esa conversación. Dejó las ollas a medio lavar, incorporando una nueva sonoridad a sus labores: el silencio.

Elene no movía un músculo. Tras haber pasado unos días en el hospital los médicos habían recomendado a los Isakadze que la tuvieran en casa. Los habían animado a que estimulasen a su hija para salir del estado de catatonia como si, de un soplo, sus palabras de cariño al oído la pudiesen rescatar de la guerra que se estaba librando en su mente, creando un mundo feliz para ella en donde escapar de los problemas con tan solo subirse a lo alto de una torre hecha del material de los sueños. La querían a morir: si la ciencia médica no podía hacer nada por ella, se turnarían para sentarse a su lado en el sofá de casa, le dirían amores entre susurros con una sonrisa, besarían sus mejillas.

Conocían bien que Elene era una chica especial, dolida, porque era consciente de que no se parecía a ningún otro ser en el mundo, de que estaba sola, de que sentía que nadie la echaría a faltar cuando ya no estuviese, como un charco que se evapora en la calle. Tenía los ojos abiertos desmesuradamente, pero bajo la delgada capa de piel nevada que la recubría se estaba muriendo.

El ajedrez de Borislav seguía mejorando, ya no había quien le plantase cara en el tablero dentro de los límites del internado. La pulsión de irse y la curiosidad por saber si tenía madera de campeón del mundo tiraban de él en direcciones opuestas. Iba aplazando la decisión de saltar el muro y perder de vista aquello porque los entrenamientos le hacían cada vez más fuerte.

Un día de marzo, a media mañana, Fiódor se presentó en mitad de la clase de finales de alfil contra caballo, una materia especialmente compleja que fascinaba a Borislav. El manejo de esas posiciones era una fuente de victorias, debido a que los oponentes por lo general se autoinmolaban tomando una decisión errónea tras otra. Los chicos anotaban en sus libretas las posiciones, añadiendo de su cosecha una retahíla de variantes.

—Los finales de alfil contra caballo se ganan en el medio juego —les explicó el jefe de entrenadores—. Tenéis que ver lo que va a pasar antes de que suceda. ¿Cómo podéis apretar por la victoria en el final si no sois capaces de discernir si os conviene una determinada pieza u otra? La vida sería más fácil si tuviésemos una bola de cristal, pero de momento habrá que conformarse con una cabeza llena de ideas.

A los estudiantes les gustaba tenerle de entrenador. Era de los pocos que no les levantaba la mano cuando se equivocaban, y solo les gritaba cuando cometían errores demasiado groseros. Pero Fiódor era perro malo y allí estaba, sin quitarse el abrigo.

—Slava, ven conmigo.

Las órdenes de Fiódor no se discutían. Borislav Miroshnychenko recogió sus cosas discretamente, sin hacerle perder el tiempo al dueño de todo aquello, al dueño de su vida.

Fueron pasando los días y Elene no daba muestras de mejorar. Si ya de por sí era delgada, se estaba quedando cadavérica. Irakli Isakadze se hacía el fuerte para que Tamara no sufriese tanto; ella, para que su marido sintiese cierto alivio, hacía ver que la treta surtía efecto. Ambos se sentaban largas horas a su vera, la tomaban de la mano y se la apretaban con suavidad, le daban de comer papilla con una cucharilla, soplando para que no estuviese demasiado caliente.

—Pasará, Ela. Volverás a sonreír, a ser la alegría de la casa.

Irakli lo decía con entusiasmo contenido, viendo que su hija estaba mustia como la rosa laevigata. No había explicación que les quitase la pena por el dolor que estaban sufriendo. Las cucharadas de papilla entraban en la boca de Elene, que hacía una masticación lentísima, entrando en su estómago sin que le cambiase el gesto. Una cucharadita. Otra cucharadita un rato después. Otra más. Y otra, con muchísima paciencia y no menos aflicción. «¿Ante qué dios cruel tengo que postrarme? ¿Qué ciudad he destruido, las vidas de quiénes he arrebatado, que se nos castiga tan severamente?».

Fiódor atendió a Borislav en un despacho que en cualquier otro sitio habría pasado por un retrete. No estaba desprovisto de olores desagradables, ni de telarañas. Las paredes estaban desconchadas, la mesa era una tabla polvorienta y las sillas, una para Fiódor y otra para el chico, no presentaban mejor aspecto. Borislav conjeturó que aquel espacio no se había usado en años.

—Dicen que estás preparado. ¿Cómo lo ves?

—¿Preparado para qué?

—Slava, no me vengas con esas. El día que te traje al internado te dije que podías llamarme por mi nombre. Es necesario que confiemos el uno en el otro. Solo así tendremos éxito en esta empresa.

—¿Vamos a por el Mundial?

—Paso a paso. Primero vas a jugar un torneo. Es un cerrado para ocho jugadores que te he apalabrado en Budapest. Es una ciudad bonita, te va a gustar. Saldremos de aquí el jueves; juegas el sábado.

Borislav asintió. Le bastaba con no meterse en problemas hasta el jueves y, entonces, empezaría a enderezar el tronco del árbol de su devenir.

—¿Podré dormir en una cama?

—Eso dependerá de ti. ¿Ganas? Duermes en la cama del hotel; ¿pierdes? Te abandono y otro se queda con tu oportunidad. ¿Verdad que soy justo?

—Sí, Fiódor.

Tamara relevó a Iraklis de su turno de susurrarle ternuras a Elene al oído. Le habían puesto los brazos cruzados sobre el pecho, como si fuese una santa, por si en la religión estaba la clave de su vuelta a este mundo. Elene tenía el corazón dulce, aunque nadie se percatase estando en aquel estado, pero se había ido de ella misma.

—Recuerdo el día que supe que estaba encinta. Tus lindos ojos aún no podían ver la belleza de este mundo cuando estabas dentro de mí, como ahora.

Alimentaba a su hija con la cucharilla, sonriendo por si esta alcanzaba a verla feliz y así olvidarse de su sufrimiento; apreciaba insignificantes dilataciones en las pupilas de Elene, para ahogar su pena.

Borislav vio factible por primera vez ser campeón del mundo de ajedrez. Estaba claro que las emociones se le habían disparado, pero era el momento de soñar, de aspirar a forjar una carrera triunfal. Había mejorado sustancialmente su juego en los últimos meses, por lo que era optimista con respecto a las partidas del torneo de Budapest. Aunque nunca había participado en una competición, los entrenadores le habían familiarizado con los baremos que conformaban el estándar internacional: se necesitaban representantes de varias federaciones nacionales, para evitar amaños, con una fuerza de juego similar. Suponía que Fiódor le había tramitado la ficha federativa por Ucrania y, siendo su primera participación, su Elo* sería irrisorio, así como el del resto de los participantes. «No tengo excusa para no ganar».

—No nos dimos cuenta y ya ha llegado tu momento, Sla-

* Cifra que indica la fuerza de juego del ajedrecista.

va —le dijo Svetlana Kotova, mientras fregaba las sartenes—. Llegaste aquí siendo un niño y te has hecho un hombre.

—Voy a jugar todos los torneos que pueda para subir Elo y ganar mucho dinero.

—¿Y tú para qué quieres tanto dinero?

—Para sacarte de aquí.

Svetlana Kotova cerró los ojos. Se sonrió ante el atrevimiento del joven. Había una línea roja muy marcada entre ellos que ni las hormonas disparadas del imberbe ajedrecista podrían cruzar.

—Estos días te voy a dar más comida. Tienes que coger fuerzas.

—¿De dónde la vas a sacar? No quiero que te pillen.

—Eso déjamelo a mí.

Entonces, mientras seguía sacando brillo a las sartenes con agua y jabón, la cocinera notó que Borislav se le acercaba por detrás y la tomaba de los hombros.

—Cuando vuelva tendré los bolsillos llenos de dinero. No te quedarás aquí ni un día más. Necesito que vengas conmigo...

Borislav pasó las manos por los suaves hombros redondeados de Svetlana Kotova, quien ladeó la cabeza para negarle más intimidad. Él no quiso saber de fronteras, masajeó el cuello de la mujer, ejerció presión con los dedos, acercó los labios a su cuello, se lo besó.

—Slava...

Las manos del chico celebraron las voluptuosidades de la mujer madura, pellizcó sus pezones por encima de la ropa hasta que se pusieron duros. Pensó en peones mientras se deleitaba con ellos.

—Slava, para, por favor... Podrías ser mi hijo...

Y Borislav Miroshnychenko, a sabiendas de que nunca había tenido madre, apretó con fuerza su pene entre los glúteos de aquella hermosa mujer, descubriendo que la vida era más que mover piezas de madera.

El pecho de Elene ascendía y descendía a ratos, como si se hubiese olvidado de respirar. Su rostro lívido atestiguaba que se hallaba en las fronteras de la muerte, transitando en una noche tumultuosa de besos falsos que a su sombra enmarañaba los cabellos. Estaba al borde del abismo, no había nadie allí para decirle ni cuándo hablar ni cuándo acallar el pensamiento. No odiaba a nadie, ni siquiera peleaba con el mundo, pero la prosa de Dostoievski le había causado una herida fatal en los sentimientos. ¡Qué bonitos seguían siendo sus ojos! ¡Qué bonita la piel, nacarada! ¡Qué sensual la forma de los labios, como si estuviese a punto de dar un beso! Entonces, cuando ya la desesperación de los Isakadze no podía conocer nuevas honduras, sonó el teléfono. Irakli se puso al aparato, preguntándose quién sería.

—Es Pável —le dijo a Tamara tapando el auricular—. Pregunta por Elene. ¿Qué le digo?

Tamara tragó saliva. El prometedor capitán de la selección juvenil de baloncesto de Rusia preguntaba por Elene todos los días. Miró de soslayo a su marido, bajando la mirada con una sonrisa de complicidad.

—Pável —continuó Irakli—. Te paso con Ela... Bueno, ya me entiendes.

Entonces, tirando del cable del teléfono, llevó el auricular hasta el sofá y lo colocó en el regazo de su hija, sosteniéndolo para que le llegase al oído.

—Ela... Soy yo.

Al chico se le trabó la lengua. Se sentía culpable porque no encontraba palabras formales y adecuadas para la gravedad del momento. «¡Estúpido cara de ogro!», se reprochó.

Los ojos inertes de su chica no mostraban ni frío ni calor, solo ausencia. «No me despiertes, este lugar vacío es solo para mí. Aquí es donde elijo quedarme. No me olvides y perdóname». El bajo estaba entretenido con las corcheas; las guitarras irrumpieron con mucho *delay*.

—Me he aprendido una canción para ti. Es de un inglés, Elton John. Le he pedido al jefe de expedición que la traduzca para que la puedas entender. Espero que te guste.

Y Pável «Cara de Ogro» Beterbiev cantó para su novia catatónica sobre lo bello que era el mundo mientras ella estuviese en él, porque la quería y poco importaba lo mucho que desafinara.

Una lágrima asomó a los ojos de Elene. Al momento fueron muchas, formando un riachuelo que se derramó por sus mejillas. Movió el dedo anular de su mano derecha. Al principio levemente, de manera casi imperceptible, ni siquiera llegó a levantarlo. Luego, el índice y el anular, llevando consigo en su movimiento al meñique. Pável no pudo ver cómo su enamorada volvía a la vida por obra de Elton John, pero su corazón y su voz rota le decían que lo que acababa de hacer estaba bien. Los Isakadze se abrazaron. No tenían palabras. Solo un profundo sentimiento que no se podía expresar.

El sentimiento de logro que llenaba a Borislav solo se podía comparar con la satisfacción de dar caza a un hermoso sueño. «Toda la vida sufriendo y, en una semana, me dan la oportunidad de largarme de aquí y hago el amor con Lana». Se sentía invencible, su masculina juventud estaba llamada a pisotear los tronos de los reyes, metafóricos o reales, que le pusieran por delante. Había trabajado con denuedo para llegar a ese momento, ¡estaba orgulloso de sí mismo! Los días pasaron como un vendaval y en un abrir y cerrar de ojos Fiódor y él estaban en la bella Budapest.

—Mucho cuidado con desobedecerme, Slava. No quiero tener que tomar medidas... desagradables para los dos.

—Las hermanas Polgár nacieron aquí, ¿verdad?

—Sí —dijo Fiódor—. Una vez vi a Judit en persona. Fue en un evento de sociedad, con gente importante.

La mente de Fiódor viajó atrás en el tiempo. Se sintió fronterizo, viviendo bajo dos banderas, porque el dinero de la fallecida señora Melnik le había servido para comprar favores y aparentar respetabilidad, mas para sí mismo no podía dejar de ser quien era. Recordó que un directivo de la FIDE adicto al dinero le facilitó la entrada a los eventos más prestigiosos. A nadie le importaba quién era él, se paseaba entre las estrellas como una sombra. Su truco: pegarse a su contacto, pasar desapercibido, sonreír.

—Una vez que entras en una gala, entras en todas.

Durante un tiempo le sirvió para gustarse; luego necesitó más, y ahí estaba su inversión parlante.

—¿Cómo es ella?

—No se la puede describir con palabras. Es mejor que cualquier idea que te puedas hacer.

—La admiras mucho...

—Solo un necio no admiraría a la mejor ajedrecista de todos los tiempos.

Borislav rebosaba curiosidad.

—¿Y como persona?

—Aún mejor.

Elene se recuperó milagrosamente. No le quedaron secuelas; tampoco, recuerdos de aquellos días de ausencia. Había enfermado un martes y abrió los ojos un domingo, sin mayor explicación. Los Isakadze, turbados, tampoco indagaron en los pormenores del mal que había aquejado a su hija: se conformaron con que se alejase de ella. Bastaba con mirarla a los ojos para saber que ahí habían pasado cosas, ¿para qué removerlo?

—Dice Yelizabeta que te iría bien cambiar de aires, jugar un torneo sin presionarte, ir recuperando sensaciones... Pero solo si tú quieres.

—¿Puedo preguntárselo a mi corazón? Ahora no está, habrá que esperar unos días, a ver si vuelve al pecho —respondió, mordiéndose el labio inferior al acabar de hablar. Juntó las puntas de los pies. Se las miró, muy concentrada.

Borislav calculaba mejor cuando miraba por la ventana de la habitación. El hotel Charles le parecería el mejor lugar del mundo de no ser por la figura siniestra de Fiódor, que sentado frente a él ante el tablero de ajedrez damasquinado, le imponía sobremanera, aunque se cuidó mucho de mostrar el menor signo de debilidad.

—Jugarás la primera con negras.

—¿Quieres que le meta un tubo teórico con la Dragón?

—Bien, así te lo quitas de encima rápidamente y tenemos más tiempo para preparar la segunda.

Fiódor se sentía en su salsa como entrenador, aunque era consciente de que si Borislav progresaba como lo tenía previsto necesitaría a un profesional. Se ajustó los puños de la camisa, tocando repetidamente unos gemelos de oro con los que marcaba estatus. Repasó mentalmente quiénes eran los rivales de su pupilo en el torneo y cuál iba a ser el orden en el que iba a enfrentarse a ellos.

—No va a ser un paseo militar.

—No fallaré.

—Más te vale. Y, por cierto, nadie toca este tablero sin mi permiso. Es mágico.

Elene y Yelizabeta cogieron un avión con rumbo a Budapest, justo a tiempo para participar en uno de los torneos cerrados del primer sábado de cada mes. Las únicas salidas fuera del país de la joven georgiana habían sido en época soviética, por lo que todo se le hacía nuevo. Le llamó mucho la atención que hubiese varios torneos cerrados de manera simultánea.

—¿Qué te parecería jugar un abierto en Francia si lo haces bien aquí?

—¿Tú te apuntarías?

—¿Y si nos emparejan en alguna ronda? ¿Te ves con fuerzas para jugar contra mí «en serio»?

—Se espera de mí que juegue siempre a ganar —respondió Elene—. Que luego puedan ser tablas es otra historia.

—Te voy a destrozar. Y lo sabes.

—Asúmelo, ya no eres la que eras.

—¿Tenemos una nueva abejita reina en el panal? —se burló Yelizabeta Karseladze—. Vas a tener que demostrarlo.

Elene Isakadze y Borislav Miroshnychenko coincidieron en los pasillos del hotel en varias ocasiones, aunque llegada la hora de la verdad estaban en distintas salas de juego. Intercambiaron miradas, pero no llegaron a hablar. Iban siempre acompañados de sus entrenadores, por lo que funcionaban en «modo búnker» y no se relacionaban más que con el personal de la organización. Les fue bien: ambos ganaron sus respectivos torneos con puño de hierro. No obstante, los periódicos locales apenas se hicieron eco de la noticia, pues una mujer había sido asesinada en su casa en pleno centro de Pest. La vuelta a casa deparó sensaciones contrapuestas para Elene y para Borislav. Ella se sintió manipulada, porque volvía a ser portada de la sección de Deportes y se escribían cosas de ella (en general, buenas) que le daban vergüenza, como si miles de personas la llamasen «tonta» al unísono; él, en cambio, fue recibido como un héroe en el internado, pasando inadvertido en la ciudad. En verdad le importaba poco el reconocimiento de los demás, pues les deslumbraba el éxito deportivo en detrimento de la comprensión de la profundidad del ajedrez que Borislav había demostrado. «Son polillas revoloteando alrededor de la victoria». Lo único que tenía entre ceja y ceja era volver a tener sexo con Svetlana Kotova.

Elene sentía devoción por sus padres, pero la única persona que realmente entendía cómo se sentía era su entrenadora. La relación con Yelizabeta Karseladze era muy especial: lo mismo se daban de hostias dialécticas que resolvían sus diferencias comiendo unas galletas. Ambas, en diferentes contextos, habían pasado por experiencias similares. Por eso Yelizabeta Karseladze se implicaba emocionalmente en ayudar a su pupila.

Para Elene, Yelizabeta Karseladze era apoyo y guía; luz, sombra y oscuridad; la estatua que le hacía continuos reproches y el peluche al que abrazarse cuando tenía miedo. Los momentos difíciles empezaban a acumularse a sus espaldas, mas estaban saliendo adelante gracias al apoyo mutuo que se daban.

Resultaba evidente que Yelizabeta Karseladze la quería, que se ocupaba de ella más allá del tablero de ajedrez. Lo hacía desde su lugar de entrenadora, sin solapar el puesto de Tamara. Hablaban a menudo de temas personales. Para la joven tener a una persona cercana que la entendiera a un nivel tan profundo era una tabla de salvación en el océano enfurecido.

Borislav no tenía vacaciones. Había ganado un torneo, sí, pero eso no significaba que las cosas hubiesen cambiado. De hecho era todo lo contrario: la exigencia aumentaba, tenía que entrenar más duro para seguir subiendo peldaños. En eso se hallaba inmerso cuando, unos días después del regreso al internado, recibió la visita de su padre.

—Slava, quiero que vengas conmigo a casa. Un hijo no

puede pasar tanto tiempo alejado de su padre, no vaya a ser que te pienses que no te quiero.

Nunca le había hablado así. Borislav hiló fino, concluyó que veía en él una máquina de hacer dinero. La victoria en la competición tenía un precio. Lo estaba pagando. Con creces.

—Vete.

—¿Qué dices, hijo?

—Vete.

—Slava, cálmate. Conmigo vas a estar mejor que en este lugar horroroso.

—No quiero volver a verte. No vuelvas nunca jamás. No tengo padre.

Kostyantin Miroshnychenko miró en derredor buscando una salida. Cogió puerta y desapareció de aquel lugar. Borislav, a su vez, se quedó solo en la cocina. No le dio tiempo a pensar. Cogió un cuchillo. Apoyó el filo en la cara interna de la muñeca.

12

Hacer siempre lo mismo aburre

> Quien no asume un riesgo nunca ganará una partida.
>
> PAUL KERES (1916-1975), apodado el Eterno Campeón sin Corona

La sucesión de acontecimientos en la vida de Elene se estaba dando de manera extraña, pues su calendario de torneos de ajedrez hacía que sus compromisos en otras facetas sociales fuesen a trompicones. Y esto en una edad en la que sentía la presión de tener que estar siempre perfecta para los demás, de tener que aparentar que todo le iba de maravilla, que nunca tenía la menstruación.

La sociedad georgiana había evolucionado mucho en pocos años, desde el final de la era soviética, y no siempre en positivo. Los jóvenes parecían vivir para aparentar, con expectativas de presente que sus padres ni se hubiesen planteado años atrás. Se les veía complacidos en ese modo de vida occidental, sin reparar en que, más allá de cuatro bobos aduladores, a los demás les importaban una mierda. Como una joven saliese de casa un poco menos arreglada, le llovían las críticas («Esta chica está demacrada, ¿le pasará algo?»), pero nadie se detenía a preguntar a sus vecinos si eran felices. ¿Tenían más bienes materiales? Sí, desde luego. ¿Vivían mejor? Unos, sí; otros echaban de menos los tiempos pasados.

La mañana transcurría de forma tranquila en casa de los Isakadze, lo normal para un día de finales de verano. Entonces llamaron a la puerta. Era el cartero; traía correspondencia para Elene. Como remitente figuraba la Universidad Estatal de Tiflis.

—¡Ela, tienes carta de la universidad!

Elene acudió al llamado de su madre a toda prisa. Estaba leyendo poemas de Emily Dickinson junto a la rosa, sentada en una esterilla. Bajo la sombra del parasol que le había instalado su padre para proteger su piel sensible, aprovechaba sus últimos días de verano mientras se dejaba tocar el alma por aquellos versos que parecían compuestos para ella.

Abrió la carta con dedos temblorosos por la emoción. Yelizabeta Karseladze se había encargado de mediar con unos tipos del Gobierno para que el Ministerio de Educación hiciese una excepción con ella y pudiese cursar estudios superiores antes de cumplir los diecisiete. Inspiró hondo, pensó en la muerte.

—¿Sabes que me han aceptado en Derecho? —Miró a su

madre con una media sonrisa divertida, enarcando mucho las cejas.

—¡Vamos a contárselo ahora mismo a tu padre! —dijo Tamara, muy contenta.

Las dos echaron a correr entre risas, con la cabeza en alto y los brazos estirados. La tragedia que se había vivido en la casa unos meses atrás les había dejado una valiosa lección: cada rato en compañía de seres queridos es único, no volverá.

Borislav estaba a punto de cortarse las venas cuando Svetlana Kotova entró en la cocina. Al verle arrodillado con el cuchillo dejando una silueta blanca en su muñeca, se temió lo peor. La cocinera ahogó un grito tapándose la boca con la mano. Se acercó a él en dos zancadas, con el rostro desencajado.

—¡Slava!

Borislav Miroshnychenko posó en ella una mirada que no era mirada, diciéndole todo sin decirle nada.

—Slava, cariño, deja ese cuchillo...

Le quitó el arma de la mano. El vuelo de las moscas se había ralentizado, se las podía atrapar fácilmente. Un soplo de aire se filtró por el ventanal y levantó una voluta de nube de harina.

—Slava...

La cocinera apretó el rostro de Borislav contra su pecho. Él conocía el calor que emanaba de aquel cuerpo, pero en esa ocasión no sintió nada. Su cabeza era de otro, el ánimo vigoroso no le pertenecía. Vio que una cucaracha se escondía bajo la puerta de la despensa; cualquier ser vivo en el internado, por insignificante que fuera, pertenecía a algún lugar, excepto él.

Una vez que tomó el cuchillo, Svetlana Kotova lo dejó caer a su lado. Al tratarse de una hoja de grandes dimensiones hizo un gran estrépito. O, al menos, retumbó de neurona en neurona en su cerebro, hasta que el ruido filoso se clavó en su corazón.

—Todos hemos hecho cosas de las que avergonzarnos, pero aún no hemos llegado a este punto —le dijo, peinando sus cabellos con los dedos.

—No le cuentes esto a nadie, Lana.

—Tienes que hablarlo con el jefe de entrenadores, te ayudará.

—Si me quieres, guárdame el secreto.

Svetlana Kotova hizo lo peor que puede hacerse en estos casos: dejó al chico solo con sus problemas. Pero qué sabía ella, bastante tenía con lo suyo. Hicieron el amor como fieras, retorciendo sus cuerpos frágiles en el frío suelo de la cocina. Borislav la penetró una vez. Y otra. Y otra. Y otra...

El camino a la universidad se le hizo largo. Elene tuvo tiempo de darle una y mil vueltas a la cabeza preguntándose si sus compañeros la recibirían con sonrisas, si la aguardarían con una bienvenida efusiva o si pasaría por una estudiante más. Los ajedrecistas gozaban de la más alta consideración social en Georgia, especialmente las mujeres. En cuanto a Pável, este llamaba todos los días, porque estaba concentrado con el CSK de Moscú, preparando el inicio de la Superliga de Baloncesto de Rusia.

—Recuerda que las personas tontas no hacen preguntas —le aconsejó Tamara, despidiéndose de ella en la puerta de entrada.

El viejo edificio de la universidad no reflejaba en su fachada las agresiones del paso del tiempo. Con las estaciones no hacía sino mostrarse más solemne, alzándose majestuoso tras la pequeña rampa curva que le servía de acceso. Elene se había imaginado muchas veces allí, al abrigo de los grandes árboles que la custodiaban, pues su piel, tan blanca, se fusionaría con la fachada.

—¿Y si dentro están todos muertos?

Como estaba acostumbrada a esas salidas de renglón, su madre siguió a lo suyo.

—Es superimportante que preguntes a tus profesores.

—Claro, madre. No te preocupes, tengo muchas preguntas en la cabeza. ¡Y en una libreta!

Elene se liberó de la mochila estudiantil. La revolvió hasta que logró sacar una pequeña libreta de color violeta.

—Deja la libreta en su sitio y entra ya en la universidad. Recuerda: haz muchas preguntas. —Entonces acercó el rostro al de su hija y le dio una última recomendación—: Finge que eres una chica normal.

Elene se quedó intrigada. «¿Qué se supone que hacen las chicas normales? ¿Por qué no puedo ser como las demás?». Entró con las manos extendidas, por si una mariposa se quería posar.

Fiódor Vasíliev se dejó caer por el internado a finales de mes. Se había comprado unos zapatos de piel negros y un traje azul oscuro que le sentaba de maravilla. Quería que Caissa, la musa del ajedrez, le volviese a dirigir la palabra, pero llevaba sin hacerlo desde que su chico ganó el cerrado de Budapest.

Conducía por la carretera que llevaba a las afueras, donde a cada kilómetro se veían menos coches. «A más árboles, menos personas», se dijo, a sabiendas de que ni los unos ni los otros le comprendían. Rememoró los paisajes de la ciudad de Buda, con los palacios perfectamente conservados y el cielo azul despejado. Se acordó de los paseos, aquellas dos semanas mal contadas, parado en el centro del puente de Pest, preguntándose cómo era posible la belleza de ambas ciudades en un mundo donde él tenía el corazón tan sucio.

Aparcó y dejó las manos sostenidas en el volante durante un tiempo indefinido. Era el dueño del internado, mas nadie iba a salir a darle la bienvenida. Todos sin excepción estaban allí por interés. En verdad le parecía bien así: no creía en la amistad ni en las buenas intenciones de las personas. Tampoco las necesitaba, porque la escuela era obra suya. «Y, para ser justos, de la señora Melnik, pero la vieja no va a molestar».

Desde luego que la anciana señora Melnik no iba a discutirle nada, porque la había matado muy bien y se había deshecho del cuerpo. A veces le daba por ir a una biblioteca y ponerse a indagar en la hemeroteca del diario *Pravda*, por si había alguna noticia al respecto. Pero nada. Nada de nada. Y eso que él tenía fresco el recuerdo de cómo la mató para hacerse con los cheques al portador que había entre las páginas de sus libros. Kalina Melnik yacía en un parterre, sirviendo de abono a las flores; su dinero nutría la escuela de ajedrez. «Una mujer de lo más útil».

Las primeras clases transcurrieron sin que ningún alumno follonero interrumpiese a los docentes. Se respiraba un respeto reverencial por los profesores y por las profesoras, pero Elene tenía la intuición de que aquello no duraría mucho. Un pálpito interior le decía que pronto empezarían los excesos de confianza, lo cual la tensionaba porque no estaba acostumbrada a ese tipo de situaciones. «He pasado una guerra y me asusta cómo van a reaccionar mis compañeros. Es absurdo. Necesito alguien en quien confiar».

Cuando acabó la última clase de la mañana, una vibrante exposición sobre la inspiración griega del derecho romano, se acercó a un grupito de chicas que chismorreaban en un corrillo. Vestían a la moda, nada que ver con las ropas que hubiesen llevado sus madres solo una generación atrás. Podrían haber pasado por estudiantes de un campus universitario de Estados Unidos.

—¿Alguna de vosotras es una asesina? La vida es bastante complicada y no quiero meterme en problemas en mi primer día en la universidad.

Las chicas enmudecieron.

—Me llamo Ela.

Bedisa, Izolda y Endzela se presentaron.

—Precisamente estábamos hablando de ti... Eres Elene Isakadze, ¿verdad?

Elene asintió. El nombre pesaba, las miradas abrasaban.

—Debe de ser complicado ser tú —conjeturó la que decía llamarse Bedisa.

—¿Sabes cuando eres pequeña y aguantas la respiración

conteniendo el aire hasta que no puedes más? Pues imagínate estar así desde que eras niña. Y ahora supón que tienes que estar siempre perfecta para los demás, porque eres una privilegiada y todos esperan mucho de ti.

Las tres chicas estaban allí con más ganas de conocer a chicos que de forjarse un futuro académico. Elene lo percibió rápido. «Tendrán sus motivos. La naturaleza no se equivoca, aunque yo no lo vea. La gente no ve los talentos que se quedan por el camino, ni aunque sean ellos mismos». Se las imaginó a las tres muertas, formando una figura geométrica en el suelo, cogidas de la mano.

Cada vez que Fiódor Vasíliev visitaba el internado era como si un viento cruel susurrase los nombres de presos condenados. No le hacía falta que los chicos formasen para pasar revista ni que los profesores se cuadrasen: su presencia intimidante se encargaba de alimentar los miedos más profundos de aquellas almas. Parecía que todas esas personas hubiesen estado muertas más de cien años y que él coleccionase cada uno de sus momentos de soledad. Era una maldita pesadilla, un amontonamiento de cubículos fuera de la línea temporal de la humanidad.

—¿Cómo está mi inversión? —No se anduvo con rodeos.

—Bien, duro como el pedernal —le mintió el jefe de entrenadores que, aunque no había presenciado la escena del cuchillo, algo se olía.

—Excelente. Llévenlo a mi despacho ahora mismo.

El primer mes de universidad resultó fascinante para Elene. Le gustaban todas las materias así como todos los profesores, de manera que le entraron dudas laberínticas sobre su futuro. Debía elegir entre el ajedrez o la abogacía.

Las semanas iban pasando y alternaba la carrera con los torneos, principalmente de ámbito local. Jugaba todos los de categoría femenina que se organizaban en Tiflis, pues se había convertido en una implacable acaparadora de premios y, además, Yelizabeta Karseladze le había recomendado fuertemente que contentase a los organizadores, quienes pagarían el favor invitándola a sucesivos eventos.

—No cuesta nada quedar bien con los peces gordos y, de paso, vas ganando Elo.

La principal diferencia entre los campeonatos que había jugado hasta entonces y los de esta nueva etapa de su carrera ajedrecística era que todo el mundo estaba obsesionado con ganar Elo. «Mayor Elo implica recibir invitaciones para mejores torneos», le había dicho su entrenadora la primera vez que el tema había salido a colación. «Que se te meta en la cabeza: si juegas a la ligera, perderás. Si pierdes, bajas Elo. Si bajas Elo, a nadie le importará el Mundial de Argentina».

No había vuelto a jugar fuera de Tiflis desde que se había proclamado campeona del mundo sub-14. Yelizabeta Karseladze se lo tenía prohibido después de haber sido testigo de lo cerca que estuvo de romperse por completo. Pero ahora se la veía bien, con ganas de regresar a los tableros. Habían vuelto a trabajar juntas con la misma energía que antes de la catatonia y, en opinión de la entrenadora, su pupila le discutía las variantes con la energía de antaño. «Y sigue poniéndose con un brazo en jarras y el otro apoyado en el horizonte, como si pudiera parar el tiempo a su antojo».

—¿Vamos a girar por el mundo jugando al ajedrez?

La respuesta de Borislav a la orden de Fiódor Vasíliev fue una pregunta no muy concisa, pero autoconclusiva. Las conversaciones con su dueño admitían mil formulaciones gramaticales, pero todas se concretaban en que a Fiódor no se le discutían sus decisiones.

—¿Cuánto tiempo tengo para prepararme?

—Tres semanas, ni un día más. El primer torneo lo tienes en Barcelona.

—¿España?

—Esta vez no vas a encontrarte con principiantes. O al menos no a partir del tramo medio del torneo.

—¿Jugaré un abierto?

—Efectivamente.

—Entonces tendré un par de rondas sencillas, con pichones... —murmuró Borislav.

A Fiódor le gustaba el carácter competitivo de su chico. Se jactaba de conocerle bien. Sabía que al hablar de «pichones» no estaba haciendo de menos a sus rivales, sino que estaba calibrando dónde emplear las energías, tanto en el esfuerzo de preparación como en la competición misma. Viéndole estudiar en el internado, tenía claro que no iba a ser tan estúpido de confiarse ante rivales flojos: los tiempos habían cambiado y en el ajedrez actual hasta el más modesto de los aficionados lleva preparadas líneas venenosas. «Los torneos se ganan en la habitación del hotel antes de la partida», recordó el sabio mantra que todo jugador con pretensiones debería tener grabado a fuego.

—Yo me encargaré de entrenarte.

Borislav era consciente de lo que significaba aquel honor, del alto precio que iba a pagar: todo proceso de construcción ha de pasar por una fase de destrucción para eliminar vicios.

—El marica del jefe de entrenadores te tiene muy consentido. Voy a hacer que mees sangre.

Los lunes eran un buen día para tomar decisiones, gustaba pensar Elene, porque así tenía el resto de la semana libre de dolores de cabeza. Ese fue el principal motivo de que tomase la decisión sobre su futuro profesional el primer lunes de octubre.

Había pasado todo el fin de semana cavilando, evaluando las distintas posibilidades de llevar una vida como ajedrecista o como abogada. Lo mejor de ser ajedrecista eran los viajes, el reconocimiento social y la posibilidad de poder hacer bastante dinero, aunque todo eso quedaba solapado por la experiencia intensa y divertida del propio juego; en cuanto a la abogacía, no veía grandes motivaciones, más allá del placer de ganar pleitos para otros. «Pero con el ajedrez también puedo dedicarme a estudiar o a dar clases», concluyó. La decisión, pues, estaba tomada. Iba a tener una vida de aventuras, viajando por el mundo, conociendo diferentes culturas. A cambio de esta concesión, para compensar, se apuntó a una doble licenciatura: se matriculó en la facultad de Economía (de nuevo, con la ayuda de su entrenadora, a quien la idea no le entusiasmó).

Fiódor y Borislav estaban en el despacho, ya libre de telarañas, y nadie osaba hacer el menor ruido en las inmediaciones. En el suelo, junto a la mesa, había un balde de plástico azul con agua fría. Era un caldero que no pegaba para nada con una sala en la que se practicase el ajedrez, aunque sí lo hacía con el mobiliario. La mesa estaba vacía.

—Vamos a trabajar sin tablero —indicó Fiódor—. Tienes peones en a2, b2, c2, e4, f2, g2, h2; un caballo en c3; alfiles en c4 y g5; torres en a1 y h7; dama en b3 y el rey, que no se ha movido, en e1. ¿Lo tienes?

Borislav asintió con un movimiento de cabeza.

—Las negras tienen peones en a7, b7, c6, e5, f7, g7, h7; caballos en b8 y f6; alfil en f8; torres en a8 y h8; dama en e7 y el rey, que no se ha movido, en e8. ¿Lo tienes?

Borislav asintió de nuevo, pues jugar a la ciega no era una dificultad para él. Fiódor puso cinco minutos en un reloj Garde.

—Se llegó a esta posición en una de las pocas partidas de la historia que tienen nombre: «La joya». Se jugó en París en el año 1858, durante el descanso entre actos de la ópera *Norma*.

—¿En la ópera?

—Era otra época. Y sí, se jugó en uno de los palcos. El jugador de blancas era Paul Morphy; las negras las llevaban el duque de Brunswick y el conde Isouard —se explayó Fiódor—. ¿Qué idea encontró Morphy? Si no la sacas, lo pagas. Por supuesto, nada de tocar las piezas durante el análisis.

Apretó el pulsador del Garde.

La amenaza hizo que a Borislav se le disparase el pulso,

mas lo disimuló llevándose las manos a las sienes, haciendo visera sobre el tablero. Apretó los codos en la mesa. Apartó la basura mental y se concentró en el cálculo.

Los minutos fueron pasando. La maraña táctica se resistía a ser simplificada. Le gustaba mucho la posición del blanco, pero no veía claro que pudiese lanzarse a un ataque en tromba. Negó varias veces agitando el mentón. Fiódor apretó las tuercas un giro más:

—Te quito un minuto, a ver si así te aplicas. Te quedan dos.

Borislav se abstuvo de rechistar. Estrujó cada neurona, apuró cada segundo. Le preocupaba más la falta de precisión de la bandera de los Garde que el poco tiempo del que disponía, que lo mismo el reloj le daba veinte segundos que le robaba treinta. A falta de solo un instante dio la respuesta correcta:

—10.Cxb5!, sacrificando mi caballo. La clave es incrustarles el alfil en la diagonal que presiona a su rey. Luego aprovecharé la columna abierta para quebrarles con mis torres. ¿Si hubiese jugado 10.Ae2?, se habrían liberado sacando la dama a pasear por b4. Sí, sí... 10.Cxb5, cxb5. 11.Axb5+, y he conseguido meterles el alfil. 11..., Cbd7. 12.0-0-0, para mi torre. Están secos, es todo forzado: 12..., Td8. 13.Txd7, que es muy fina, porque me da tiempo a llevar la torre de h a d1 y, en cambio, sus torres están paralizadas. 13..., Txd7. 14.Td1, sobrecargando su torre. 14..., De6. 15.Axd7, Cxd7. 16.Db8+!!, el remate táctico es bello: 16..., Cxb8. 17.Td8++. ¡Esto es ajedrez de otro planeta!

—Y lo has resuelto bien, Slava.

Fiódor se levantó de la silla, bordeó la mesa, se acercó a

Borislav, quien se mostraba ufano ante la dura prueba que había superado. Fiódor estaba complacido, le revolvió los cabellos con ambas manos:

—Estoy orgulloso de ti.

Entonces tiró de él con fuerza haciéndole caer de la silla, sin soltarle del pelo. Borislav gritó de dolor, el salvaje ataque le había pillado desprevenido. Sus gritos no se oyeron más porque Fiódor le hundió la cabeza en el cubo de agua, asfixiándole. Se ahogaba, los pulmones entraban en colapso, se le nubló la vista... y perdió el conocimiento. Fiódor, inexpresivo, siguió sujetándole hasta estar seguro de que los miembros de Borislav Miroshnychenko quedaban flácidos.

Pocos días después de apuntarse a Economía Elene recibió una llamada de Pável que le trastocó los planes.

—¿Ela?

—¿Pável?

—¿Qué tal?

—Bueno...

—Eh... Tengo que decirte algo.

—¿Vienes a Tiflis?

Elene cerró los ojos, como una princesa en una película de Disney. Notó que se ruborizaba y no solamente se le encendieron las mejillas, sino que un calor irresistible se apoderó de ella. Sonrió. Giró enroscando el cable del teléfono en su cuerpo.

—Me marcho a Estados Unidos.

La frase cayó sobre la joven como un cubo de agua fría. Su

mente trató de expulsar la idea y las emociones, porque le acababa de hacer daño.

—¿Cómo dices?

—Me han fichado los Celtics.

—No sé quiénes son esos ni quiero saberlo.

—Lo siento... Son un equipo profesional de baloncesto. Ya sabes, la NBA...

—Pues claro que sé quiénes son los Celtics, Cara de Ogro. ¿O te piensas que vivo en una cueva?

—Te llamaré todos los días. Voy a ganar mucho dinero, pero primero tengo que demostrar que valgo.

—¿Y cómo vas a hacerlo, señor Cara de Ogro capitán de la selección sub-14 masculina de la Unión Soviética?

—Me van a enviar un año a una liga de desarrollo.

—Soy muy delgada, ¿verdad que sí, Pável?

—Eh... sí, claro que eres muy delgada.

—Pero también soy una maleta muy pesada.

—No te entiendo...

—Mientes muy mal, siempre te pillo —le dijo cariñosamente—. Sé que tus intenciones son buenas, pero te cansarás de tener que llamar todos los días «a esa novia pesada que vive en el otro lado del mundo».

—¡Te quiero mucho, Ela!

—Sí, me quieres mucho. Yo a ti también. Esa es nuestra desgracia.

La felicidad de Elene se había visto empañada por ese nuevo punto y aparte en su relación con Pável. Había llegado a acostumbrarse a los correos electrónicos como vía alternativa a las llamadas para comunicarse con él, pero lo de irse a Estados Unidos era una nueva piedra en el camino. Una gran piedra. Del tamaño del Monte Rushmore. «Me olvidará. Es la vida. Me olvidará y yo me moriré un día de estos sin que a él le importe».

Borislav tosió varias veces antes de abrir los ojos. No se le veían las lágrimas porque estaba mojado hasta la cintura. Siguió tosiendo, tratando de protegerse de las patadas en las piernas que le estaba propinando Fiódor.

—No llores, maricona —le dijo sin flexionar la voz.

—¿Por qué me castigas? ¡Lo he resuelto!

—Porque no estás preparado. Cuando lo estés los dos sufriremos menos. ¿O crees que estoy disfrutando con esto?

El joven Borislav comprendió que aquel tormento no iba de resolver bien los problemas. Iba de que la opción de fallar ni siquiera existía.

El torneo en Barcelona se jugó en la histórica sala del Foment Martinenc. Fue la segunda vez que Elene y Borislav se encontraron; la primera que les tocó jugar juntos. La partida entre ambos fue un choque de estilos puro y duro: la táctica afilada de la deportista georgiana abrió hueco en la pared de granito que planteó el ucraniano, golpeando como una bola de demolición. De haber sabido que a su rival le iban a apagar cigarrillos en el brazo por su culpa, habría aceptado las tablas. No obstante, habría sido injusto censurar su ambición en el tablero: no podía saberlo. Borislav acumuló odio. Odio feroz. Implacable. Fuera de cualquier medida. El celebérrimo periodista Leontxo García escribió una bonita crónica y entrevistó a la ganadora del evento, quien destacó que era la primera vez que jugaba una competición en la que todos los relojes eran digitales. También habló maravillas de la gastronomía española, aunque se limitaba a tomar pequeñas porciones de los muchos platos que su entrenadora y ella probaron.

«Bonita ciudad. Hacía tiempo que pensaba en hacerles una visita... Bonita ciudad, sí. Bonito parque. No hay nadie... Claro, a estas horas, ¿quién va a haber? Quiero divertirme. Quiero volver a reírme de ellos. No hay nadie... ¡Qué frustración si no hay nadie! ¿Eso ha sido un perro? No hay diversión en matar perros. Vaya, vaya... ¿Esta chica sabe que no se debe hablar con extraños? ¿Qué querrá decirme? ¡No la entiendo! ¡Que no te entiendo! ¿A que te clavo las tijeras? ¿Que no? Tú date la vuelta... Date la vuelta, anda, que te vea de espaldas...».

Coincidiendo con el día de descanso en el torneo, un crimen horrible saltó a los titulares de la prensa barcelonesa. Una chica, cuyas iniciales se facilitaron como G. A., había sido apuñalada en el cuello con unas tijeras cuando paseaba a su perro en el Park Güell. La policía catalana tenía la certeza de que alguien había salido de los matorrales a su espalda, tomándola por sorpresa. La joven presentaba una herida muy profunda a la altura de la yugular, un crimen cobarde y cruel. No le habían robado nada, sus pertenencias seguían junto a ella cuando se personó el forense. El perro tuvo que ser sacrificado porque no dejaba que los agentes se acercasen al cuerpo de su dueña. Por supuesto, nadie relacionó el asesinato con el campeonato de ajedrez, pues se trataba de gente tranquila moviendo piezas de madera. Nadie. Nadie. Nadie a excepción de Juancho Martín, aunque fue más una intuición que una certeza.

13

Una ajedrecista rebelde se encontró con un ajedrecista rebelde

Un peón aislado dispersa tristeza por todo el tablero.

Savielly Tartakower (1887-1956),
ajedrecista, héroe de guerra
y embajador honorífico de Francia

El miércoles 20 de febrero de 2002 estaban de celebración en casa de los Isakadze, pues se cumplían diecinueve años desde que Elene abrió por primera vez sus ojos al mundo. Sus sueños cabalgaban el tiempo, quemando etapas que la mayoría de las personas nunca vivirían, con lo que eso tenía de privilegio y de condena. La belleza pálida que la caracterizaba la mantendría joven por siempre, como la aurora, que se apaga cada noche y horas después vuelve a ser heraldo de la mañana.

—¿Qué miras? —preguntó a Yelizabeta Karseladze, que no dejaba de dar vueltas a un papel durante la sesión de entrenamiento.

—No te despistes.

Elene llevaba un tiempo tensa. Había obtenido excelentes resultados en los torneos que había jugado a lo largo de la temporada 2001-2002, pero el mundo la ignoraba. Su Elo subía y subía, habiendo llegado a la categoría de maestra internacional, un logro que la situaba en un nivel profesional-bajo, pero profesional a fin de cuentas, y sin embargo no contaban con ella en las grandes citas.

—Quiero saber qué es eso que miras...

—Y yo quiero que no te despistes.

Estaba siendo una tarde de lo más normal entre ellas, con sus habituales «tira y afloja». Elene levantó la vista del tablero a propósito. Se quedó mirando a la cara a su entrenadora, retándola con expresión de niña consentida.

—Ela, te he dicho que te concentres. No te lo voy a repetir.

—Y yo te he dicho que quiero saber qué pone en ese papel.

Intuía que era algo sobre ella. Le pitaban los oídos.

—Está bien. Tú ganas. —La entrenadora extendió el brazo con el papel.

Elene hizo el gesto de ir a cogerlo, pero Yelizabeta Karseladze le retiró la mano de un manotazo en el dorso.

—Pero primero te lo tienes que ganar. Hinca los codos y resuelve los problemas.

A Yelizabeta Karseladze le encantaba domar el carácter combativo de su pupila, veía en ella un reflejo de sí misma en sus tiempos jóvenes. Mantenía la compostura y no se carcajeaba delante de Elene pero, cuando llegaba a casa, se echaba unas risas sobre el asunto con Yuri, su marido, al calor de una botella de licor. Posiblemente se habría sentido turbada de conocer los pensamientos que tenía Elene en esos momentos. La joven ajedrecista se estaba imaginando vestida de violeta y negro en el cementerio, sentada al pie de la tumba de la propia Yelizabeta Karseladze, leyendo y releyendo el dichoso papel, musitando un locuaz «te lo dije».

Media hora después, el tiempo que la entrenadora juzgó necesario para marcar límites a la joven, le entregó su objeto de deseo.

—Es mi regalo de cumpleaños.

Elene enarcó las cejas casi hasta el límite del cuero cabelludo, no podía discernir si Yelizabeta Karseladze se estaba burlando de ella o si iba en serio. Se puso a leer con atención.

Borislav Miroshnychenko no se había quedado atrás con respecto a Elene Isakadze. Había ido acumulando victorias en pequeños torneos, sumando puntos de Elo en cada evento.

—Enhorabuena, Slava, la Federación Internacional te ha concedido el título de maestro.

—Me lo he ganado en los tableros. No es ningún regalo.

—Cierto —le dijo el jefe de entrenadores—. Pero que no se te suba a la cabeza.

Un diálogo que se repitió, palabra por palabra, cuando recibió el título de maestro internacional. Y, al cabo de unos meses, el certificado que le reconocía como gran maestro internacional, la máxima categoría para un ajedrecista.

Las cuatro paredes del despacho de Fiódor Vasíliev empezaban de cero la relación con él: para comenzar, era la primera vez que veía allí a una persona que no fuese el propio Fiódor. La mesa estaba impoluta, el suelo había sido barrido a conciencia, habían pintado las paredes de un bonito tono rosado.

—Aquí ya no te podemos enseñar más. El círculo se ha cerrado.

Borislav le miró. Seguramente había agradecimiento en aquellos ojos jóvenes, pero estaba oculto por una densa capa de emociones negativas.

Elene saltó de la silla y fue a abrazarse a su entrenadora. Se fundieron en un abrazo sin final, de tanto que se apretujaron la una contra la otra.

—No es bueno que estés siempre en los huesos —dijo la entrenadora.

—¿Por qué aprietas? ¡Me estás asfixiando! —bromeó la alumna.

Se miraron a los ojos con esa complicidad que todo entrenador debería tener con sus alumnos, la que permite saber si el chaval está bien con respecto a la dureza del entrenamiento.

—¡Enhorabuena, Elene!

Se echaron a llorar. Mezclaron lágrimas de angustias pasadas con las de alegría, pausaron la fiereza de sus discusiones teóricas y sobre el estilo de juego de la joven. Una ráfaga de viento envalentonado burló de las manos de Elene el papel, que fue a caer sobre el tablero de ajedrez:

El comité organizador de la LXV Edición del torneo Corus se complace en invitar a la señorita Elene Isakadze a participar en nuestro torneo de Aspirantes, que se celebrará en la localidad de Wijk aan Zee del 12 al 28 de enero de 2003. Si está interesada en asistir, le rogamos que contacte con nosotros antes del próximo 10 de octubre, fecha límite para formalizar su participación.

Está invitada con derecho a hotel de 5 estrellas en régimen de pensión completa. Esta invitación se hace extensiva a un entrenador/a asistente de su elección. Bases del LXV Corus:

Fechas

12 - 28 Enero 2003

Formato

Liga, en la que los jugadores/as se enfrentan entre sí en un total de 9 rondas. La victoria supondrá la ganancia de 1 punto; las tablas, 1/2 punto. De haber un empate por el primer puesto al finalizar las 9 rondas, se jugarán dos partidas de *blitz* seguidas, en caso de ser necesario, por un armagedón.

Ritmo de juego

100 minutos para 40 movimientos, seguidos de 40 minutos de tiempo extra a caída de bandera, con incremento de 30 segundos por movimiento durante toda la partida.

Programa

Registro en el hotel De Moriaan:

12 Enero 10.00 – 12.00

Bienvenida: 12 Enero 13.30

1.ª – 8.ª ronda: 14.00 – 20.00
9.ª ronda: 28 Enero 2003 12.00 – 18.00
Día libre: 26 Enero.

Elene echó un vistazo a los premios. El primero era de diez mil euros y, lo más importante, quien ganase el torneo conseguía el derecho a recibir una invitación directa para participar en el grupo «Maestros» de la siguiente edición.

—Si quieres llegar a lo más alto, vas a tener que emplearte a fondo. No se llega a campeona del mundo sin brillar en Wijk aan Zee. El Palacio del Ajedrez se nos queda pequeño para esto, entrenaremos en tu casa.

Las cosas que Borislav tenía que empaquetar cabían en una mochila, y le sobraba espacio para meter una botella de agua grande. «No hay como hacer las maletas para descubrir que uno es pobre», se dijo, calmada su voz interior ante la gran injusticia que es pelarse los codos estudiando para no tener nada, recibir presiones a cambio de nada, vaciarse de emociones a cambio de… nada.

Abrió la puerta de la cocina cuidadosamente, procurando no hacer ruido. Sacó la cabeza, echó un vistazo al pasillo. La negrura al fondo le indicó que no había nadie aproximándose, por lo que se sintió seguro de lo que iba a hacer y se encerró en la cocina. Abrió un cajón. Cogió el cuchillo grande. Se lo apoyó en la muñeca. «El suicidio es producto de una enfermedad. No hay nada romántico en ello».

Borislav se subió a un taburete, tanteando con la mano en lo alto del armario. Cogió una olla de cobre que estaba al fondo. El tacto frío del cobre le dio mucho que pensar, pese a lo breve del momento. Le roía el alma que, aunque iba consiguiendo victoria tras victoria y títulos de la federación hasta el de gran maestro, seguían haciéndole dormir en la esterilla. La destrucción progresiva de sus emociones había mantenido su curso. Aun así, un pequeño objeto le anclaba a lo poco bueno que le había dado el mundo, al único recuerdo, más allá del sexo con la cocinera, que le mantenía viva la pequeña llama de ser persona. Cerró los ojos, estirando el brazo para rebuscar en la olla. Ahí estaba, ¡lo encontró!

Borislav Miroshnychenko bajó del taburete. Se recostó en la encimera. Tomó con las dos manos haciendo cuenco una foto amarillenta. Era de una mujer joven, bonita, sonriente. En el reverso ponía «madre». La besó con ternura. Lloró, desconsolado, porque se la veía buena persona, pero nunca podría saber si sería alguien a quien admirar, pues jamás la conocería. Su amor, por desgracia, no pasaba de ser una idealización. «Nos enamoramos de las personas que queremos que sean».

Oyó el sonido de pasos que se acercaban. Se guardó la foto en el bolsillo del pantalón. Acercó el taburete a la pared. Se secó las lágrimas con la manga.

Los meses de preparación para el torneo Corus pasaron rápido. A Elene se le solapaba el ajedrez con la doble licenciatura, pero no parecía suponerle un gran esfuerzo. Su memoria y su entendimiento estaban afinados, las leyes y las fórmulas matemáticas convivían en armonía con los entresijos del ajedrez. La situación distaba de ser ideal, porque seguir a ese ritmo era insano, mas era lo que había y no quería perderse ni el fruto del conocimiento académico ni las mieles del éxito deportivo. Sabía que el límite se hallaba en el campo profesional, donde el ajedrez estaba en lo alto en sus preferencias.

La joven, ya una mujer, devoraba libros por las noches cuando la cabeza, por fin, se le despejaba. Notaba que conforme avanzaban los años sus gustos literarios se iban decantando por las voces que llegaban desde Hispanoamérica. La prosa de los García Márquez, Vargas Llosa e Isabel Allende encajaba muy bien con su visión de las personas, de las cosas y de la suma de ambas, lo que se da en llamar «los tiempos». Estaba un poco harta de los libros planos en los que se describe lo que ven los ojos. Lo que hacía saltar su corazón se hallaba en las páginas de aquellos abanderados del realismo mágico, capaces de hacer cotidiano lo extraordinario y sobrenaturales las vulgaridades. Ese era su mundo, el que veía ajedrezado cuando, poniéndosele los ojos vidriosos, sus piezas se lanzaban al ataque. Por eso cuando apoyó pesadamente la cabeza en el respaldo del avión, hizo caso omiso a los avisos de su entrenadora, quien la forzaba a revisar de memoria las aperturas que habían trabajado.

—Ela, no estamos aquí para perder el tiempo. Me preocupa el ucraniano, Miroshnychenko.

—¿De qué vas? ¡Si le di una paliza!

—Hay algunas cosas que no te he contado. En Barcelona hablé con su entrenador... Un tipo muy raro, demasiado educado, con mirada de lobo malo.

—No me digas que te da miedo, que no me lo creo. Ahora paso de estudiar.

—Mira, lo sabía todo de ti. No sé de dónde saca la información, pero me habló de cosas que solo deberíamos saber tú y yo —dijo en voz queda la entrenadora—. Alguien le había cantado cómo entrenamos.

A Elene, en ese momento de rebeldía juvenil, le importaba menos que nada que hubiese una brecha en su círculo de seguridad. Era consciente de lo que significa para un ajedrecista que sus líneas de repertorio sean de dominio público, que el trabajo de años se vaya al traste porque alguien ha aceptado un soborno.

—Por eso cambiamos las rutinas. No es que tu habitación me guste especialmente, ¿sabes? Todos esos pósteres del chico ese que te gusta son una horterada.

—Yelizabeta, por favor, que estamos en un avión... Y, por cierto, no es «un chico». Se llama Justin Timberlake, te lo he dicho mil veces. Y me lo quedo mirando cuando hago ver que repaso las libretas, para que lo sepas. Mucho mejor que repetir líneas como un loro.

—Eso se lo cuentas a tu rival cuando te apriete y no recuerdes las variantes, a ver qué te dice.

—Pues ahora necesito descansar.

—*Niet!*

—¿Me das un toque cuando pasemos por Polonia?

Elene se ajustó los auriculares. Subió el volumen. «Cry me a River». Yelizabeta Karseladze no entendía a los jóvenes. Definitivamente, no los entendía.

—¿Slava? Pensaba que estarías en clase...

—Ya no pertenezco a este sitio. Bueno, si es que alguna vez fui parte de él...

Svetlana Kotova entendió a la primera el peso de esas palabras. Fue consciente, desde el primer beso, de que ese momento llegaría. La mochila al hombro de Borislav no mentía.

—Ven conmigo —fue directo al grano—. Deja a tu marido. Ven conmigo.

—Slava, no puedo dejarlo todo, así, sin más...

—Sí puedes. Ganaré dinero. Me haré cargo de tus hijos.

Borislav se acercó a la cocinera; el ajedrecista acarició el rostro de Svetlana Kotova, quien apartó la mirada.

—De verdad, no puedo.

—Le diré a Vasíliev que no jugaré un solo torneo si no te mete en el equipo. Serás mi nutricionista.

—Déjalo, Slava. —Svetlana Kotova le apartó la mano de la mejilla—. Llévame en tu corazón y no me olvides. Eres demasiado joven. Algún día lo comprenderás.

Borislav Miroshnychenko respiró fuertemente. Jamás en su vida había sentido una pulsión de odio profundo como aquella. Se le pasó por la cabeza ir a por el cuchillo y clavárselo en el corazón una y otra vez hasta dejárselo tan destrozado como se lo había dejado a él. Entonces, apretados los labios hasta que se le pusieron blancos, dio un paso atrás. Otro. Otro más, hasta la puerta. Salió sin mirar atrás porque o se iba o la mataba allí mismo.

La llegada a la bonita localidad de Wijk aan Zee fue en microbús, con una nutrida expedición de ajedrecistas que iban a participar en torneos de Aspirantes y de Maestros. La tapicería azul de los asientos rivalizaba en pulcritud con el cielo neerlandés de aquel enero extrañamente soleado, solo que las nubes pintaban lamparones que ni los diligentes organizadores del célebre evento de ajedrecistas podían limpiar. Hacía un frío, eso sí, que recordaba la latitud en la que se encontraban: suave para el estándar ruso; inhóspito para el sentir de los europeos del sur. La verdad, como de costumbre, estaba en el término medio.

Elene llegó al hotel De Moriaan tropezándose con todas las piedrecillas del camino. Lo hacía a propósito para crispar los nervios a Yelizabeta Karseladze, quien ponía todo su empeño en controlar la más mínima incidencia. Que su alumna avanzase a trompicones delante de todos no era precisamente su plan.

—¿Quieres dejar de hacer el tonto?

—¿Quieres dejar de observarme?

Estuvieron así, discutiendo por tonterías y por el ajedrez, hasta que se instalaron en la habitación. No formaban una delegación georgiana al uso, chocando entre ellas por cualquier detalle, como si se odiasen. Tampoco encajaban en un perfil normal de situación porque mientras que Yelizabeta Karseladze vestía ropas que recordaban a las de las monjas de clausura y llevaba el cabello recogido con un pañuelo blanco, Elene Isakadze parecía sacada del escenario de un concierto de música gótica: negro riguroso de la cabeza a los pies, botines de plataforma, camisa morada, gafas de sol y labios de rojo carmín.

—Te has olvidado de ponerte la purpurina en los labios —la picó su entrenadora mientras hacían el *check-in*.

—¿Quieres parar con eso? Solo lo hice una vez...

—Ya —puntualizó Yelizabeta Karseladze—. Delante del ministro de Deportes. ¡A esto estuviste de perder la subvención!

La azafata que les estaba facilitando los trámites no salía de su asombro con las georgianas. Había tratado con ajedrecistas extravagantes, pero no sabía bien qué esperar de ellas.

—¿Asistirán a la recepción de esta noche?

—*Niet* —negó Yelizabeta Karseladze.

—La señora mayor cree que tengo que descansar del vuelo. —Elene estaba visiblemente molesta.

La primera ronda no dejó lugar a muchas sorpresas. Elene, aunque en varias fases de la partida pensó que se moría, contuvo sus ganas de avisar a los árbitros y se deshizo de su rival con relativa comodidad. Yelizabeta Karseladze sonrió por dentro. Los periodistas que cubrían el evento prestaban atención principalmente a lo que sucedía en el grupo Maestros, aunque Juancho Martín, que se destacaba por tener un fino olfato para identificar dónde estaba la noticia, no perdía ojo a las evoluciones de la joven georgiana. También se fijó en el joven ucraniano, porque su estilo de juego recordaba al de Kárpov, salvando las distancias.

Las cosas se pusieron más tensas en la segunda ronda. En primer lugar porque, cuando iban a ir a desayunar, Elene salió del lavabo vestida de manera estrafalaria: zapatillas de deporte desgastadas, camisón negro de seda y una camiseta rota con la cara de Justin Timberlake.

—No irás a jugar con ese aspecto, ¿verdad? —Yelizabeta Karseladze se contuvo de expresar sus emociones, mordiéndose la lengua.

—Pues sí. —Elene levantó la cabeza, dignamente.

—Ponte algo por encima, que hace frío —dijo la entrenadora antes de dejar la habitación—. O no, que los periodistas te van a fundir a flashes. Te espero en el bufet.

El desayuno era variado, con comida al gusto de los deportistas de élite que allí se encontraban, mas Yelizabeta Karseladze no conseguía que le entrase nada en el estómago. Y menos, al ver llegar a su pupila con una boa azul eléctrico y la cabeza bien alta al estilo de las modelos de París. Toda la atención del lugar se concentró en Elene. Las sonrisas y las miradas de deseo, también.

—¿Has echado un ojo al Sistema Londres? —Yelizabeta Karseladze carraspeó, trató de llevar la cabeza a otro sitio, aunque su alumna se lo ponía difícil.

—Fianchetto en el lado de rey y presión en el flanco de dama. Janowski-Schlechter, 1907, con buen final de peones —precisó Elene—. No me preocupa.

—A ti no te preocupa nada.

—A ti te preocupa todo.

—¿Seguro que no quieres cambiarte de ropa? Estás a tiempo.

La segunda ronda también fue de trámite para Elene y para Borislav, a la espera de que los rivales duros, los duros de verdad, se les sentasen delante.

—La georgiana no puede jugar vestida de esa manera.

El árbitro principal, Lothar Wagner, estaba acostumbrado a escuchar reclamaciones de todo tipo, desde el clásico «mi rival ha tocado la pieza y quiere mover otra» hasta «una persona del público tose para molestarme», pasando por variantes del tipo «el entrenador de mi rival me está mirando fijamente», pero nunca había tenido que llamar la atención a una jugadora por vestir de forma inapropiada. Los ajedrecistas por muy novatos que fuesen se percataban del ambiente, no era necesario decirles cómo vestirse, pero la rebeldía de Elene seguía sus propias reglas.

—Deja que hoy juegue así su partida y luego hablas con ella —le dijo el director del torneo.

—Va a salir en todas las fotos, Leopold.

—Yo me encargo de que no sea así. —El director del torneo quería evitar un escándalo a toda costa, la sola idea de tener que dar explicaciones al alcalde de Wijk aan Zee y a los patrocinadores (de hecho, sí, especialmente a los patrocinadores) le provocaba sudores fríos.

Por suerte para el organizador Elene entró en razón. Una cosa era discutir con su entrenadora y otra muy distinta hacerlo con extraños, que le aburrían soberanamente. No obstante, cada ronda se pintó los labios de un color distinto, a cuál más llamativo.

—Me ha dicho que vestirá de negro las rondas que quedan: zapatos discretos, pantalón fino y camisa de seda.

—A ver qué entiende por «zapatos discretos»... —El árbitro principal se la imaginó con plataformas al estilo de las *drag queens*—. Como haya que pedirle que se cambie de zapatos envío a un árbitro de apoyo.

Los encontronazos de Elene con el árbitro principal a causa del código de vestimenta no dejaron a nadie indiferente, siendo la comidilla del torneo Corus de aquel año. Los jugadores tomaron partido principalmente por Elene, aunque no quedó claro si era por convicción propia o para no verse señalados por su intransigencia. Por suerte para los organizadores la rebeldía juvenil de Elene Isakadze quedó saciada, y en las rondas sucesivas se presentó a jugar con ropa de gala. Además, el director del torneo había llegado a un acuerdo con los reporteros para una moratoria de tres rondas sin fotografías comprometedoras.

Tal como estaba estipulado en las bases, la jornada del 26 de enero fue de descanso. A los primeros clasificados debía servirles para escarbar en las debilidades de sus rivales, buscando un punto de falla en su preparación, mientras que para los últimos clasificados era una oportunidad de oro en vistas a calmar los nervios, hacer algún resultado bueno y regresar a sus cuarteles de invierno sin haberse dejado las ganancias de Elo de todo el año en dos semanas malas. En cuanto a los jugadores que habitaban tierra de nadie en la clasificación, fue un día más en la oficina.

Las noches de torneo, especialmente en las jornadas de descanso, suelen ser puntos de encuentro de extraños compañeros de cama, lo que no fue una excepción en el Corus LXV. Serían alrededor de las siete cuando un pequeño grupo de ajedrecistas se dio cita en el *hall* del hotel De Moriaan. Estaban allí sin entrenadores diez ajedrecistas, con el único armamento y munición del control de sus emociones, en un juego particular de compañerismo verdadero y de investigación de las emociones de los demás.

Tomó la palabra Camila Santangelo, una jugadora italiana, treintañera, que participaba por segunda vez en el Aspirantes. Llevaba el cabello recogido en una cola de caballo que le caía en cascada por la espalda, vestía un elegante vestido de color verde, se miraba las uñas al hablar, como si una determinada ausencia encajase bien con la frecuencia de sus emociones.

—Igual me retiro cuando acabe el torneo.

—Siempre dices lo mismo cuando pierdes un par de partidas seguidas. Siempre lo mismo, siempre lo mismo... y aquí estás.

El comentario vino de Olaf Thorsteinn, un islandés de sesenta y siete años que se mesaba la barba mientras reía y cuyo aspecto recordaba a Papá Noel. Vestía ropas de color rojo y blanco, haciendo equilibrios entre ir elegante y jugar con su parecido razonable con el personaje navideño. De haber tenido un reno a su lado habría despejado la duda.

Entonces, exudando sofisticación y chulería, un joven excepcionalmente elegante hizo una entrada triunfal, cautivando las miradas de los presentes. Vestía un traje azul marino de estilo italiano, con relleno en los hombros y en el pecho, pero lo que marcaba de verdad la diferencia era su actitud. Sonreía mostrando los dientes para que nadie se sintiera tentado a acercarse demasiado. Caminaba con seguridad, con autoridad, como si midiese el eco de sus pasos en el *hall*, pisando fuerte. Sostenía con desenfado una botella de Macallan medio vacía, desafiaba audazmente a la mediocridad. Viéndole así diríase que el mundo entero debía ceder a su presencia, su aparición fue un carismático tributo a la arrogancia bien ejecutada.

—No voy a dejar mucho margen para la modestia, sacad las libretas y apuntad. Darío Zaragoza, para los que finjáis no conocerme —siguió diciendo—. Tres piezas: pantalón, chaleco y americana, con estampado a cuadros ventana, todo a medida. Lo complemento con zapatos de doble hebilla en ante, camisa blanca, reloj de bolsillo y corbata de seda, en color morado. Recordad: nada de americana cruzada. Abierta, siempre abierta.

En lugar de sentarse en un sillón como los demás, el líder del grupo Maestros apoyó la espalda en la pared, cruzó las piernas y dio un trago a la botella.

—El demonio llega armado —bromeó Olaf Thorsteinn. Darío Zaragoza le ofreció un trago, pero el islandés rechazó amablemente la oferta del español.

—¿De qué va la noche?

—Camila nos estaba diciendo que se retira del ajedrez —respondió uno de los presentes.

—¿Otra vez? —Darío fingió sorprenderse—. Cami, lo nuestro no funciona. Pensaba que mi virilidad te había cambiado el carácter para bien...

La italiana le hizo una peineta. Elene enarcó las cejas, atenta a la subida drástica de pulsaciones que estaba experimentando.

—Esta capacidad del ser humano de venirse abajo ante la futilidad de su propia existencia es fascinante... y terrible. Tantos millones de años de evolución de la especie, del esfuerzo enorme de la naturaleza por mejorar, y aún hay gente que solo nace, crece, se reproduce y muere, sin haber hecho nada con su vida, sin dejar un legado, sin que a nadie le importe que haya existido... Te lo digo en serio, Cami, no te acerques mucho, no vaya a ser contagioso y acabes con mi carrera.

—«Como has acabado con la tuya», ¿verdad? —le retó la italiana.

—Esta es la miseria de la situación que estamos viviendo —puntualizó el español—. O mejor dicho, no te lo tomes como algo personal, que «tú» estás viviendo.

El jugador que lideraba el grupo Maestros estaba acostumbrado a imponerse en las discusiones. Se peinó el cabello con los dedos, dejando ver unos gemelos de oro grabados con peones de ajedrez blancos.

—¿Siempre tratas así a las personas? —saltó Elene, indignada.

Los reunidos se miraron condescendientemente, sabedores de la tormentosa relación entre Camila Santangelo y Darío Zaragoza. Los dos eran jóvenes, muy atractivos y tenían la lengua afilada, demasiado iguales para no chocar.

—¿No te han enseñado a mantener el pico cerrado en las conversaciones de mayores, niña? —soltó el español, echándole una mirada por encima del hombro.

Elene comprendió, de un bofetón verbal, que para sobrevivir en el grupo Maestros había que tener la piel gruesa. Agachó la cabeza para pasar desapercibida. Al hacerlo se percató de que el español, que llevaba calcetines de ecos mediterráneos, lucía en ellos un estampado a juego con sus gemelos.

Cuando todos, incluido Darío Zaragoza, se retiraron a sus habitaciones, Elene tomó el camino contrario. Se fue dando un largo paseo, hasta que pudo divisar con plenitud el ancho horizonte que se dibujaba entre el cielo estrellado y el mar. La caminata nocturna a solas era una insensatez: Elene, descalza sobre la arena, deseaba de corazón no estar allí. Con lo bien vestida que iba, no se le ocurrió mejor idea que arrodillarse, brazos en cruz, rogándole a la luna que obrara un milagro. «¡Cómo me gustaría cambiar de cara y ser otra persona, igual que las demás!». Acabó con las rodillas rascadas por los guijarros, con el pelo revuelto por el aire, con su voz interior silenciada por la melancolía. Su entrenadora, por la mañana, al ver que la puerta rascaba el suelo, se preguntó de dónde había salido tanta arena.

En la séptima ronda se produjo la esperada partida entre Elene Isakadze y Borislav Miroshnychenko. Ambos encabezaban la clasificación empatados a seis puntos, llevándole un punto al siguiente clasificado.

—¿Y si te plantea un Londres?

El repaso de aperturas matutino durante el desayuno parecía perseguir a Elene, cuyas manos rivalizaban en blancura con la leche de su taza.

—¿Repetir apertura? ¿Ese es el conejo que van a sacarse de la chistera? Lo dudo.

—Ela, no te lo tomes a la ligera. Lleva tres de tres con el Londres. Ganar puntos aquí está muy caro.

Pero Elene no estaba de acuerdo con Yelizabeta Karseladze. En su opinión, las tres victorias de Borislav Miroshnychenko con el Londres habían ido de más a menos, el veneno de sus variantes se había agotado. Las preparaciones de Fiódor Vasíliev no le merecían crédito.

—India de Rey y a otra cosa, mariposa —dijo, se puso las gafas de sol y se echó para atrás exageradamente, cargando toda la espalda en el respaldo de la butaca—. ¿Me pasas las galletas?

Yelizabeta Karseladze tomó una galleta con la mano y se la acercó. Cuando Elene fue a cogerla, la retiró de pronto:

—Galletita para la monita si recuerdas la línea.

—Le monto el plan estándar, con Cbd7 y e5, seguido de De8. Si quiere ir a por el punto va a tener que hacer c4 en lugar de mantener el peón en c3, para desarrollar el caballo por c3. Contra eso, el avance e5 y Ce4, igualando. Me lo como con patatas en el final. Y ahora, ¿puede la monita comerse la galletita?

A Yelizabeta Karseladze no le gustó para nada el tono displicente de Elene.

—¿Estás criticando mi método de entrenamiento?

—Totalmente.

—¿Quieres ser tú la entrenadora?

—No, pero tal vez ya no seas capaz de sacar lo mejor de mí.

Así estaban las cosas entre ellas. Todos las veían discutir en los desayunos, en las comidas y en las cenas, aunque la georgiana estaba jugando como los ángeles y apuntaba a llevarse el torneo.

—¿Qué le hace pensar que su pupilo vaya a sobrevivir a los golpes tácticos de Isakadze?

La pregunta de Juancho Martín tomó por sorpresa a Fiódor Vasíliev, que no se esperaba que el periodista español fuese tan directo. Meditó unos segundos antes de contestar:

—Borislav no ha venido aquí de vacaciones. La va a aplastar.

Al final, ni Elene se lo comió con patatas ni Borislav aplastó a la georgiana, quedaron en tablas. Ambos llegaron líderes a la ronda final y los dos ganaron sus partidas. Jugaron el *blitz* de desempate, con victoria clara de Borislav Miroshnychenko.

Tras la entrega de premios se abrió un paréntesis de tiempo que los participantes del torneo aprovecharon para disfrutar de actividades complementarias y las georgianas emplearon en perderse por el mercado de Wijk aan Zee. Era muy variado, se notaba la alta calidad de vida de la localidad. Después, al caer la tarde, participaron en la cena de despedida del Corus.

—Alguien necesitaba recibir una lección de humildad.

La reflexión de Yelizabeta Karseladze provocó que las mejillas de Elene Isakadze perdiesen el poco color que tenían. La joven no decía palabra, porque sentía mucha vergüenza. No tanto por haber perdido el desempate, que le puede pasar a cualquier ajedrecista, sino por la mala educación que había demostrado durante toda la competición. Le dolían especialmente las palabras que le había dicho a su entrenadora. «No soy yo. Es la rabia profunda». Agachó la cabeza y se comió todo el puré de guisantes.

«Se ha quedado una buena noche para salir a pasear. No hay nadie por aquí. Me gusta. Se ha quedado buena noche, sí. ¿Y si me ve alguien? No, no digas tonterías. Nadie puede verme porque no existo. Por no existir, ni siquiera habito en sus sueños. Pero eso pronto acabará porque les obligaré a verlo. Voy a hacer que todos lo vean. Que todos me teman. Que se pregunten si la muerte les acecha. ¿Qué es esa sombra? ¡Ah, una bolsa de plástico que se lleva el viento! Se había quedado una buena noche para dar un paseo, pero... ¡Alto! ¿Qué es eso? ¡Por ahí viene alguien! ¿Y si...? Sí. ¿Y si...? ¡Sí! ¿Nadie puede verme? ¡No pueden! Voy a divertirme con ese viejo. Efectivamente, es buena noche para dar un paseo».

Un horrible crimen alteró la paz de la hermosa localidad neerlandesa. Había aparecido el cuerpo de un anciano en una zanja, en la playa del pueblo. Le habían apuñalado por la espalda, a traición, con unas tijeras. Quien lo hubiese hecho llevaba guantes, porque no se encontraron huellas. La policía realizó pesquisas entre el público asistente al Corus y, poniendo el máximo cuidado en no molestar a los jugadores, entre estos y sus ayudantes. Tenían orden del alcalde de Wijk aan Zee de hacer su trabajo pasando lo más desapercibidos posible, el torneo Corus ponía a la ciudad en el mapa y muchos pequeños negocios dependían de mantener impoluto ese buen nombre. Juancho Martín se hizo eco en su crónica para el periódico atando cabos, por primera vez ya en serio, entre las muertes violentas que se estaban dando últimamente en los torneos que cubría.

14

Decisiones, decisiones...

> Hay dos clases de sacrificios: los correctos y los míos.
>
> MIJAÍL TAL (1936 - 1992),
> octavo campeón mundial de ajedrez,
> apodado el Mago de Riga

El vigésimo cumpleaños de Elene Isakadze coincidió con una de sus crisis emocionales. Los medios de comunicación de todo el mundo llevaban una semana haciéndose eco de la muerte de la oveja Dolly, el primer mamífero clonado. Las imágenes de televisión le llevaban al corazón ecos de su infancia porque, lo mismo que Dolly estaba en boca de todos como un objeto más, ella misma se sentía como un juguete usado una vez que su éxito en el Mundial de Edades quedó atrás.

No era un asunto para trivializar, las personas poderosas que habían entrado en su vida se habían largado sin cerrar la puerta, dejando una corriente de aire que le helaba el alma. En aquellos días de vorágine los políticos habían «ocupado» la casa de sus padres, instalándose tres días en una sucesión interminable de banquetes y de gente revoloteando por las habitaciones. ¡Habían colocado por su cuenta camas en habitaciones y pasillos! Recordaba que sus padres cuchicheaban porque no había manera de deshacerse de aquellos «invitados». La sensación de que la casa no les pertenecía les tenía angustiados, participaban de la fiesta porque aquel circo que les había caído encima tiraba de ellos. Culpabilidad por llevar el caos con ella, jaleo en su santuario, promesas de los políticos... y, en cuanto los periodistas dejaron de hacer fotos, el vacío.

Elene se sentía más confusa y dolorida que la mayoría de las mujeres de su edad, pero había optado por quebrarse en silencio. Sus amigas de la universidad prepararon una pequeña fiesta debajo de un puente, en la que no se habló para nada de ajedrez. El lugar era bastante siniestro, totalmente inapropiado para que tres jóvenes estudiantes se pusiesen a celebrar nada, pero precisamente por eso les gustaba. Además habían pasado por una guerra, tenían el corazón endurecido.

—Es una pena que Izolda haya dejado la carrera —dijo Bedisa, que había llevado un par de botellas de vodka.

—¿La llamamos?

Endzela sacó su teléfono móvil, una rareza para la época, mientras Bedisa se peleaba con el tapón de una botella y Elene, sentada en un adoquín, miraba con curiosidad a un vagabundo que dormía cubierto por cartones.

—¿Qué le habrá pasado?

—Su padre no quiere que estudie Derecho. Dice que hay demasiados abogados. La ha apuntado a Farmacia —comentó Bedisa, desde la distancia.

—Me refiero a ese hombre...

—Quién sabe, Ela.

—¿Y si me acerco con unas tijeras y se las clavo en el cuello? ¿Creéis que la policía me perseguiría?

—¡Vaya pregunta! —exclamó Endzela, que vestía una falda tejana exageradamente corta y un top ceñido—. Menos mal que tú no matarías ni una mosca...

—Yo no lo diría tan alto —bromeó Elene—. Ten en cuenta que si le clavase las tijeras en el cuello luego tendría que mataros a vosotras, para no dejar testigos.

—¡Joder!

Una rata cruzó el arco del puente a toda prisa.

—La vida de los asesinos es complicada —repuso Elene—. Estoy segura de que muchas personas matan porque van saliendo complicaciones después de segar la primera vida.

Bedisa repartió vasos de plástico. Los llenó con abundante vodka. La generosidad de la joven mujer era digna de encomio, a juzgar por la reacción de sus amigas.

—¿Alguna vez os habéis imaginado lo que se siente al matar a alguien? —continuó Elene.

—¿Vamos a pasar tu cumpleaños hablando de muertos?

La pregunta de Bedisa quedó en el aire. Los muertos quedaron en el alma de Elene. Una cierta inquietud se apoderó de los pensamientos de Endzela.

Fiódor Vasíliev y Borislav Miroshnychenko no ignoraban que el tiempo era apremiante, pues querían aprovechar cada entrenamiento para entrar en el ciclo de Candidatos. Necesitaban focalizarse, exprimir la capacidad de sufrimiento de Borislav y hacer suyos los puntos de Elo que le garantizasen acceder a los mejores torneos de la recta final de temporada.

—Vamos a preparar la Copa del Mundo —dijo Fiódor en un avión, camino de Barcelona.

—¿Puedo ser franco? —Borislav le miró a la cara, se hacía difícil aventurar si estaba creyendo lo que oía.

—Dime las cosas como se te pasen por la cabeza.

—Tú no estás preparado para llevar a nadie a ganar la Copa del Mundo. No tienes nivel.

—Eso es verdad —reconoció Fiódor—. Pero tengo el modo.

—¿Cuál?

Fiódor sacó el móvil. Buscó una fotografía en su galería. Encontró lo que buscaba y Borislav, muy impresionado, le quitó el aparato de las manos:

—¿Oleg Vólkov?

—Ya no trabaja con Ivanov. Contacté con él. Ahora es tu entrenador. Nos espera en Barcelona.

Borislav tuvo cuidado en no decir nada inapropiado. Fiódor había tenido que mover hilos para fichar al ruso, para muchos el mejor entrenador del mundo. Por otra parte sintió la presión, cualquier esfuerzo al que hubiese sido sometido en el pasado iba a palidecer ante la exigencia de Vólkov.

Elene y Pável atravesaban un momento difícil en su relación. El baloncestista había visitado a la georgiana por espacio de un mes, aprovechando que tenía que recuperarse de una lesión de rodilla. Dormía en el cuarto de invitados, en una cama demasiado pequeña para él.

Ambos habían compartido momentos muy felices, paseando por el parque, aunque ella no podía evitar ver los tanques, los soldados y los muertos apilados, por mucho que se hubiese remodelado el lugar y plantado nuevos árboles. Como deportistas que eran se apoyaban mutuamente en sus carreras profesionales, pero la felicidad no duraría para siempre. No por una tara en ellos, sino porque nunca lo hace.

La falta de tiempo juntos, acentuada en los últimos meses, había enfriado su relación. El cariño seguía intacto, mas era como la arena que de los dedos escapa con la vocación de transmutarse en un bello recuerdo. Los dos sabían las presiones que comportaba el ascenso a la cumbre.

—¿Tú me quieres, Pável? —Había notado que su novio estaba más distante de lo habitual; ella misma se sentía frustrada.

El joven la miró con desasosiego. La quería, desde luego, pero necesitaba entrenar duro para mantener su puesto en los orgullosos Celtics y el parón le tenía sumido en un estado de nervios que no ayudaba a acortar los plazos de recuperación. Ella por su parte se culpaba de pensar que, dedicándole tiempo a él, estaba apartando sus energías de la competición. Se sentía fatal: su caballero de radiante armadura la había rescatado de las profundidades de su mente cuando le necesitó y, en las horas bajas de Pável, ella tenía ideas egoístas.

La besó. Fue un beso de ternura infinita, de los que llenan los ojos de lágrimas porque son de pura inocencia. Cualquier argumento para cortar el noviazgo se deshizo en una miasma negruzca, barrida por el viento de invierno que castigaba la histórica ciudad de Tiflis.

La llegada al aeropuerto de El Prat fue plácida en lo aeronáutico, mas Borislav apretaba los puños por la impaciencia de conocer en persona a Vólkov. Recogieron las maletas en la cinta transportadora, tomaron asiento en una cafetería del aeropuerto, estiraron las piernas para hacer tiempo.

Elene y Yelizabeta Karseladze seguían entrenando en la residencia de los Isakadze, bunkerizadas. Así se aseguraban de sellar la brecha de seguridad. De paso, la entrenadora controlaba el comportamiento de Pável con su pupila.

—Hay un torneo muy interesante en París.

La entrenadora dejó caer el comentario a la ligera, mirando con el rabillo del ojo a Elene. Sentía curiosidad por ver cuánto tardaría en decir que sí, pues sabía que estaba enamorada del *glamour* de la Ciudad de la Luz, en la que aún no habían estado.

—¿Qué te parece si lo añado ya al Excel de la temporada?

Yelizabeta Karseladze asintió, disimulando un ataque de risa. «Ni siquiera me ha preguntado las fechas. Ni los rivales. Ni los premios».

Oleg Vólkov tenía un aire serio y enfocado. Sus rasgos, que acostumbraba componer de forma autoritaria, se encontraban en un estado de calma tensa, a la espera del primer contacto con el que había de ser su pupilo. Sus labios, tan finos que no se fruncían las pocas veces que sonreía, solían mantener a buen recaudo las palabras, era de natural callado. El secreto de su expresión estaba en sus ojos, penetrantes tras sus pestañas.

—No me concederé reposo hasta que logremos el objetivo.

Se presentó así de directo, sin reservarse. Daba la sensación, viéndole vestido con un traje caro y bastón, de que sabía muy bien lo que decía. Fiódor asintió, convencido de que había acertado; Borislav se preguntó si su madre, allí donde estuviese, estaba viendo aquel giro del destino.

La llegada a París colmó todas las expectativas de Elene. Las instalaciones del aeropuerto le parecieron maravillosas, los escaparates de las tiendas lucían espectaculares. Elene llamaba la atención de los rebaños de gente que se movían por la terminal 2, porque llevaba varias capas de ropa encima aunque era finales de septiembre y hacía calor. Además caminaba como una modelo, ladeando los hombros y las caderas con gran estilo. Las dos georgianas hicieron un alto en la primera cafetería que encontraron. Los *croissants*... los *croissants* de París se ganaron sus corazones y aunque la arquitectura solemne de la ciudad era impresionante, las delicias gastronómicas justificaban cada hora en la ciudad.

—¿Por qué te empeñas en que siga usando libretas? ¿No vale con mi portátil?

Yelizabeta Karseladze no era ajena a los avances de la informática. No obstante, se mantenía inflexible con respecto al uso de libretas.

—Repasa las líneas con Chessbase, eso me parece muy bien. Usa Fritz para resolver problemas y para probarte... Esas modernidades están muy bien, no usarlas sería estúpido.

—¿Pero? —Se acomodó las gafas de sol.

—Pero las líneas solo se quedan en la cabeza si pasan primero por la mano. —Y viendo que su pupila iba a rechistar, se anticipó—: Si no estás de acuerdo, se lo discutes a Svyéshnikov. Él me lo enseñó en persona en una concentración con la selección femenina soviética. Hace bastante de esto, pero la idea no caduca. *Tu es d'accord?*

Las jornadas de entrenamiento de Borislav Miroshnychenko con Oleg Vólkov tuvieron lugar en un piso del barrio de Sant Martí que Fiódor tenía alquilado como base de operaciones temporal. La Ciudad Condal había causado muy buena impresión al agente de jugadores en su anterior estancia, por lo que buscó un espacio en una zona tranquila, donde todo estuviese al alcance de la mano: comercios, playa y comunicaciones con el aeropuerto. Toda Barcelona era una ciudad con una altísima capacidad de seducción, pero pesaba más su pasado que su presente, algo errático tras el explosivo éxito internacional de los Juegos Olímpicos de 1992, los mejores de la historia.

Convivían los tres en un piso de ochenta metros cuadrados, edificado en los años setenta del siglo pasado, cuya fachada carecía de interés arquitectónico, pero alzado con buenos materiales de construcción. Borislav apenas salía de casa, más que para correr en un parque cercano, pues en la vida del ajedrecista de competición no suele haber sitio para quienes no cuiden su forma física: las partidas de seis horas, apretando intensamente en cada movimiento, se sucedían a lo largo de nueve rondas, con solo una jornada de descanso.

—Te he enviado el calendario al correo electrónico —le dijo Vólkov la noche anterior—. Nos levantamos a las 7. Desayuno a las 7.30. Vamos al parque de 8 a 9. De 9.30 a 11, táctica con tablero. De 11 a 12 memorizarás líneas de apertura. De 12 a 13.30 estudiarás finales de torres.

—¿Y por la tarde?

—Estrategia de 16 a 17.30. Después, finales hasta las 19. Acabaremos la jornada con una partida a ritmo clásico contra la máquina.

—¿Cuándo empezamos?

—Mañana —sentenció Vólkov—. Disfruta de tu único día libre en los próximos cuatro meses.

Las cuatro primeras rondas del torneo de París fueron un continuo tira y afloja entre las peticiones de Elene de visitar la Semana de la Moda en la jornada de descanso o ir a la Ópera Garnier, como quería Yelizabeta Karseladze. La georgiana se había adjudicado tres partidas y solo había cedido unas tablas. Estaba haciendo un excelente torneo hasta que en el comedor del hotel en el que se hospedaban por invitación de la organización, el lujoso Regina Louvre, las deslumbrantes vistas a la torre Eiffel se le opacaron al ver pasar a un esbelto morenazo. El hombre tenía la mirada misteriosa, sus rasgos regulares se hallaban dotados de un encanto poco común. Se diría a primera vista que era naturalmente atrevido y que, si abría la boca para hablar, las palabras saldrían del vallar de sus dientes como palomas al vuelo. En cuanto a la indumentaria, vestía a la altura de su porte elegante, pues el traje le quedaba de escándalo, como si un ejército de modistos italianos lo hubiesen tejido pensando en él. La camisa blanca presentaba sus intenciones; los zapatos, impolutos, daban fe de su credibilidad. Cruzaron las miradas y él, que no conocía el miedo, se acercó a la mesa de las georgianas.

—*Je suis le cardinal Richelieu.* —El desconocido se presentó haciendo una reverencia—. *A vos pieds, mademoiselle.*

Las alarmas de Yelizabeta Karseladze se dispararon. Todas. Al mismo tiempo. Enarcó las cejas, disgustada por la presencia de «Richelieu». Hizo ademán de indicarle que se largara por donde había venido, pero Elene salió a su rescate.

—Me llamo Elene, pero mis amigos me llaman Ela. Ella es Yelizabeta, mi entrenadora.

Elene pisó a propósito a Yelizabeta Karseladze, sin apretar, para que le siguiese la corriente. A la entrenadora se le subieron los colores a las mejillas. «¡Esta descarada está flirteando!».

—¿Puedo acompañarlas, mis damas? Estoy harto de desayunar solo... Les agradecería en grado sumo que me rescatasen de la soledad.

—No —dijo escuetamente la entrenadora.

—Por supuesto, somos personas sociables —corrigió Elene Isakadze.

Las palabras dulces y las miradas traviesas se apoderaron

del salón. Yelizabeta Karseladze, que tiempo atrás había sido joven, se levantó a por un café. Varias veces.

Vólkov tenía sus particularidades, entre las que destacaban su discreción y un pequeño reloj de arena que colocaba en la mesa para controlar los tiempos de entrenamiento de Borislav. Sus éxitos como entrenador le precedían, había llevado a lo más alto a varias figuras del ajedrez internacional, por lo que sus palabras, ya fuesen muchas o pocas, se escuchaban y no se discutían. Esto último debía entenderse en contexto ajedrecístico: lo que no se le discutía era el método, pues en el tablero sí que exigía llevar las discusiones tan lejos como fuese posible. «Solo te acercarás a la verdad si eres capaz de entrar en controversia conmigo, si me miras a los ojos y desnudas las variantes. Nada de caminos fáciles, si quieres ganar a los buenos has de entrenar como ellos».

La ronda de descanso llegó en buen momento para Elene, quien estaba demostrando actitud de campeona. Su entrenadora la veía luchar posiciones áridas, las típicas que los maestros finalizan en tablas para no desgastarse mutuamente durante horas, señal inequívoca de que sus emociones estaban en lo alto y de la seriedad con la que repasaba las variantes.

Las georgianas se lo pasaron en grande en el desfile de Chanel. La firma presentaba su colección de otoño por todo lo alto, desplegando su poderío en la pasarela. El invierno venía nostálgico, la mirada hacia Oriente era más que evidente y el protagonismo se lo llevaron sus estilismos inspirados en los años cincuenta del siglo anterior. Chanel resplandecía con su entendimiento de la alta costura ante los ojos extasiados de las ajedrecistas y de numerosos rostros populares, en una sala de cine *vintage* que había sido construida para la ocasión en el Grand Palais. Medio centenar de maniquís se mantuvieron en la gama cromática del desnudo, luciendo chaquetas largas y faldas por la rodilla. A Elene le gustaron particularmente los vestidos largos con brocados. «¿Las enterrarán vestidas así? Sería una forma muy elegante de presentarse ante los ángeles», meditó.

—Esta noche saldré sola a dar una vuelta —comentó de pasada—. Quiero despejarme, los apuntes de Economía me están dando dolor de cabeza.

A sus veinte años no tenía necesidad de pedir permiso para ausentarse a Yelizabeta Karseladze, pero era su entrenadora y merecía respeto. La veterana georgiana asintió con la cabeza.

Fiódor se paseaba como un fantasma por el piso, inspeccionando a su inversión. Estaba poniendo los dineros en Borislav a sabiendas de que el riesgo era grande, y no estaba dispuesto a tolerar ni la más leve distracción por su parte. A veces se encerraba a solas en su habitación y examinaba las aperturas de Vólkov en su tablero damasquinado. No es que no se fiase del prestigioso entrenador, sino que su confianza debía ser revalidada con sus propios análisis. Solo así estaría seguro de que su inversión se hallaba en buenas manos. No obstante, había un «pero»: la musa Caissa no le hablaba. Estaba callada desde que hizo fortuna gracias a la señora Melnik, cuya afición por la lectura le había resultado tan gratificante. Sin embargo el dinero no lo era todo para él, habría estrangulado a Borislav y a Vólkov con sus propias manos por que Caissa le hubiese susurrado algo bonito al oído. Era, no lo podía corregir, un romántico.

La icónica imagen de la torre Eiffel iluminada en la noche parisina devolvía a Elene la mirada sobre sí misma. Allí donde algunos veían un amasijo de hierros, ella veía su vida cambiar por momentos. El sueño de luchar algún día por la corona del juego-ciencia despertó risas de incredulidad a los primeros a quienes confió sus altas expectativas, lo mismo que el ingeniero Gustave Eiffel encontró miradas inquisitivas cuando presentaba su proyecto a los alcaldes de las ciudades. Sentada en el césped, no tenía más que respirar para fantasear y arrepentirse de su fracaso académico, pues su amor por las asignaturas y los excepcionales resultados en algunas de ellas jamás iban a plasmarse en el mundo profesional. Escrutó el futuro en las palmas de sus manos y se consoló pensando que, lo mismo que Eiffel había logrado llevar su sueño a tocar los cielos, ella tenía derecho a soñar con hacer algo con su vida. «Y seré una fracasada más en la universidad, pero una fracasada con estilo». En eso estaba pensando, enfundada en una minifalda a la que le faltaba poco para fusionarse con unas botas con taconazo de caña alta, cuando «Richelieu» tomó asiento a su lado.

—Has llegado pronto.

—¿Preferías que llegase más tarde? —contestó Elene—. Puedo hacerlo, se me da bien desesperar a las personas. También sé imitar a los cuervos.

Se puso a graznar. Con todas sus ganas. Alzando los brazos que, tal y como iba vestida de negro, parecían alas de esqueleto de pájaro. «Richelieu» y su pelazo reían de forma incontenible, entre avergonzados y complacidos, porque empezar con risas tiene épicos finales en la ciudad del amor.

—¡Deja de asustar a las personas! ¡Vas a hacer que nos detengan!

Pero Elene siguió graznando.

Las semanas y los días pasaron en el campamento de Fiódor. Borislav respondía al duro entrenamiento sin quejarse, pese a que la estricta disciplina que imponía Oleg Vólkov iba más allá de lo convencional.

—Ivanov resuelve estos problemas más rápido que tú.

Las palabras del entrenador sonaron crueles en la cabeza de su pupilo, yendo de neurona en neurona en un bucle infinito de esfuerzo, dolor y humillación.

—Puede ser —concedió—. Pero yo soy más preciso.

La bravata no hacía justicia con el talentoso Iván Ivanov, pero a Borislav le iba bien darse una dosis de autoestima. Para su sorpresa, Vólkov no le discutió el comentario. «¿Significa esto que está de acuerdo?». Nadie conocía tan bien como él a Ivanov y, tratándose de un *top30* mundial, era señal de que tenía en alta estima su ajedrez.

—¿Qué me falta? —le preguntó.

—Un poco más de dureza, aún te afectan las emociones —dijo Vólkov, golpeando el suelo con su bastón.

—¿Por qué lo dices?

—Porque por las noches te oigo llorar en tu cuarto.

—*Je t'aime...*

—Yo tampoco —se sinceró Elene, escondiendo la cabeza bajo la sábana.

En su cabeza, Gainsbourg, pero ni ella era Jane Birkin ni aquello podía darse a conocer. Se sentía como una niña con sus amigas en un colegio de monjas escuchando esa canción prohibida, en éxtasis. Le suplicó, los ojos fuertemente cerrados y escondida, que entrase en ella una vez más.

Los brazos poco musculados de «Richelieu» la volvían loca, por no decir del torso desnudo del caballero. Se creía dueño de un corazón solitario y ponía voz de estar en otra galaxia, para volver a ella y hacerle conocer lo que era danzar entre las llamas de la pasión. Tanto la llevaba a un rincón en el que quejarse tímidamente como arrancaba de ella gritos de furor uterino, poniéndola del derecho y del revés con vistas a los Campos Elíseos. «Richelieu» le estaba dando todo, por arriba y por abajo, por delante y por detrás, pero Elene quería más. Se dio cuenta de que aquella noche, en esa cama, estaba construyendo una civilización incivilizada de la que no habría vuelta atrás. Conforme él se llevaba su aliento comprendió que solo se puede bailar en brazos de otra persona.

Elene derramó lágrimas que le venían muy de dentro, porque allí podía comenzar una nueva vida, deshacerse de toda moderación, entregar el alma a Dionisos, para siempre. Agarrada al miembro viril de «Richelieu» pensaba cosas ardientes de las que arrepentirse *a posteriori*, mas no le importó.

—¿Puedo atarte las manos?

La propuesta de Elene tomó por sorpresa a su amante, quien torció los labios en señal de asentimiento.

—Por delante, no. En la nuca —especificó ella—. Pero primero los ojos.

«Richelieu» se dejó hacer. La noche era propicia para juegos de adultos; solo se oían su respiración profunda, el corazón a punto de salírsele del pecho y una risita nerviosa que ella trataba de ahogar. A continuación, Elene fue a buscar algo de su bolso, el pequeño complemento ideal, en piel negra de vacuno, para toda dama que desease quedar bien en el París de principios de siglo.

—Me gusta cuando os ponéis juguetonas...

Elene se sentó a horcajadas sobre «Richelieu». Estaban los dos completamente desnudos, pero ella empuñaba unas tijeras muy afiladas, que comenzó a deslizar a lo largo de su pecho. Como estaban frías, sintió su contacto como una repentina tormenta llegada del invierno. Pidió a Elene que parase porque notaba incomodidad, pero la sonrisa de la joven era mejor arma.

—No te muevas —le dijo—. No respires. No hables.

Siguió jugando con las tijeras, apretando con un poquito de fuerza en la piel del cuello, bajándolas por la parte roma hasta el vientre, haciendo ruido al abrirlas y cerrarlas en el aire. De pronto, atrapó el pene de «Richelieu» con ellas.

—¿Te das cuenta de cómo cambia la vida en un decir «jaque»? —le susurró, acercando sus labios al oído del caballero.

—Ela, esto no me gusta...

Si le hubiese quitado la venda de los ojos, si le hubiese dado la oportunidad de disculparse por todas las mujeres a las que había seducido antes que a ella... pero no lo hizo. Apretó. Apretó un poco más...

Borislav apuró cada hora de entrenamiento, consciente de que trabajar con Vólkov era un privilegio que no podía ser desdeñado. Habían pasado varios meses, que le resultaron de enorme provecho. Era mucho mejor ajedrecista que antes, lo que compensaba de sobra el esfuerzo invertido. En su cuarto, antes de apagar la luz veía un rato de televisión, familiarizándose con el castellano, una lengua que no le pareció muy alejada del ruso. Aprovechaba los ratos libres, que no eran muchos, para hacer un curso online de la lengua de Cervantes y, aunque no tenía con quién practicar, sus progresos eran constantes.

—¿Crees que Lana piensa en mí? —La pregunta iba dirigida a su madre. Sostenía la foto, que de tan amarillenta picaba en las yemas de los dedos, formando un cuenco para cobijarla.

Hizo la maleta. Descorrió las cortinas. Se despidió de Barcelona, con vistas al mar.

A la mañana siguiente, Fiódor Vasíliev, Oleg Vólkov y Borislav Miroshnychenko madrugaron, desayunaron, apagaron la luz del pasillo y salieron en dirección al aeropuerto con la intención de no volver jamás a la ciudad que les había servido de campo de entrenamiento.

—¿Eres consciente de lo que estás haciendo?

El recibimiento de Yelizabeta Karseladze, como si se hubiese pasado la noche merodeando en los alrededores de sus intimidades, agitó sus pequeños demonios. Había escapado dulcemente de la habitación de «Richelieu», a sabiendas de que no volverían a verse, de modo que no le parecía justo que su entrenadora se lo echase en cara. Bastante tenía con su conciencia.

«No es culpa mía, ha sido París» —se dijo a sí misma una hora después, mientras se quitaba las botas de caña alta. Tenía el pensamiento rebosante de Pável, picando sus sienes como una avispa que no se cansa de molestar—. «No es necesario decir que soy un desastre de persona».

Entonces vio una pequeña luz en la oscuridad. Era la pantalla de su teléfono móvil, en la que, para añadir más confusión a su convulso corazón, se leía un mensaje de Pável: «89-72, y solo pienso en ti».

El resto del torneo fue rodado, Elene era capaz de abstraerse de la presión durante las partidas. Su fama en el mundillo se acrecentó, todos respetaban su juego. Era, en el día a día, que se rompía.

15

El éxito y la derrota

> Un mal plan es mejor que no tener ningún plan.
>
> Frank Marshall (1877-1944), campeón de Estados Unidos de 1909 a 1935, apodado el Pequeño Mariscal

Cuando su vuelo con destino a Chengdú aterrizó en tierra china, Borislav Miroshnychenko se preguntó si, a los veintiún años, había llegado el momento de escribir su nombre en letras de oro en la historia del ajedrez. La hermosa ciudad, en el corazón de la provincia de Sichuan, combinaba el don de ser bendecida por la naturaleza con una fuerte vocación por la cultura. De hecho, los turistas la visitaban para ver los osos panda y para disfrutar de su fabulosa gastronomía.

Según una antigua leyenda, para Chengdú, que fue construida en el año 310, el arquitecto principal, Zhang Yi, se inspiró en las rayas de una tortuga a fin de delimitar sus fronteras. De ahí que entre los locales se la conociese como la Ciudad Tortuga. Los cerca de diez millones de habitantes de la metrópolis eran conocedores de esta historia, que se reflejaba en mil representaciones artísticas a lo largo de la llanura que ocupaba la ciudad.

—Se juega como se entrena —dijo Vólkov mientras disfrutaban de un delicioso *hot pot* en un restaurante Perla Negra del centro de Chengdú.

Borislav Miroshnychenko tenía sus propios matices a esta afirmación. Dejó que el silencio se extendiese, mojó los palillos y una pieza de verdura en la salsa picante, carraspeó.

—A veces, la gente viene y me dice: «Oye, te he visto jugar en tal o cual torneo y se te escapó un truco táctico». Y yo me veo obligado a responderles que no es preocupante porque cuando juegas cometes más errores y más variados que en los entrenamientos.

Fiódor buscó reacciones al comentario en la cara del entrenador, mas Vólkov permaneció impávido, como una estatua de hierro, y dijo:

—Eso pasa porque en el tablero no hay luces de neón que te avisen cuando vas a equivocarte. Afortunadamente, la torpeza se puede entrenar hasta casi erradicarla.

—«Afortunadamente» —subrayó Fiódor—. Me alegra que todos estemos trabajando en reducir ese sufrimiento indecible.

Así estaban las cosas en el equipo, que la primera ronda daría comienzo seis días después y, por supuesto, la comida fuertemente especiada había sido sustituida en la dieta de Borislav por alimentos convencionales occidentales. Le habría encantado seguir deleitando el estómago con la apasionante gastronomía local, pero aceptaba que, como deportista de élite que era, los cambios en la alimentación solo podía hacerlos fuera de la temporada de competición. Pocas cosas son más molestas en el tablero que el reflujo gástrico, por lo que se conformó con ese día de fiesta del sabor.

—Tienes que ir a cuchillo desde la primera jugada de la primera partida, sin escatimar esfuerzos.

—¿No lo pagaré al final?

—Si te piensas que vas a pasar las eliminatorias yendo a medio gas, vale más que hagamos las maletas y le ahorremos el hotel al señor Vasíliev —argumentó Vólkov—. Odia a tu rival, es tu enemigo.

—A lo mejor mis rivales y yo tenemos cosas en común...

Fiódor Vasíliev y Oleg Vólkov se intercambiaron una mirada lobuna.

—Tu rival solo tiene una idea en la cabeza: destruirte. Destruirte y pasar de ronda. Quiere aplastar tus sueños de ser campeón del mundo. Ambiciona quedarse lo que ha de ser tuyo y está dispuesto a pasar por encima de tu cadáver si es preciso.

—He visto en un vídeo que el uno por ciento de la población mundial es psicópata —comentó Borislav; en parte para desviar la conversación, en parte para quitar hierro a la conversación.

—Demasiado pocos —saltó Fiódor—. Yo creo que hay muchos más.

—¿A qué te refieres?

—A que depende de dónde pongas el umbral. ¿Qué es un psicópata? Pues lo mismo que preguntarse qué es un diabético. ¿Hay una línea exacta que delimite lo que es un exceso de glucosa en sangre? ¿Exacta, exacta? Pues lo mismo con la psicopatía.

—Hay mucha ciencia en lo que dices —reflexionó Oleg Vólkov.

Borislav dio buena cuenta de los fideos de arroz, tras exponerlos breves instantes a la salsa picante. Sopló para no quemarse. Cerró los ojos, llenándose las pupilas gustativas del sabor de Chengdú.

—Entonces ¿quieres decir que hay un montón de gente fantaseando fechorías en una nebulosa, cerca de la línea roja...?

—Quiero decir que hay muchos a los que no les pillan —puntualizó Fiódor—. Son más listos que la policía.

—Pues si yo fuera un psicópata y tuviese las herramientas sociales necesarias, no me dedicaría al ajedrez. Lo intentaría con la política, que es donde está el dinero. Asumiría los riesgos a costa de los demás: «Si pierdo, paga por mí». Si las reglas morales son... flexibles... resulta fácil salir bien de los embrollos —consideró Borislav, dando cuenta de una deliciosa pieza de carne.

Elene daba vueltas a la cabeza en su cuarto. Seguía viviendo en casa de sus padres porque giraba jugando torneos y no le salía a cuenta vivir sola. Además le iba muy bien tener un entorno confiable en el que ser ella misma, donde reencontrarse con familia y amigas, donde contarle sus secretos a la rosa laevigata.

—En París hice algo que no debía.

Tenía las tijeras en la mano, con las que se ayudaba a podar hojas secas. El día estaba nublado, en su corazón arreciaba la lluvia, en los ojos llevaba la tormenta.

—Me guardas el secreto, ¿verdad? —volvió a decir—. ¿Por qué las personas somos tan complicadas? Tú estás aquí, quieta, ves los días pasar y no te estresas... Supongo que por eso me fascina tanto la muerte, porque es una manera de estar en la tierra sin tener que moverse. El cuerpo en la caja es precioso, inalterable ante las preocupaciones. Como tú. ¿A qué crees que huele un muerto? Yo creo que los cuerpos huelen a más de veinte metros, y que el olor es tan penetrante que se te queda hasta después de comer.

Se alzó, satisfecha con la poda. Se puso con su pose habitual, con un brazo estirado y el otro en jarras, imaginó gusanitos moviéndose sobre su cuerpo, devorándola poquito a poquito. Elene tomó tiernamente un pétalo de rosa y lo besó, consciente de que tanta belleza no tardaría en marchitarse.

Fiódor no conseguía experimentar alegría ni felicidad por mucho que sus inversiones fuesen bien. En su corazón seguía habitando una rabia innata que no hacía más que crecer o, cuando no, cambiar de forma, pero que nunca desaparecía. Le pasaba igual en el sexo: se empleaba con dureza con las mujeres, pues solo encontraba estímulos en dominarlas, tras lo cual perdía el interés en ellas. Le gustaba especialmente hacerlo con mujeres casadas, a las que solía cegar paseándose en un coche caro y vistiendo como un ejecutivo. Cuando fanfarroneaba en los bares de copas se refería a ellas como «indias a las que engañar con baratijas», pues Fiódor, además de tener el corazón sombrío, era racista. ¿Lo peor? Que le funcionaba.

Nadie, ni siquiera Borislav, sabía lo más mínimo de la vida privada de Fiódor. Jamás se le había conocido pareja y, mucho menos, de dónde sacaba el dinero. En eso mismo estaba pensando el joven ajedrecista ucraniano cuando, en la primera partida, Borislav forzó una repetición de jugadas, en lo que a la prensa especializada que cubría el evento le pareció un exceso de prudencia. La elección de apertura de su rival, el francés Gustave de Maupassant, resultó un tanto extraña, por lo predecible, ya que había empleado la misma línea contra el veterano Olaf Thorsteinn solo unos días atrás, por lo que Borislav estaba más que preparado para castigar su juego.

—¿Por qué no te lanzaste a por su enroque en el medio juego? —Oleg Vólkov analizaba la victoria con su pupilo en la habitación del hotel, intrigado porque este había eludido meterse en complicaciones tácticas que conducían a un desenlace favorable rápido—. ¿Tenías miedo?

—Tenía ruido en la cabeza...

—Jugando así no avanzarás muchas rondas. —Entonces se dirigió a Fiódor, que estaba leyendo el periódico en el sofá—. El chico malgasta energías, lo va a pagar.

Fiódor estaba disgustado. Mucho. No hizo el menor esfuerzo por ocultarlo.

—Slava, ¿quieres que vaya a por el cubo?

Borislav cogió la amenaza al vuelo. En la segunda partida consiguió una victoria convincente, pasando de ronda.

A Elene se le presentó la oportunidad de jugar un torneo en Estados Unidos. Por una parte, le iba a venir bien para intentar cosechar un puñado de puntos de Elo; por otro lado, le iría de perlas para visitar a Pável y poner en orden su relación.

Como le gustaba mucho tomar aviones, había estado haciendo un curso de piloto de avionetas, ya que había acabado la doble licenciatura y se aburría. Esto lo complementaba con un par de horas diarias jugando a un simulador de vuelo, para desconcierto de su entrenadora, quien se tiraba de los pelos con la actitud de su alumna. Le había dejado claro, por activa y por pasiva, que los estudios universitarios eran un obstáculo. «¡Y la niñata, a falta de estudiar una carrera, se apuntó a un doble grado!». Entonces, cuando por fin podían lanzarse al asalto del título mundial, la gran idea de Elene Isakadze fue sacarse el curso de piloto de avionetas. Por eso le alegró sobremanera la posibilidad de jugar en Estados Unidos, manteniéndola a salvo de distracciones.

La quinta ronda de la Copa del Mundo supuso un punto de inflexión en la competición y también en su carrera. Le tocó jugar con un rival rankeado en el *top100* (en concreto, el noventa y tres del mundo), lo que ya eran palabras mayores. Si se miraba el Elo, sus 2.510 palidecían ante los 2.620 de Kostas Papadimitriou, por lo que el resultado esperable era que Borislav y su equipo tuviesen que hacer las maletas.

El griego era un hombre muy apuesto, recordaba a un héroe homérico, imponía, en el mejor sentido de la palabra. Lucía rasgos incontestablemente griegos, entre los que destacaba una nariz recta que había enamorado a las mujeres chinas que iban a verle jugar. Tenía don de gentes, caía bien a las primeras de cambio, su buena apariencia se veía correspondida con un temperamento agradable.

—Kostas —se presentó antes de estrechar la mano de Borislav en la primera partida del *match*—. Te vi jugar ayer. Estuviste impresionante.

Si se hubiese tratado de alguien como Fiódor, Borislav habría interpretado que la amabilidad del griego era una impostura «para caerle bien» y debilitar así sus defensas emocionales de cara a la partida, una estratagema perversa. Sin embargo, aunque existen individuos así, el griego no era uno de esos. Todo lo contrario, la admiración era sincera. Kostas Papadimitriou, en verdad, era un caballero del tablero. Lo normal, tratándose de un ajedrecista profesional.

Fiódor era ajeno a las virtudes del griego. Se frotaba las manos ante la perspectiva de que su inversión diese un golpe en la mesa, clasificándose para la sexta ronda. Si Borislav sumaba su quinta víctima llamaría la atención de los periodistas, un intangible sumamente valioso pues le haría más atractivo para los organizadores de los mejores torneos. «A veces no pesa tanto la calidad como la popularidad», sopesó, en la esperanza de que se les diese el resultado favorable y así les lloviesen las invitaciones. Esto contribuiría en gran medida a aliviar sus gastos, a reducir el coste/riesgo de la inversión.

La partida fue un Gambito de Dama que discurrió por los cauces habituales hasta que una imprecisión en el flanco de rey proporcionó una ligera ventaja a Borislav, quien conducía las blancas. El ajedrecista griego se había dejado llevar por un exceso de optimismo, lanzando uno de los peones de su enroque contra la posición del rey contrario, causándose a sí mismo debilidades. Borislav mantuvo la calma, frenó el ataque, fue cambiando piezas hasta llegar a un final en el que el monarca negro tenía que cubrir demasiados frentes, habiendo de optar entre reforzar el flanco de dama o defender el peón valiente. Jugó muy al estilo ruso, dando mil vueltas hasta que la imprecisión negra se convirtió en ventaja decisiva, imponiéndose en el final.

Ambos habían luchado como gladiadores en el tablero, batiéndose ante el público presente y millones de internautas con gran deportividad. Le vino a la mente el célebre lema de la Federación Internacional: «*Gens una sumus*».* Sintió por primera vez el calor y el orgullo de pertenecer a una familia. Era decididamente su lugar en el mundo, y estaba en estado de gracia. Jugó la segunda partida con la tranquilidad de que tenía margen de error; el griego, por contra, tuvo que forzar, inmolándose. Borislav avanzaba de nuevo en la Copa del Mundo.

Elene pactó con Yelizabeta Karseladze tres días de moratoria. A la entrenadora georgiana no le hacía la menor ilusión que su pupila deambulase sola por los aeropuertos norteamericanos, pero era el precio que debía pagar para tenerla contenta y que lo diera todo en el torneo. Según sus cálculos estaba a tiempo de ganarse una plaza en el Torneo de Candidatos. No era tarea fácil, pero se habían estado preparando desde que se conocieron en el Palacio del Ajedrez. ¿Qué quedaba de aque-

* «Somos una familia» en latín.

lla niña que se subía a los tanques que habían tomado la ciudad? Aquel había sido un invierno duro, con muertos en las calles. Habiendo pasado por tanto, ¿por qué temerle ahora a un puñado de partidas de ajedrez?

Cuando llegó al aeropuerto de Boston, la joven ajedrecista se sintió en la ciudad más bonita del mundo, estudiantil, verde y sede del MIT, el sueño hecho realidad de cualquier persona joven con aspiraciones. Ella vestía de negro riguroso, con mangas ribeteadas en violeta, cinta al pelo, zapatos de charol y minifalda de escándalo, para que el mundo tuviese constancia de sus muslos de mármol hecho carne.

Los cuartos de final de la Copa del Mundo fueron un hervidero de periodistas buscando declaraciones en exclusiva de los protagonistas. En especial, de Borislav Miroshnychenko, que acababa de dar la campanada clasificándose para las semifinales. Entre todos, el gato al agua se lo llevó Juancho Martín, quien tenía merecida fama de hacer las mejores crónicas. Los ojos del reportero español ponderaban con ardiente entusiasmo las cualidades humanas de los talentos del ajedrez. Se le traslucía el alma en la mirada y, siendo que había perdido el cabello en su juventud, aquel hombretón recio, vasco para más señas, conciliaba en su persona el afecto y la admiración de la comunidad ajedrecística internacional. A esto se sumaban su alto entendimiento del juego y un marcado sentido de la ética.

—Nadie, salvo su entrenador y usted, supongo, esperaba que un jugador por debajo de los 2.600 llegase tan lejos. ¿Cómo vislumbra la eliminatoria de mañana?

—Aún no han salido los emparejamientos, no sé quién será mi rival —respondió Borislav, bajo la atenta mirada de Fiódor, que se encontraba a solo unos metros del set dispuesto para las entrevistas, con vistas a un precioso jardín de hibiscus—. Pero me da igual, sea quien sea será un tipo duro. No tengo preferencias. Bueno, miento. Me gustaría que fuese Axel Hansen. No estaría del todo mal que un desconocido como yo tumbase al campeón mundial, ¿verdad?

—Ya lo ven —dijo Juancho Martín mirando directamente a cámara—. La estrella emergente del torneo lanza un desafío al número uno mundial.

—Tengo mis límites —precisó—. Pero no en el ajedrez.

Entonces, echando una ojeada a un monitor que estaba a su derecha, el periodista anunció:

—Acaban de salir los emparejamientos. O'Connor.

—¿Nigel O'Connor?

Borislav sentía admiración por él. No ya porque fuese un destacado integrante del *top10* mundial, sino por la belleza de su fino juego táctico.

—Va a ser interesante —se pronunció—. Solo puedo asegurarle eso, Martín. Va a ser de lo más interesante.

Elene Isakadze y Pável Beterbiev se encontraron en la salida para los jugadores del Boston Garden. La joven georgiana se había presentado allí sin avisar, informando a los celadores que era familia de una de las estrellas del equipo y, como suele pasar en estos casos, su sorpresa fue mayúscula al sorprender a su novio de la mano de una rubia explosiva, posiblemente una animadora del equipo.

—¿Pável?

La tensión se apoderó de aquellos jóvenes que festejaban una victoria sobre el equipo de Chicago. Las bromas, las risas, las palabras gruesas… quedaron opacadas por un manto de silencio.

—Vaya, esta va a ser una noche desgraciada —lamentó delante de todo el equipo.

Pável no supo qué decir. Su situación era como la del joven al que regalan un reluciente Corvette y aún no tiene el permiso de conducir. La rubia tampoco sabía a qué venía eso, pero lo intuyó.

—¿Lo hablamos en un sitio más discreto?

Pável y Elene se retiraron al vestuario de los árbitros, que llevaba un buen rato desocupado. Cerraron con el pestillo una vez que estuvieron dentro. El mundo quedaba fuera; su amor, confinado.

—¿Cómo se llama?

—Chris…

—Es un nombre bonito —le dijo Elene.

La apariencia de superficialidad era uno de sus trucos favoritos cuando se trataba de temas esenciales, porque hacer frente a las continuas dificultades era su profesión y algún espacio debía preservar para sí misma.

Pável se llevó las manos a la cara, visiblemente avergonzado.

—Lo siento, Ela. Estaba tan solo… Chris… estaba ahí —sollozó—. Ya sabes, una cosa lleva a la otra…

—¿Eres feliz?

El baloncestista no supo qué contestar. Si la respuesta era un «sí», estaría estableciendo una horrible comparación; si la respuesta era un «no», significaría que sus años de relación valían menos que nada. Se mordió las pupilas gustativas. La saliva humedeció su lengua, inundándola, llenándola de palabras nuevas.

—Con lo bien que se me da meter canastas... Pero aún no he podido ganarte una discusión.

—Pensaba que algún día tendríamos una casa, en la que viviríamos juntos, en el campo. —La ensoñación de Elene llegó como copos de nieve que van formando capas sobre la hierba—. ¿Ves a los pequeños «Cara de Ogro» correteando? ¡Qué felices son, Pável, porque se saben queridos! ¡Cómo me alegro por ellos porque, ahora que no van a existir, no tendré miedo de que se mueran en mis brazos!

Pável Beterbiev rompió a llorar, pues su cabeza le decía que había cambiado la felicidad por el deseo, el peor negocio que existe. Le temblaban las manos, así no podía encestar canastas. La estrella del deporte se había consumido, solo quedaba el hombre, y no era gran cosa.

Elene se abrazó a Pável. El cariño que sentía por él no se iba a extinguir jamás, menos aún por un asunto de faldas.

—Siempre vas a ser mi mejor amigo, capitán Cara de Ogro. Yo también tengo cosas que contarte... Y no sé si serás capaz de perdonarme.

La primera partida del encuentro de cuartos de final fue insulsa, unas tablas rápidas sin mayor historia, porque ninguno quiso arriesgar. Sin embargo, la segunda partida con el inglés Nigel O'Connor fue una delicia del juego estratégico. El británico hizo gala de su mejor ajedrez, transformando una Española del Cambio en un torbellino táctico merced a su afinado control de las casillas débiles de Borislav. El ucraniano estuvo varias veces a punto de morder el polvo, la delgada línea entre caer derrotado o sobrevivir un movimiento más se iba estrechando.

«No puedo equivocarme en el cálculo. Estoy demasiado cerca como para fallar ahora», se dijo, a medida que los fantasmas tomaban cuerpo. Hubo varios momentos en los que le pareció que las piezas bailaban en el tablero, que no podría evitar hacer otra imprecisión más. Entonces se acordó de aquella vez en la que Fiódor le metió la cabeza en el cubo de agua. «No se trata de cuánto calcules; se trata de cómo aguantas la presión».

Revivir la angustia suele tener efectos catastróficos, pero le habían doblegado tanto el espíritu que aquello le sirvió para liberarse. Permitió que el juego siguiese su curso, sin oponerse a las singularidades de la posición. El paso de la estrategia a la fase táctica había sido disruptivo, pero no dejaba de ser una consecuencia lógica de un plan preconcebido. «Muy bien, señor O'Connor. Ahora es mi turno. Veamos cómo te desenvuelves en el final». Superados los desafíos tácticos, Borislav propuso un intercambio masivo de piezas en el que su rival no pudo evitar meterse. Llegaron a un final de torres y, ante la técnica perfeccionada en el estricto entrenamiento del ucraniano con su entrenador, el irlandés se vio desarbolado.

Elene finalizó con éxito la gira americana. Como había obtenido la victoria en Boston, se animó a jugar dos torneos más, prácticamente seguidos, en la Costa Este. A su entrenadora no se le escapó que algo había cambiado, y para bien, en la vida de su pupila, algo determinante, pero se abstuvo de indagar: fuera lo que fuese le estaba dando un nuevo impulso a su carrera.

La semifinal de la Copa del Mundo tuvo un desenlace inesperado para Borislav Miroshnychenko: su rival, la italiana Valentina Stella, la otra sorpresa del torneo, tuvo que ausentarse a mitad de la primera partida... porque estaba embarazada y el parto se le había adelantado. Había pasado mala noche y tenía pactado con su entrenador que, si las cosas se ponían urgentes, cogía un taxi y se iba al hospital, aunque estuviese el título en juego.

Oleg Vólkov golpeó repetidamente el suelo con su bastón desde la sala de entrenadores: el monitor central anunciaba en letras mayúsculas que su pupilo se acababa de clasificar para la final de la Copa del Mundo.

El viaje de regreso a Tiflis alegró infinitamente el corazón de Elene. Sus padres entendieron de inmediato que las cosas no estaban bien con Pável. Eso les llenó de pena, porque le querían como a un hijo, mas sabían de sobra que el corazón de Elene tenía sus propios designios y que la felicidad, tan esquiva, no siempre se encaprichaba de sus ojos de lechuza.

Oleg Vólkov y Borislav Miroshnychenko se pasaron toda la tarde y parte de la noche preparando intensamente la partida contra el campeón del mundo. Iba a ser la primera vez que se midiese con Axel Hansen, la que daría la medida de sus chances de arrebatarle la corona en el medio plazo.

—Mírale, acostúmbrate a su presencia —le recomendó Vólkov en el comedor cuando cenaron.

Borislav obedeció a su entrenador, siguiendo con la mirada al que iba a ser su rival. Hansen tenía buena presencia, con una figura atlética que delataba su magnífica preparación física.

—Parece un dios nórdico —le dijo a su entrenador.

—Pues tú vas a ser un gigante, un jotun de fuerza humana. Vas a comerte su corazón.

Se hacía difícil discernir hasta qué punto las palabras de Vólkov no eran literales, dada la seriedad del entrenador ruso. No obstante, la mandíbula cuadrada del campeón mundial daba fe de su carácter ganador. Su pelo revuelto se veía ingobernable, poderoso, digno de ser venerado en los atrios del Valhalla.

En cuanto a Fiódor Vasíliev, ambicionaba ser alguien en el mundo del juego-ciencia. No le bastaba fundar una escuela. Tampoco que su alumno estrella llegase a gran maestro. Ni la victoria en torneos de prestigio. Necesitaba que Borislav destrozase al noruego. O al menos que se adjudicase la Copa del Mundo. «Que diga ante las cámaras: "Lo he conseguido gracias a mi mentor, Fiódor Vasíliev"». Solo así estaría en paz con Caissa, y esta volvería a hablarle.

Pero una cosa son los deseos de las personas y otra, la realidad. Axel Hansen se deshizo de Borislav con relativa facilidad. Era sin duda más fuerte que él en el medio juego y en los finales. Le trató como a un niño, jugando una línea secundaria en las dos partidas, renunciando a sacar ventaja de la apertura a cambio de tener una posición de igualdad, y le apretó en las dos siguientes fases del juego. Borislav se quería morir: le habían sacado del Cielo cuando estaba a punto de entrar; Vólkov se sentía frustrado; Fiódor quería estrangularles a todos, especialmente a Hansen.

Juancho Martín, que se encontraba cubriendo un torneo en Albuquerque, no perdía ocasión de llamar por teléfono a Marta, su esposa. Llevaban más de medio siglo juntos y, aunque él viajaba por el mundo con mucha frecuencia, no pasaba un día sin que la llamase. Era, más que una mujer, una representación viviente de todo lo que él amaba y, a su vez, se sentía mal consigo mismo porque no estaba en casa para ella cuando lo necesitaba.

—Marta, ¿ha llegado el paquete que envié desde Moldavia?

—No, Juancho —le dijo su esposa.

—¡Vaya, a ver si voy a llegar yo antes desde Albuquerque! ¡Manda cojones, con las empresas de paquetería!

Las risas que se oyeron desde el otro lado del hilo telefónico fueron muy bien recibidas.

—Cariño, le estoy siguiendo la pista a algo realmente turbio...

—¡Juancho!

—No te preocupes, no estoy en peligro, no es como aquella vez que... —se contuvo, esa historia no se la había contado y no se trataba de hacerla sufrir.

—¡Juancho, que te conozco! ¡No te metas en líos!

—Tengo la mosca detrás de la oreja... ¿A ti no te parece

raro que cada vez que coincido con determinadas personas en un viaje… muera alguien por la zona?

—La gente se muere, Juancho.

—No me vengas con esas, me refiero a que matan a alguien.

Su esposa se calló de golpe, apenas se oía su respiración.

—¡Juancho, ven a casa! ¡Deja eso y ven a casa!

—Tranquila, no es aquí. Pero sospecho que pronto vamos a coincidir de nuevo.

16

El éxito y la derrota

> Veo en la lucha ajedrecística un modelo pasmosamente exacto de la vida humana, con su trajín diario, sus crisis y sus incesantes altibajos.
>
> GARRI KASPÁROV (1963),
> decimotercer campeón mundial de
> ajedrez, apodado el Ogro de Bakú

Escribió Juancho Martín para la prensa internacional:

El Torneo de Candidatos es la cita, excluido el Campeonato del Mundo, al que aspira todo ajedrecista que desee ser recordado. El que va a celebrarse a partir del lunes, 21 de febrero de 2005, en la populosa Buenos Aires, culmina cuatro

> años de espera, tiempo en el que las estrellas del juego-ciencia han afinado su repertorio de aperturas y sus defensas, preparando novedades que, seguro, van a provocarles sensaciones encontradas. Sus favoritos ¿demostrarán estar a la altura de la exigencia en la capital de Argentina o serán carne fresca para estos animales competitivos? De nada va a valerles salir reservones: solo puede ganar uno. De aquí saldrá el aspirante a disputarle la corona mundial a Axel Hansen, quien espera acontecimientos cómodamente sentado en el trono. Quedar segundo o ser octavo es dejar pasar un tren que, en el mejor de los casos, pasa una vez en la vida.

Faltaban cinco días para que diese comienzo el campeonato y la ciudad estaba agitada por la fiebre del ajedrez. No hay público más entusiasta que el argentino; la Federación Internacional había acertado con la sede del evento. El verano estaba comenzando a aflojar, aunque la mirada alegre a la vida seguía vistiendo de vivos colores la hermosa urbe hispanoamericana.

Las magníficas instalaciones de la Usina del Arte, en el barrio de La Boca, habían sido aprobadas por el enviado de la FIDE, quien estaba encantado con la fotogenia del edificio neorrenacentista en el que iban a jugar los ocho aspirantes. En verdad, había estado en condiciones de semiabandono durante bastante tiempo, pero el Gobierno argentino había tomado cartas en el asunto y se había comprometido a darle uso cultural justo antes de que diese comienzo la crisis de 2001. Al edificio, naturalmente, se le podían poner pegas, porque estaba por remodelar, pero precisamente iba a ser la gran cita del ajedrez lo que impulsaría el acometimiento decisivo del proyecto.

El primer aspirante en llegar al hotel Basquiat de Buenos Aires, un esplendoroso cinco estrellas donde se alojaron los jugadores y sede de la gala de inauguración del Candidatos, fue el armenio Arman Grigoryan, n.º 4 de la lista mundial, clasificado por su Elo. Había conseguido la plaza *in extremis*, obteniendo cinco puntos, que a la sazón fueron decisivos, una semana antes de que acabase el plazo que daba la FIDE. Viajó a Buenos Aires con un entrenador, el gran maestro también armenio Narek Khachatryan. Grigoryan era un hombre de gran estatura, pues rozaba los dos metros. Su aspecto externo era amable, su rostro alegre, tenía siempre la cara iluminada por una sonrisa. Era locuaz, aunque apreciaba los silencios. Era conocido en el circuito internacional por ser un hombre sencillo y muy simpático, que se esforzaba por ponerse en el lugar de sus rivales cuando les ganaba. Entre sus méritos figuraban una victoria en el Torneo de Linares, dos en Wijk aan Zee y otras dos en Hastings.

El segundo en llegar fue el suizo Dorian Weber, n.º 2 FIDE, acompañado por su asistente, el veterano gran maestro japonés Masashi Suzuki. Weber se había clasificado, como Grigoryan, por su Elo. Tenía un porte altivo, imagen que reforzaba con trajes caros. Se notaba en sus andares que confiaba plenamente en sus posibilidades, lo que había dado origen a roces con rivales no menos orgullosos. Su rostro se adornaba con un bigote fino, que le daba aspecto de mafioso. Iba patrocinado por una conocida marca de relojes, que esperaba seguir creciendo en ventas conforme el ajedrecista se iba adjudicando campeonatos. Era, a decir de sus detractores, «un tipo perfectamente olvidable».

Al día siguiente, según iban acreditándose más medios de

comunicación y los jugadores confirmaban su próxima llegada, la jefa de protocolo del Gobierno de Argentina se personó para dar la bienvenida al presidente de la nación. El presidente Marcos de la Mora era muy aficionado al ajedrez; además quería cerciorarse de que los preparativos seguían su curso en tiempo y forma, de que no habría sorpresas de última hora. Era una oportunidad excelente para mostrar al mundo que Argentina estaba solucionando sus problemas internos, que se podía confiar en su economía, que era un ecosistema atractivo para hacer inversiones. Los ojos del mundo estaban puestos en Buenos Aires, en el evento que decidiría el retador al campeón del mundo.

El siempre controvertido Darío Zaragoza fue el tercero en alojarse, y se presentó con su novia. Fue el único que prescindió de entrenador, confiando en las preparaciones que llevaba en su ordenador portátil y en los placeres de gozar la vida nocturna bonaerense. Se convirtió, para ser sinceros, en el centro de todas las miradas. Llegó como campeón del Torneo Interzonal de Madrid de la FIDE.

El ruso Maxim Kuznetsov llegó en cuarto lugar, acompañado por su entrenador desde la infancia, Danil Lebedev. El porte reservado de los rusos escondía dos corazones calientes, fervorosos estudiosos que habían consagrado sus vidas al análisis de las posiciones. Hablar con ellos era un placer para cualquier aficionado pues, una vez superada esa primera barrera de seriedad, demostraban ser personas muy cercanas. A primera vista recordaban a sendos osos polares, con andar pesado, poderoso. Sus voces sonaban graves, pero Kuznetsov era incapaz de negarle un autógrafo y una foto a cualquier aficionado, especialmente a los niños. Incluso después de una dura derrota.

El quinto en llegar al hotel fue el campeón del Interzonal de Zagreb, el moldavo Alexandru Munteanu, el más veterano de la competición a sus cuarenta y tres años. Le acompañaba un entrenador varios peldaños por debajo del nivel habitual en un Candidatos, un maestro FIDE, pero que conocía al dedillo las emociones de Munteanu. Este, en su estrategia de torneo, había primado la gestión de las emociones por encima de la tecnificación. Era un arma de doble filo: por una parte, perdía finura en las preparaciones; por otra, mantener un estado constante de calma reduciría mucho sus errores en el tablero. Munteanu era un hombre de corta estatura, rozando el enanismo, pero su maravilloso ajedrez combinativo le había hecho acreedor del corazón de la mayoría de los aficionados. Era curioso que una persona tan seria pudiese hacer felices a tantas personas.

Faltaban tres días para inaugurar el Candidatos y los aspirantes seguían llegando al hotel Basquiat. Cada vez que llegaba uno se alzaba un gran revuelo, comparable a cuando un trozo de pan cae en las inmediaciones de un hormiguero. En las proximidades del lugar se oían cánticos, con los que la afición celebraba a sus ídolos. Era un ambiente festivo, espectacular, fuera de toda medida, que los lugareños de más edad compararon con la legendaria eliminatoria en la que un joven Bobby Fischer ganó a Tigrán Petrosián por un contundente 6,5 a 2,5. Aquella locura, cuando el norteamericano fue celebrado como una estrella de rock, definía el ajedrez bonaerense.

Llegó en sexto lugar el campeón del Interzonal de São Paulo, Gabriel Pedro Pires de Azevedo, con el que pocos contaban para la cita, pues había pasado recientemente por un cáncer de colon que por fortuna había remitido. Una mano bondadosa de origen desconocido había hecho llegar a su familia una generosa donación, salvándole la vida. Era un atractivo hombre negro que aprendió a mover las piezas a una edad relativamente tardía, los doce años, y que se había criado en una favela. Se consideraba a sí mismo un «deportista de Dios», disciplinado, de estilo aguerrido, capaz de cálculos imposibles, consolidado en la élite. Le acompañaba el célebre entrenador chino Liu Jingyang.

El séptimo en llegar fue Borislav. Iba la delegación al completo, con Fiódor y Oleg Vólkov, marcando el paso con su bastón. Borislav estaba allí en calidad de finalista de la Copa del Mundo y, pese a ese gran logro, no figuraba ni de lejos entre los favoritos. En verdad la plaza correspondía al ganador pero, como el primero había sido el campeón mundial, pasaba automáticamente al finalista. La prensa especializada le auguraba un gran futuro, mas no un presente.

Y, a falta de solo un día para la inauguración, la octava persona en acaparar los focos con su llegada al hotel Basquiat no pudo ser otra más que Elene. Hizo su entrada caminando con la cabeza alta, como las modelos que había visto en su viaje a París, acompañada por su inseparable Yelizabeta Karseladze. Quería demostrar al mundo que estaba allí por méritos propios, pues había recibido invitación directa de la FIDE para incorporarse al grupo de candidatos. Tenía claro que su nivel de juego no era inferior al de ninguno de sus rivales varones pero ¿qué pensaban los demás? La respuesta le llegó al día siguiente.

La ceremonia de inauguración del Candidatos tuvo lugar en el salón principal del hotel. El espacio se componía de dos zonas preparadas para la ocasión. Una estaba en la parte oriental, junto a la salida de los ascensores, mientras que la otra estaba ubicada en la zona occidental, subdividida en dos: una pequeña extensión con un estrado, pantalla gigante y sillas; y la adyacente, a modo de pista de baile.

Juancho Martín fue de los primeros en acceder al salón. Recorrió cada metro cuadrado para familiarizarse con el lugar. Los invitados llegarían en breve y, si aprovechaba el tiempo, sacaría un buen puñado de entrevistas jugosas. Llevaba una pequeña libreta de anillas y un bolígrafo de marca, con el que elaboró un listado de posibles entrevistados en orden de importancia informativa. En ella figuraban, claro está, los ocho aspirantes, pero también había otros nombres, distribuidos en los márgenes de la hoja para tener un mapa mental del tipo de preguntas que formularía. Más importante era su entrevistado, más centrado, más próximo a la columna de ocho nombres; menos relevante, más esquinado. Así, entre otras cosas, se marcaba los tiempos y la extensión. Se miró en el techo espejado, del que colgaban espectaculares lámparas de araña con lágrimas: el traje le sentaba muy bien.

—La geometría del salón cambia a medida que se va llenando. Los jugadores y sus segundos forman una suerte de estrella de ocho puntas, no se pierden ojo unos a otros desde la semidistancia —compartió la confidencia con el pequeño círculo de colegas de profesión que se había formado a su alrededor—. ¿Siempre fue así en tus tiempos, Nihal?

Se dirigía al veteranísimo ex número tres mundial Nihal Kumar, de la India, que se había acercado a saludar. Era conocido por tener un afilado sentido del humor, de alta categoría, forjado a lo largo de una vida en la que había tratado con muchas gentes. Se rascó el mentón, frunció el entrecejo, les ofreció una bonita sonrisa.

—Moshe Friedman habría dicho que juntarlos es una aberración —señaló, en referencia al genio judío, que había sido asesinado por los nazis en Auschwitz-Birkenau. Se le escapó una sonrisa en su memoria, pues habían disfrutado de buenas conversaciones en incontables ocasiones—. Era partidario de mantener las distancias los días antes de la competición. En su opinión, la concentración de meses de trabajo podía quedar condicionada, ¿me explico?

—Tú siempre te explicas bien —concedió Martín.

El fotógrafo del torneo, un joven con los brazos tatuados que concitaba las miradas de las damas presentes, se movía como pez en el agua. Era alto y espigado, poseía una mirada penetrante, voz de *speaker*, porte atlético. Stev exhibía modales de auténtico caballero («Las mujeres, siempre primero» era su lema); sus fotos tenían un sello personal que las hacía inconfundibles, con un leve giro a la izquierda en los retratos. Nadie habría dicho a primera vista que era un experto en combates de artes marciales mixtas, porque no tenía el rostro marcado; todos en el mundillo, sin excepción, deseaban salir en sus fotos.

Ya con el salón algo más concurrido, conectaron los altavoces e invitaron a los presentes a tomar asiento para que diesen comienzo los discursos de las autoridades.

A Elene le parecía sorprendente estar ahí sentada, en primera fila, siendo una más de los aspirantes al Candidatos. Se había imaginado a sí misma en esa situación en infinidad de ocasiones, pero una cosa era imaginarlo y otra, experimentarlo. «¡Qué guapos están todos, vestidos de gala! ¡Qué pena que tengan que morir!», pensó.

El primero en hablar, con un vídeo de fondo en la pantalla, fue el presidente de la FIDE, el galés Charles Evans. Lo hizo con voz profunda, muy protocolario, sin extenderse demasiado, lo que todos los asistentes agradecieron con una estruendosa ronda de aplausos. «Bien —reflexionó Juancho Martín—. Mucho mejor que la tortura a la que nos sometió en el pasado Candidatos».

A continuación hablaron las autoridades locales, comenzando por el presidente De la Mora. Enfatizó el aspecto intercultural del ajedrez, la cualidad del juego-ciencia de que personas de ideas confrontadas discutiesen en paz mirándose a los ojos. Tampoco abusó de la paciencia del auditorio, una excepcionalidad que fue muy apreciada por los invitados centroeuropeos, acostumbrados a cuadricular los discursos. Esto le hizo acreedor de una ovación cerrada, vigorosa, podría decirse que enfervorizada.

Una presentadora dio paso a la responsable de ajedrez educativo de la FIDE, quien fue la encargada de anunciar los planes de la federación para el África negra. Se trataba de una propuesta ambiciosa, cuya intención era alejar a los más pequeños del analfabetismo, pero lo cierto es que, con la excusa de impartir clases en las escuelas, la junta de la FIDE había conseguido el patrocinio de una entidad bancaria, ampliando a la formación intelectual la lucha contra la desnutrición infantil. Era sin duda la más importante de todas las actuaciones federativas.

Las presentaciones finalizaron con unas breves palabras

de los ocho gladiadores. Darío Zaragoza, fiel a su naturaleza, aprovechó para lanzar una pulla al campeón del mundo, de quien se decía que llevaba un tiempo poco enfocado en el ajedrez.

—Disfruta de tus últimos días con corona, Axel. Aquí hay un español que viene a cortarte la cabeza. —Los murmullos de desaprobación se elevaron hasta el estrado—. En sentido figurado, claro. Campeón. Majo.

Hubo una actuación musical para dar luz verde a la apertura del baile, el momento que todos esperaban. En aquella galaxia del talento y del poderío federativo se imponía la belleza de las invitadas, espectaculares vestidas con lentejuelas. Ellos, a excepción del ínclito Zaragoza, bailaron con la esperanza de no quedar en evidencia, mezclándose invitados con federativos, políticos y periodistas, formando una amalgama de tonos brillantes y opacos, risueños y serios, atrevidos y discretos.

—¿Habéis visto? Los candidatos ya se han ido, menos uno —observó Juancho Martín.

—Alguien tendrá que informarle de que no hay más *caipirinha* en este bar —dijo el mordaz Nihal Kumar—. ¿Os parece que ha venido a competir?

La primera ronda de juego fue de tanteo, con los candidatos jugando aperturas tranquilas, alejados del bullicio de las posiciones tácticas. Lo más reseñable fue la americana de Darío Zaragoza, de un rojo carmín que se veía desde España, por no hablar de su llegada a la Usina del Arte. Se había bajado del taxi, melena al viento, echando miradas al horizonte desde sus gafas de sol con cristales de espejo, desatando el fervor de la fanaticada argentina. La policía tuvo que intervenir para evitar un altercado de orden público, lo que contribuyó a inflarle aún más el ego. La segunda ronda tampoco destacó por las emociones que se vivieron en los tableros, pues se firmaron cuatro tablas sin lucha en los cuatro tableros.

—*Decíme*, Juancho. ¿*Vos creés* que vamos a tener el Candidatos más triste de la historia?

El presidente De la Mora estaba francamente decepcionado: las altas expectativas que había generado el torneo no se correspondían con el pacifismo que estaban mostrando los jugadores. Juancho Martín le puso la mano en el hombro, se conocían desde que el político había iniciado su carrera en las Cortes argentinas.

—Esta paz es un espejismo, Marcos. Son tiburones. A la que huelan sangre se lanzarán a dentelladas —le tranquilizó—. Conforme el torneo avance irá quedando menos espacio entre paredes, sentirán la angustia de tener que ganar partidas, se les irá acabando el oxígeno. Ahí va a aflorar la tensión. Créeme, el torneo va a finalizar por todo lo alto, vais a copar las portadas de la prensa internacional. La tercera ronda, así como la cuarta, siguió la misma tónica. Se franqueó el ecuador del torneo en la quinta ronda con dos partidas decididas: Maxim Kuznetsov y Dorian Weber se impusieron respectivamente a Alexandru Munteanu y a Gabriel Pedro Pires de Azevedo. La clasificación quedó encabezada por Kuznetsov y Weber (3 p.), seguidos de cerca por Grigoryan, Borislav Miroshnychenko, Zaragoza y Elene Isakadze (2,5 p.). Quedaron descolgados de la lucha por la cabeza Munteanu y Pires (2 p.).

El sexto día fue de descanso, tal como se había estipulado en las bases. Habría también un descanso previo a la novena y última ronda. Por la noche, los ases del tablero se dieron cita en la sala de juegos del Basquiat. Viéndolos conversar mientras echaban unos billares haría pensar en un grupo de amigos de vacaciones.

—¿Puedo jugar?

Elene se acercó a Arman Grigoryan con una manzana en la mano, que el portentoso armenio aceptó de buen grado.

—Pensaba que erais unos estirados... —añadió la joven—. ¡Qué pena que los ojos nos engañen sobre la naturaleza de las personas! ¡Cuántas guerras se habrían evitado!

—Tengo un amigo escritor, Paylag, que entiende las cosas más difíciles, pero al que las cosas sencillas de la vida cotidiana le cuestan mucho. ¡Aún no sabe peinarse bien! —dijo Grigoryan a todos. Darío Zaragoza, que estaba apoyado contra una ventana con vistas al mar, le hizo el gesto de brindar por él—. La gente envidia su talento. Se piensan que es muy feliz porque hace cosas que nadie más puede, pero él no se ve en esa mirada. Él ve sus carencias, las torpezas que le definen.

—Amén a eso, amigo —sentenció el brasileño Gabriel Pedro Pires de Azevedo.

Elene tenía experiencia con el taco de billar. No se podía comparar con su dominio del ajedrez, pero se defendía bien, como alumna que era de Yelizabeta Karseladze. Se tomó su tiempo para embocar las bolas, se movía al son de un tango con su vestido ajustado y tacones imposibles.

—Para ser sincera, no sé cómo va a afectar este torneo a mi ajedrez...

—He ahí el problema. —Darío Zaragoza entró en la conversación a las bravas—. No debería afectarte en nada. Principalmente, porque tú no deberías estar aquí.

Elene falló el golpe que estaba ejecutando. La bola blanca erró el objetivo, salió descontrolada.

—Darío, «*Gens una sumus*» —le conminó el indio Nihal Kumar, cuya voz era respetada por todos—. Los que estáis alrededor de esta mesa de billar sois la élite del ajedrez, los primeros que han de dar ejemplo. Aquí a nadie le han regalado nada. Deberías saberlo.

Darío Zaragoza se contuvo; iniciar una discusión con la leyenda india implicaba quedar en evidencia, convertirse en un apestado. Y él, pese a sus trajes elegantes, no era especialmente querido.

—Paylag se busca en la profesión a la que nos consagramos. «Hay escritores de método que se ponen a trabajar de diez a una y cumplen cada día con su objetivo: generar cuatro páginas. Es una manera racional de trabajar, muy productiva, bien valorada por la industria de la edición» —dijo el armenio.

—¿Y? —Elene estaba dolida.

—Pues que él, en cambio, escribe a base de epifanías. Puede tirarse horas, a veces días, delante de la página en blanco, sin resultados. Pero entonces, mientras toma un té verde en el mercado, ve pasar a una chica guapa... ¡y escribe tres páginas del tirón! Necesita, como él dice, «catalizadores de la felicidad» para escribir. Sus editores se quejan, pero no puede, ni quiere, cambiar su naturaleza.

—¿Le sirve de algo ese talento?

—Imposible saberlo —concedió el armenio—. En su cabeza siempre está sonando música, que le impulsa a escribir como le sale del alma. Creo, Elene, que tu ajedrez es así, que no debe cambiar, independientemente de un buen o mal resultado.

Las rondas de juego se continuaron sucediendo a ritmo de bachata, nadie forzaba posiciones inciertas, la cabeza del torneo se comprimió con tres jugadores empatados a seis puntos a falta de dos rondas. El presidente Marcos de la Mora seguía confesando sus dudas a Juancho Martín, hasta que, en una octava ronda que dio la vuelta al mundo, Elene Isakadze se enfrentó con las piezas blancas al candidato español.

El rugido de los espectadores en la sala de la Usina del Arte cuando llegó Elene fue como el de una gladiadora siendo presentada en el Coliseo de Roma. Aunque los demás ajedrecistas, a excepción de su rival, se encontraban en sus respectivas sillas, los argentinos iban con ella. Su actuación en el torneo estaba siendo sobresaliente, ganar la partida le daría chances de liderar. Pero no lo iba a tener fácil, su rival era un hueso duro de roer, una fiera del tablero que ansiaba ganar su primera partida en aquella edición del Candidatos.

El árbitro principal dio la orden de poner en marcha los relojes y, como si se cerrasen de golpe las aguas del mar Rojo, se hizo un silencio sepulcral. Elene estaba extasiada, podía oír el latido del corazón en el pecho de sus fans argentinos, no les hacía falta corear su nombre. La sangre le bombeaba con fuerza, le estaban dando toda su energía. Elene echó una mirada a la zona reservada para los aficionados y les guiñó un ojo.

De pronto, la locura. Un murmullo persistente fue tomando cuerpo con la entrada triunfal en escena de Darío Zaragoza. Las partidas estaban empezadas. Habían corrido casi diez minutos en su reloj. La mirada inquisitiva de Elene le recorrió de los pies a la cabeza, confiscando cada raya de su elegante traje de estilo italiano. El español, que no demostraba tener prisa, se detuvo a firmar las carpetas de un nutrido grupo de colegialas, quienes le sonreían ruborizadas. Se quitó las gafas de sol, miró a Elene. «¡Menuda *performance* está haciendo!». Tras saludar al público con la mano, lanzó un beso a la cámara que retransmitía el torneo. Se dirigió a su silla. Tomó asiento, cara a cara, ante su rival georgiana.

—Hasta aquí has llegado, niña. Te voy a poner en tu sitio. ¿Desde cuándo los payasos se creen los dueños del circo?

El saludo llegó con la extensión del brazo, ofreciendo la mano. Elene se lo pensó dos veces antes de estrechársela. No le hacía ni pizca de gracia que la menospreciase de esa manera. El árbitro hacía ver que no había oído el improperio. Obviamente el inicio no estaba funcionando como ella deseaba, pero no había más salida que enfrentarse a él. Le estrechó la mano, inmolando su bella piel casi albina en aquel altar cuadriculado.

—Buena suerte —se limitó a decir.

La partida fue por los cauces esperados, un festival táctico que estaba dando la vuelta al mundo, como había predicho el periodista Juancho Martín. El aguerrido ajedrecista español los tenía bien puestos, lanzó un ataque de peones contra el rey rival, sacrificando su propio enroque. Iba a por todas, quería que Elene saliese de allí en globo.

«¿Qué está haciendo? ¡Qué locura!». Elene había ganado partidas y otras las había perdido a lo largo de su carrera, pero nunca la habían sometido a esa presión. Zaragoza la estaba humillando dando a entender que contra ella valía todo, que podía poner toda la carne en el asador y atacar como si no hubiera un precio a pagar «porque solo eres una chica y te han regalado estar aquí, ¿verdad?».

Las caras del público reflejaban la tensión que se vivía en la partida. Los dos caminaban sobre la cuerda floja y un solo error mandaría a uno de ellos a su casa, perdiendo la oportunidad de su vida. Lo que más molestaba a Elene no era tanto esa circunstancia, que todo deportista ha de tener asumida, sino el cómo. Le pareció totalmente injusto ser sometida a esa humillación delante de su entrenadora, con la que había compartido tantas horas de entrenamiento. La estaban reventando en su especialidad, el juego táctico, y tenía que elegir entre una defensa pasiva o lanzarse en kamikaze para contraatacar.

«Si me defiendo, no lo podré calcular todo... No me da para tanto... Me va a crucificar». Su papel en la defensa le recordó a los forajidos de leyenda que cavan sus tumbas en los wésterns, aunque era, sin duda, lo que habría hecho Yelizabeta Karseladze. «Pero Yelizabeta nunca ha jugado un Candidatos». Por otro lado, un ataque en kamikaze tenía todos los números para estrellarse. Odiaba que su torpeza diese munición a los machistas que dicen que las mujeres no son capaces de controlar sus emociones. «Voy a salir otra vez en los periódicos», le atormentó el recuerdo de aquel titular a su llegada del Mundial sub-16. Si movía un peón, apuntalaba la precaria defensa; si tomaba el alfil, lo sacrificaba contra el enroque de Darío Zaragoza. ¿Qué decisión tomaría, si ambas eran dolorosas? Echó una mirada de cordera a su entrenadora. Musitó un apenas audible «perdóname».

Al español le cambió la cara cuando Elene le sacrificó el alfil en f7, sacándole el rey a pasear. Había contemplado la posibilidad del tema táctico en sus cálculos, pero no creía que la joven tuviese lo que había que tener para meterse en ese infierno combinativo jugándose el Candidatos. Él, sí, desde luego, porque era más macho que nadie, pero... ¿ella? ¿Una chica?

Nueve jugadas más tarde, Darío Zaragoza inclinaba su rey. Elene Isakadze extendió la mano, con el clásico «Buena partida» en los labios. La miró a los ojos. Se puso las gafas de sol espejadas. Se compuso el lazo de la corbata y, para el asombro de todos, tuvo la desfachatez de irse de allí sin estrechar la mano de su rival.

La última ronda del Candidatos tuvo lugar con la clasificación en juego para Borislav y Elene. Todos sus rivales estaban al menos medio punto por debajo en el marcador de la competición, por lo que quien se llevase la partida que les iba a enfrentar se ganaría el derecho a disputarle el título mundial a Axel Hansen.

—Ayer estuvo a punto de perder.

Oleg Vólkov aprovechó la jornada de descanso para minar la figura de la georgiana en la mente de su pupilo. Si tenía que focalizar las emociones en la falta de solidez o en el virtuosismo táctico, optaría por lo primero. Habría sido muy distinto de ser un torneo de ronda semanal, donde el aspecto técnico prima sobre las emociones. Ahí sí que habría trabajado para secar el medio juego, para que Elene se viese abocada a maniobrar con lentitud una posición árida, en las que Borislav era eminentemente superior. Pero, a veinticuatro horas de verse las caras, su chico necesitaba reforzar la autoestima.

Fiódor se frotaba las manos con el negocio que estaba haciendo, pues los acuerdos de patrocinio iban a caerle como agua de lluvia en la cara, especialmente por parte de bancos y de empresas del sector tecnológico. Mas aunque el dinero le seducía, lo que movía su corazón era la llamada de Caissa.

Las cosas, sin embargo, se vivieron de manera muy distinta en la habitación de las georgianas. Yelizabeta Karseladze había recibido una llamada desde Tiflis informándole de que Yuri, su esposo, estaba ingresado en el hospital:

—Es grave. Su corazón está fallando.

La conversación no dio para más. Elene, en albornoz, salió muy preocupada del baño al oír los sollozos de su entrenadora. Aquella mujer fuerte, capaz de tumbar a un cosmonauta por defenderla, tenía los ojos llorosos y los labios fruncidos. Temblaba, como una brizna de hierba a punto de quebrarse, con el teléfono del hotel descolgado entre sus rodillas.

—¿Yelizabeta?

Elene supo de inmediato que Yelizabeta Karseladze estaba sobrepasada. La abrazó con toda la ternura que sus brazos delgados podían ofrecer. Se guardó palabras de consuelo y palmaditas en la espalda, que nada valían cuando la vida se les desmorona a las personas. En cuanto su entrenadora le contó lo que estaba pasando, Elene lo tuvo claro:

—Toma el primer vuelo a Tiflis —le dijo sosteniendo su cara compungida con las dos manos. Le besó la frente. Un río de lágrimas cayó por los surcos sabios de la veterana georgiana.

—No puedo dejarte así. Mañana es el día que llevas esperando desde que te trajeron a mí.

—Me importa una mierda, Yelizabeta. Ve y coge ese avión... o no te lo perdonaré jamás.

Las horas pasaron graves, Elene no se separaba de su teléfono móvil en ningún momento. Siempre había sido consciente de que llegada la hora de la verdad tendría que hacerlo ella sola. Un demonio perverso le susurró al oído que a Yelizabeta Karseladze le había resultado demasiado fácil coger ese avión.

Hay una cosa llamada «amor por la competición», una locura de peso indeterminado que se apodera de los ajedrecistas sin importar cuál sea su nivel y que les hace entrar en acción aunque tengan que esperar el momento adecuado sobre una cama de pinchos. Y el momento para Elene y para Borislav era aquel. Tenían un cartucho en la escopeta, no más. Era matar o morir, no había otra. El éxito o el fracaso en una partida de ajedrez haría justicia a las horas de entreno de uno de ellos; se burlaría cruelmente de la juventud invertida en mover piezas de madera del otro. Así que, la mente ocupada en esa tragedia que solo ambos conocían, se adentraron en la partida que había de conducirles a... A quién sabe dónde.

La partida tuvo poca historia. De hecho fue histórica, toda una contradicción, porque los aficionados y el presidente de Argentina habían apostado por una lucha sin cuartel que les iba a tener a todos pegados a sus asientos hasta que cayese la noche. Pero no fue así. Elene tumbó su rey apenas doce jugadas después de abrir el juego con 1.e4, porque se dejó la dama en una celada estúpida. La trampa en apertura no representaba la más mínima dificultad para una jugadora de su nivel, pero la marcha de su entrenadora había avivado el fuego de sus fantasmas interiores. «¡Ojalá me hubiese quedado en estado catatónico, en vez de hacer este ridículo mundial!», reflexionó ante un cariacontecido Borislav Miroshnychenko. Elene no sabía dónde meterse. Perder en siete minutos, jugando como una estúpida, no entraba en sus planes. Para colmo, cruzó miradas con Darío Zaragoza, quien se carcajeaba abiertamente en la mesa contigua, infectando el poco aire limpio que llegaba a sus pulmones.

Luego en la rueda de prensa una periodista búlgara le preguntó «cómo se sentía, haciendo el ridículo».

—¿Te puedes morir por mí? —se encaró Elene, con el demonio susurrándole maldades al oído—. ¿No? Pues eso.

«No hay nadie. No hay nadie, puedo acercarme. No hay nadie, la noche me protege, puedo acercarme y burlarme de ellos. Puedo acercarme, sí... Despacio... No hay prisa, nadie me ve. Lo que ha de hacerse, ha de hacerse bien hecho. Está durmiendo. Despacio... Me acerco... Que no se despierte... Que no les avise, porque... ¡Oh, qué digo! Por mucho que grite nadie le auxiliará, porque soy mejor que ellos. Pero ¿y si pasa alguien? No, no debo pensar eso. ¿Quién va a pasar por aquí a estas horas? No, no debo pensar en eso... Solo... en hacer lo que debo. En hacer lo que puedo. En hacer lo que quiero. Porque su vida me pertenece. Porque nadie impedirá que me vuelva a burlar de ellos. Porque no son capaces de darme caza... Porque no saben que existo y... ¡Oh, se ha movido! Debe de tener un mal sueño».

Aquella misma noche hubo un crimen horrendo en Puerto Madero. Un vagabundo que dormía debajo de un arco de piedra había sido apuñalado con ensañamiento con unas tijeras. El asesino (o asesina, pues la policía no lo pudo determinar) le había clavado las tijeras en el cuello, una y otra vez, hasta casi la decapitación. El vagabundo no había tenido la más mínima oportunidad de defenderse, el asesino sabía bien lo que se hacía. «Parece un crimen pasional —escribió el primer agente de la ley que se personó en la escena del crimen—. Hay frustración, demasiada furia, en este asesinato, un odio irracional».

17

¡Oh, sorpresa!

Ayudad a vuestras piezas para que ellas os ayuden.

PAUL MORPHY (1837-1884),
el orgullo y la tristeza del ajedrez,
apodado la Estrella Fugaz del Ajedrez

Explicar los sentimientos de vacío y vergüenza de Elene a su vuelta al hogar es un imposible inabarcable, pero la cuestión se resumía en que una parte de ella, acaso la más vulnerable, se había sentido abandonada por Yelizabeta Karseladze. Esta parte de su persona experimentaba una difícil relación con la parte racional de su ser, que entendía los motivos de su entrenadora para abandonar Buenos Aires cuando más la necesitaba. Tiflis se le antojaba una mota en la inmensidad del universo o un pozo insondable, en función de si la parte emocional se imponía a la racional o si era al revés.

Una mañana fue a dar un paseo, que la llevó a su antigua escuela. Fue por los pasillos, algo desorientada pero no perdida. La escuela había sido remodelada: la pintura de todo el edificio, en su parte interior, alternaba el blanco con el verde. Las baldosas de su niñez habían sido sustituidas por unas losetas de granito (o, si no eran de ese material, lo parecían). Se divirtió dando saltos, de loseta en loseta, como cuando era niña, hasta que oyó una voz familiar detrás de ella.

—¡Ela! ¿Qué haces aquí?

Nino Gokieli, su antigua profesora en la Escuela Municipal n.º 26, la había reconocido. El paso del tiempo carecía de poder sobre los lazos emocionales que ambas tejieron muchos años atrás. Elene taconeó, nerviosa. Los buenos recuerdos se agolparon en sus sienes; la niña llegaba a la profesora con la categoría de amiga más que de alumna.

—¿Tomamos un café?

La propuesta de Elene fue bien recibida. La profesora acababa de terminar sus clases, le sería agradable recordar los viejos tiempos.

Los entrenamientos de Borislav con Vólkov pasaron de ser duros a ser durísimos. Se levantaban una hora antes y terminaban una hora después, en lo que al joven le pareció un castigo por haberlo hecho bien en el Candidatos.

—Si quieres imponerte a Hansen vas a tener que ser mejor que él al menos en una cosa. —Fiódor justificaba la exigencia del entrenador ruso—. En las demás basta con que seas como él, ¿verdad que me estoy ablandando? Eso sí, ser como Hansen implica tener nivel de campeón del mundo. Ni un peldaño menos o todo el esfuerzo invertido en ti habrá sido en vano.

—¿Qué pasará cuando le gane?

—Que tendrás que entrenar más porque estarás defendiendo un legado —puntualizó Fiódor, absteniéndose de añadir «el mío».

Ese era el ambiente que se respiraba en el campamento que Fiódor había organizado en Génova. Vólkov estaba a favor de un cambio de aires, para que Borislav no se acomodase a Barcelona. Tenía la teoría de que los jugadores nómadas rendían mejor en la vida de hotel, lo que les daba una ventaja competitiva en la práctica deportiva.

A Borislav le molestaba que solo le hubiesen dado una semana de descanso desde que ganó el Candidatos. Razón no le faltaba: lo que Vólkov entendía por «descanso» consistía simplemente en reducir un 25 por ciento los contenidos que trabajaban.

—La mente no puede quedar vacía —le dijo una tarde en la que surgió el tema—. Es como un tren: parar la maquinaria en seco supondría tener que hacer un gran esfuerzo para arrancarla de nuevo.

—Qué bien nos lo vamos a pasar...

—No sé qué mierda de actitud estás teniendo, pero si sigues por ahí vamos a vernos obligados a prescindir de tus vacaciones —intervino Fiódor—. Un equipo sólido hace que cada miembro consiga sus objetivos. Es bueno que compartas tus inquietudes, pero no hagas comentarios que afecten a la moral del grupo.

Oleg Vólkov no dijo nada, aunque tenía en mente otro

tipo de castigos. Estaba en línea con el pensamiento de Fiódor, pero sus conocimientos sobre el entrenamiento en ajedrez le prevenían de los peligros del sobreentrenamiento. En lugar de recortar las vacaciones se mostraba partidario de quitarle privilegios, de forma temporal, para doblegar su rebeldía. Así mataba dos pájaros de un tiro: reforzaba la disciplina de su pupilo y evitaba que se quemase.

Nino Gokieli conservaba una figura envidiable para su edad. «Para cualquier edad, de hecho», pensó Elene mientras sostenía una taza de café humeante entre las manos. El otoño georgiano precedía al invierno con ráfagas de viento notables, por lo que pocos placeres se comparaban con reunirse en una cafetería para rememorar viejos tiempos.

—¿Sigues con las clases de ajedrez?

—Ya no —respondió la profesora—. La escuela contrató a una jugadora titulada. Hace siete años que doy las clases de Matemáticas.

—¡Qué pena! ¡Me encantaban tus clases!

La profesora Gokieli sonrió. En verdad, había sido profesora de ajedrez porque la titular había caído enferma y alguien debía ocuparse de los alumnos. Su verdadera vocación eran las Matemáticas, que había estudiado con excelentes calificaciones en la universidad, pero una vez que se amoldó a las clases de ajedrez y en vistas de que la titular no mejoraba, el Gobierno la contrató de manera indefinida.

—Te seguimos en Buenos Aires —le dijo—. Los niños estaban entusiasmados. Eres su ídolo. ¿Te gustaría venir un día a darles una charla?

—Claro, cuando os vaya bien. Voy a tomarme un descanso largo. Igual no vuelvo a jugar en mi vida.

—¿Por qué?

—Mi entrenadora me ha dejado. No sé nada de ella desde el Candidatos.

Las únicas escapadas de Borislav Miroshnychenko por Génova eran sus carreras desde el puerto hasta el centro, con Vólkov cronometrándole en una motocicleta alquilada. La belleza de las callejuelas ejercía una especial fascinación en él, por el contraste con los grandes espacios de Górlovka. Le gustaba la ciudad italiana y lamentaba no tener libertad de movimientos. «Estoy en el mejor sitio, pero sin estarlo. Soy como el viento, que todos atrapan y no le pertenece a nadie». Su vida, pese al éxito deportivo, seguía siendo odiosa.

Elene dio un largo paseo hasta llegar a casa. Una vez allí, sacó las tijeras del bolso para disponerse a podar la rosa laevigata, que estaba tan alta como ella, si no más, vista desde su perspectiva sentada. Cada vez que le quitaba una hoja muerta lo identificaba con el acto de deshacerse de un mal pensamiento: la conexión con la planta simbolizaba su catarsis. Así lo percibía cuando de pronto sonó su teléfono móvil. No hizo caso y siguió podando la rosa. Volvió a sonar. De nuevo ni caso. Pero viendo que sonaba una tercera vez le picó la curiosidad. Era Tamara, su madre.

—¿Qué quieres, mamá? Estoy con la rosa.

—¡Ela! ¡Ha ocurrido un milagro!

Borislav estaba estudiando un final de peones cuando Fiódor interrumpió la clase. Llevaba un diario local, cuidadosamente enrollado. Lo desplegó abriéndolo por las páginas centrales. Lo lanzó sobre la mesa derribando las piezas del tablero de ajedrez.

Oleg Vólkov no daba crédito a la noticia que encabezaba la sección de Deportes: «¡Axel Hansen, campeón del mundo de ajedrez, no defenderá su título!». Esa misma reacción se estaba dando simultáneamente en los cuarteles generales de todos los aspirantes a ser, algún día, candidatos al título.

—Es una bofetada a la FIDE —aseguró el veterano entrenador.

Borislav no abría la boca. Como él, la comunidad ajedrecística internacional estaba en estado de shock. Especialmente los directivos de la FIDE.

—¿Puede hacerlo? —inquirió Fiódor.

—A estas alturas la FIDE debería tener un contrato firmado por el campeón. Pero si dice que no juega... Me parecería muy extraño que Hansen hiciese unas declaraciones como estas y luego se desdijese.

—¿Y si es una estratagema de negociación para pedir más dinero?

La pregunta de Borislav tenía mucho sentido, pero Fiódor se la refutó:

—Lo que paga la FIDE por jugar el Mundial está bien, sí... pero el dinero de verdad viene con el título. A los grandes patrocinadores les interesa el campeón mundial, no las federaciones.

No había mucho más que decir ante la solidez del argumento. La noticia, lejos de alegrarles, sumió en la ira a los tres, pues significaba que toda la preparación teórica de los últimos meses se iba al garete. La FIDE tenía que seleccionar a un nuevo aspirante para enfrentarlo con Borislav. Eso significaba que no podía hacer una preparación específica: «¡A saber qué repertorio tendría su rival!». Él, en cambio, estaba clasificado, por lo que cada día sin ponerle un rival eran horas que los demás invertían en estudiar sus debilidades.

Elene fue consciente de que se le abría una nueva oportunidad. Aquellos días de incertidumbre pesaron en ella como a los muertos les pesan las extremidades, provocándole rigidez en las emociones. Irakli y Tamara temieron incluso que cayese en un nuevo episodio de catatonia, pero llegaron buenas noticias desde la Federación Georgiana:

—La FIDE está a favor de que la subcampeona del Candidatos se enfrente a Miroshnychenko —dijo escuetamente el secretario de la federación—. Dele la enhorabuena a su hija de nuestra parte. Cuenta con la ayuda que necesite.

Tamara colgó el teléfono con lágrimas en los ojos. Cuando las ilusiones parecían haberse desvanecido, una llama en la oscuridad alumbraba de nuevo el camino. No obstante, Tamara sabía que no podía hacerlo sin la ayuda de Yelizabeta Karseladze.

Entrenadora y alumna formaban un tándem ganador. Se conocían a la perfección, además de que Karseladze se manejaba con precisión de cirujana en la elección de líneas de apertura. Conocía al dedillo en qué le convenía meterse y de qué esquemas huir como alma que lleva el diablo; le había ido construyendo un repertorio de aperturas a lo largo de los años que se adaptaba a las necesidades de la jugadora. Incluía líneas secundarias con la intención de despistar a los rivales, para tener flexibilidad y evitar preparaciones en su contra. Nada en la vida puede ser perfecto, pero la solidez que le aportaba su entrenadora valía su peso en oro. Las libretas estaban ahí, como partituras, pero faltaba la directora de orquesta.

El otro aspecto a tener en cuenta era el factor emocional. Todo deportista necesita un entrenador que haga las veces de psicólogo, por más que siempre sea positivo trabajar con un profesional de la mente. La cuestión es que la confianza no se hace en el corto plazo. Las dos habían discutido por nimiedades con vehemencia, como leonas, pero se querían intensamente. El lazo que las unía era de un material precioso. Encontrar a alguien que entendiese las profundas singularidades de una persona tan peculiar como Elene iba a ser una misión imposible. Por eso, aunque la noticia en primera instancia alegró sobremanera a los Isakadze, se imponía una visión más realista de las cosas.

La FIDE dictaminó que la Final del Mundo debía celebrarse a partir del día 2 de marzo de 2005, llevándose la corona quien se impusiese a ocho partidas. El campeonato sería un poco más breve de lo habitual, pero costaba encontrar fechas para encajarlo en el calendario de competiciones y se optó por esa solución.

Elene movió hilos en la Federación Georgiana para encontrar un entrenador adecuado, pero todas las propuestas eran rechazadas por uno u otro motivo. En la federación se estaban cansando de ella ya que la consideraban una maniática caprichosa; tampoco entendían que aún no hubiera pasado su duelo por la pérdida de su entrenadora. Para colmo, las únicas noticias que tenía de Yelizabeta Karseladze eran que estaba en Telavi, cuidando de su esposo. Elene podía coger un coche y plantarse en casa de su entrenadora en menos de lo que canta un gallo, pero se aferraba a la idea de que si no la llamaba era porque tenía sus motivos. En ese pensamiento: ira, frustración y orgullo. El demonio que le susurraba al oído volvía a hacer de las suyas. El tiempo para prepararse se le escapaba de las manos. Se oían rumores sobre la genio del ajedrez que estaba encerrada en casa de sus padres, que no quería saber nada del mundo, que regaba con lágrimas un rosal. A la gente le gusta rellenar los huecos de su conocimiento con leyendas, una molesta costumbre de la que Elene no iba a ser ajena.

Cayó la noche del 3 de enero, la georgiana estaba y no estaba, existía y no existía. Su oportunidad de escribir su nombre en letras de oro se desvanecía. ¡Ding, dong! ¡Ding, dong! ¡Ding, dong! Alguien llamó a la puerta de los Isakadze. Lo hizo enérgicamente. Elene fue a abrir. Cuando vio a quién tenía delante le dio un vuelco el corazón.

—¿Tú?

Borislav Miroshnychenko entrenaba duro con la base de datos. Había memorizado todas las partidas de Elene que se habían registrado desde que era niña. Vólkov y él la tenían analizada hasta el más mínimo detalle. En verdad fue más bien una disección, lograron meterse en su cabeza desde la bella Italia.

—¿Te das cuenta? No le gusta nada maniobrar.

—¿Para qué, si le basta con agitar el avispero? —manifestó Borislav, reconociendo el don para la táctica de su rival.

—La cazaremos en la apertura. Vas a cambiarle las damas lo antes posible. Perseguirás sus piezas, una a una, obligándola a meterse en un final.

—No me da miedo el cara a cara.

—El último que dijo eso está en el cementerio, a tres metros bajo tierra. Vas a ser un francotirador, vas a sacarla del tablero sin que sepa desde dónde le vienen los tiros —zanjó Vólkov—. Para cuando quiera reaccionar estará dos puntos abajo.

Borislav llevaba la foto de su madre en el pecho. Con ella protegiéndole nada le podía dañar.

—El circo es nuestro, hay una función que preparar.

Elene no daba crédito a lo que estaban viendo sus ojos. Ahí estaba él, el último tipo al que hubiese querido ver en el mundo, en la puerta de su casa. ¡Darío Zaragoza!

—¿Darío?

El español se frotó las manos, pues no estaba acostumbrado al frío georgiano. Vestía bajo un abrigo marrón uno de sus trajes de estilo italiano, con poco relleno. Para esa ocasión había elegido uno verde. Por supuesto, ocultaba la mirada con las gafas de sol espejadas.

—He oído que alguien tiene dificultades para encontrar entrenador. ¿Puedo pasar?

Los padres de Elene no quitaban el ojo de encima al «invitado» de su hija, de quien les había hablado pestes en infinidad de ocasiones. Les pareció que tenía buenos modales (porque elegante, lo era un rato largo), pero denotaba una prepotencia que no casaba para nada con su entorno.

—¿Este te va a entrenar?

Irakli preguntó directamente a su hija, pues el español sabía tanto georgiano como él chino. Ella asintió. Aún conservaba la expresión de sorpresa en la cara. Zaragoza se había presentado en su casa sin avisar desde a saber qué sitio del mundo, se había instalado en su salón, hablaba con sus padres... ¿Qué sería lo siguiente? ¿Meterse en su habitación?

Los entrenamientos con Darío Zaragoza comenzaron de culo. No se entendían. Donde él veía peligro, a ella le parecían posiciones áridas. El español se sintió como un camionero al que le han cambiado las marchas del camión. Se había instalado en la habitación de invitados; no conseguía llegar al corazón de Elene.

—Si juegas tan directa, te dejará lanzarte al vacío y te rematará sin contemplaciones.

—¿Olvidas que a ti te gané así?

Darío Zaragoza se hizo el sordo.

—Tienes que escuchar la música de la posición. No la violentes, deja que te llegue de manera natural, sin prisas.

—Sí, muy zen, Darío, pero efectivamente se te ha olvidado cómo te gané.

—¡Eres insufrible!

Entonces se ponían a discutir la posición a la ciega, rapeando las variantes a velocidad de infarto, con la idea de que su contraparte colapsase. Ambos querían la victoria por sumisión mas, a su manera, ambos llevaban la razón. Los días pasaron y Elene, con la metodología de Darío Zaragoza, no avanzaba. Una noche coincidieron en el pasillo yendo a buscar comida a la nevera.

—¿No duermes?

—Tus dificultades de aprendizaje no me dejan dormir.

La insolencia de Darío Zaragoza hizo clic en Elene, provocando que la joven estallara en carcajadas. El español no pudo evitar acompañar su risa contagiosa.

—¡Calla, que vas a despertar a tus padres!

Pero no había manera de parar esas risas. Se abrazaron en mitad de la noche, se miraron a los ojos, se hicieron amigos.

Los Isakadze, a su vez, se habían despertado con el estrépito en la cocina, pero no quisieron molestar. Llevaban mucho tiempo sin oír la risa de su hija, aquel sonido les devolvió años de vida. Se abrazaron. Se besaron. Hicieron el amor como no lo hacían desde la catatonia.

Las jornadas de entrenamiento de Elene con su nuevo entrenador cambiaron de dirección. Darío Zaragoza dejó de forzarla a pensar como él. Jugar al ataque, como lo hacía ella, era muy arriesgado, por lo que la mejor opción no era presionarla para ir contra natura, sino buscar líneas que favoreciesen su estilo de juego. En el fondo, lo que hacía Yelizabeta Karseladze, pero con los conocimientos de un *top10* mundial.

—Hay que enrolar a un equipo de analistas —le dijo un día.

—¿No es mejor que trabaje solo contigo?

—No te valgo para las líneas específicas. Seguiré como jefe de entrenadores, para coordinarlos, pero necesitas cosas muy específicas.

—Te estás repitiendo.

—Lo sé, pero sigo siendo el tipo más atractivo con el que te las has visto en un tablero.

—Presuntuoso.

—Tía rara.

—¿Tienes a alguien en mente?

—Sí —contestó Darío Zaragoza—. Déjalo de mi cuenta.

El 1 de febrero de 2005 fue una fecha muy especial para Borislav Miroshnychenko. No tanto porque se descubriese el gen que desencadena la pubertad en el cerebro, sino porque su padre se presentó en el piso de Génova.

—¿Cómo has encontrado este sitio?

—Kostyantin es buen amigo mío —se interpuso Fiódor.

Borislav ignoraba qué otros asuntos podrían tener en común Fiódor y su padre, mas no iba a preguntárselo. Se le hacía un nudo en el estómago en presencia de cualquiera de los dos; que los dos estuviesen con él en la misma habitación le provocaba sudores fríos. Seguía viendo en su padre la sombra de esa mirada punitiva que tanto odiaba, la del hombre que acusaba a su propio hijo de haberle dejado viudo.

—Os dejamos solos para que habléis de vuestras cosas. —Fiódor hizo un gesto con la cabeza a Vólkov.

Cuando se hubieron quedado a solas, Kostyantin Miroshnychenko se acercó a su hijo. Le tomó de la mano, protegiéndole de las sombras que amenazaban su paz.

—Slava, le he dicho a Vasíliev que voy a despedirme de ti para siempre.

Borislav se tomó aquello con la máxima serenidad que pudo. Cuando su padre se ponía tierno con él era porque se avecinaba la tormenta. Le preocupaba el porvenir, como a todas las personas.

—Bien, ya me lo has dicho. Ahora vete.

El juego de miradas que se traían les hacía daño. En otro tipo de entorno podrían haberse mirado a los ojos con franqueza, resolver sus problemas personales, llegar tal vez a confiar, pero estaban donde estaban.

—Me iría muy bien que firmases estos papeles.

Kostyantin sacó unos documentos del bolsillo interior de su chaqueta. Se los entregó. Las manos le temblaban, daba la impresión de tener mal cuerpo. Estaba blanco.

—Estos son papeles del banco... ¿Mi madre tenía una cuenta?

Kostyantin Miroshnychenko se tapó la boca con la mano. Los ojos se le habían puesto rojos. Taconeó, inquieto.

—Cuando tu madre murió... Dejó un remanente de dinero. No es gran cosa, pero me ayudaría mucho que lo desbloqueases...

A Borislav se le llenaron las sienes de ideas negativas. Se preguntó por qué su padre había esperado tanto tiempo para resolver ese tema económico. Le comía la moral que, pasados años desde la última vez que se vieron, solo estuviese allí por interés. Le dolía que... Le dolían tantas cosas, ¡tantas!, que tomó el bolígrafo, firmó los papeles y fue a encerrarse en el lavabo, esperando no volver a ver jamás al hombre al que llamaba «padre».

—Tienes que venir, la chica necesita que le echen una mano.

Darío Zaragoza hablaba al teléfono con alguien de su confianza, pero Elene no sabía de quién se trataba.

—Sí, el ucraniano la va a destrozar si no la ayudas.

La conversación duró un poco más, no mucho, el tiempo que tardó Zaragoza en pactar un 7 por ciento del premio en metálico para el ayudante.

—Te iremos a buscar al aeropuerto de Tiflis. Mañana a las 20.15.

Cuando acabó, Darío Zaragoza lanzó el puño al aire en señal de triunfo.

—¿A quién has reclutado?

—A Gabriel Pedro Pires de Azevedo —dijo orgulloso—. Si quieres táctica, prepárate, porque le vamos a dar un baile a Miroshnychenko que no le va a reconocer ni la madre que lo parió.

Los entrenamientos con el gran maestro brasileño incorporado al equipo dieron un vuelco radical. Lo primero que llamó la atención de Elene fue lo mucho que tenían en común, siendo tan distintos a primera vista. La piel negra de Gabriel Pires y la blanca, casi albina, de Elene combinaban muy bien, le daban sentido al tablero bicolor sobre el que trabajaban.

Pires tenía un temperamento alegre, lo que ayudaba a relajar el ambiente, que tenía tendencia a tensarse porque los tiempos se acortaban. Su capacidad táctica tiraba de las costuras a la georgiana, demasiado acostumbrada a salir ganadora de los envites que requerían un cálculo exagerado. Darío Zaragoza era un táctico sobresaliente, pero lo de la georgiana y lo del brasileño era de escándalo. Cuando se ponían a jugar *blitz* a la ciega, cantaban las variantes tan rápido que ni siquiera el español les seguía. El papel de Pires en el campamento residía en aportar líneas de ataque sorprendentes, para sacar a Borislav Miroshnychenko del tablero antes de que tuviese tiempo de adaptarse. El plan consistía en obligarle a meterse en posiciones del gusto de Elene.

—Gabriel, si jugases con un poco más de sentido común...

—Sí, Darío, tal vez sería campeón del mundo —reconoció—. Pero la vida, si sacrificamos nuestro estilo, carece de sentido.

—Ya, pero...

—Dime con la mano en el corazón —le preguntó—: ¿Dejarías tus trajes en el armario si te pidiesen que vistieses vaqueros y camisetas porque son más prácticos?

Juancho Martín tomó un avión desde Beirut para ir a entrevistar a Borislav Miroshnychenko. Era un trabajo que le apetecía especialmente, ya que veía en él al gran favorito para suceder a Hansen en el trono del ajedrez. Por otra parte, sentía enorme curiosidad por el ucraniano. Había echado cuentas sobre los asesinatos con tijeras, porque le parecían de lo más perturbador. Su investigación, al principio muy ligera, era poco más que un pasatiempo, pero cada vez se volvía más seria. Había dos nombres que destacaban en letras mayúsculas: Borislav Miroshnychenko y Elene Isakadze. Siempre que coincidían en un torneo, alguien era asesinado. Entraban en su ecuación los entrenadores y demás acompañantes de ambos jugadores, pero no tenía controlado quiénes formaban los equipos. Lo cual no era nada sospechoso, pues los ajedrecistas suelen esconder quiénes son sus preparadores para evitar dar pistas a los rivales. Esto se rige por una obviedad: si se contrata a un entrenador con un repertorio determinado, es fácil saber qué va a jugar su pupilo.

La entrevista fue según lo previsto, una sucesión de lugares comunes y hermetismo absoluto con respecto a las cuestiones técnicas. «Pero, por preguntar, no se pierde nada». Sin embargo tuvo un presentimiento siniestro cuando trató con Fiódor Vasíliev. Apenas intercambiaron unas palabras, pero pudo sentir que una oleada de malas vibraciones le embargaba, como si una descomunal masa de odio acabase de caer sobre él. Se preguntó si ese hombre siniestro encajaba en su ecuación o si por el contrario eran prejuicios suyos. Se preguntó eso y muchas cosas más. «Demasiadas preguntas», por lo que conjeturó su sexto sentido como periodista. Lo que más le inquietaba era que no había nada tangible que respaldase sus sensaciones. ¿Era quizá una señal divina? No era hombre de fe, no creía en nada más allá de lo que veía con sus ojos, pero aquel hombretón del norte, valiente de corazón, estaba acojonado.

18

Rosa laevigata

> En el ajedrez, como en la vida, el adversario más peligroso es uno mismo.
>
> VASILI SMYSLOV (1921-2010),
> séptimo campeón mundial de ajedrez y
> barítono que audicionó en el Bolshói

La Final del Campeonato Mundial de Ajedrez nos ha reunido en la bella ciudad de Manila que, aunque dudo que alguno de ustedes no lo sepa, es la capital de Filipinas. Los contendientes por el título son el gran maestro ucraniano Borislav Miroshnychenko y la gran maestro Elene Isakadze, de Georgia. Ambos llegan a la cita acompañados de sus entrenadores, quienes han realizado declaraciones para este medio y que, conforme avance el evento, les vamos a hacer llegar para que estén puntualmente informados. Será, entre otras cosas, la primera vez que una mujer opta a la corona en la historia de estos campeonatos organizados por la Federación Internacional. ¿Lo conseguirá? Las apuestas están en su contra, porque su rival viene de derrotarla apabullantemente en el Torneo de Candidatos, que fue el clasificatorio para esta cita. Sin embargo, déjenme decirles que muchas cosas pueden haber cambiado en los últimos meses y que, si alguien puede discutirle la victoria a Miroshnychenko esa es precisamente Isakadze. Luego, si les parece bien conoceremos más a fondo el estilo de juego de estos dos gladiadores. Ahora con su permiso voy a entrar en el hotel Islas Filipinas, un magnífico cinco estrellas que albergará esta Final del Mundo.

La crónica con la que Juancho Martín abría cabecera en el diario definió a la perfección el estado general de las cosas pues, bajo la fuerte tormenta que estaba azotando las Filipinas esos días, en breve uno de los dos contendientes iba a convertirse en la persona más feliz del mundo.

—No quiero errores —enfatizó Fiódor, de camino a la habitación del piso número 12 del hotel—. ¡Os he dicho mil veces que hay que ganar el campeonato! ¡No penséis, haced lo que se os ha dicho!

Fiódor Vasíliev estaba tenso. El chico que le llevaba la maleta no entendía ruso, pero el tono del mánager no dejaba lugar a dudas sobre sus emociones. Vólkov, por su parte, estaba acostumbrado a las presiones, aunque eso no significaba que le gustase ser tratado como una pieza de maquinaria. Todo el talento que atesoraba (y era mucho) fluía mejor cuando el entorno se humanizaba, pese a que la mayoría de las veces eso era una ilusión y se le exigían resultados. Lo cierto es que debajo de la máscara de entrenador soviético había un hombre. En cuanto a Borislav, agradecía que no hubiese un caldero con agua a la vista.

Estos arranques de ira por parte de Fiódor no ayudaban en nada. Tampoco es que pudiese hacer mucho por evitarlos, pues formaban parte de su naturaleza. Se justificaba diciéndose que así controlaba a sus subordinados, incapaz de entender que donde hay un clima de confianza los problemas se pueden resolver antes de que aparezcan. Era un hombre de su tiempo, confuso y malhumorado, incluso en su momento de gloria.

La actitud con la que Elene y su equipo llegaron a Manila era diametralmente opuesta. No es que llegasen cantando canciones de *boy scouts*, pero hacían de la distensión virtud. Y para eso nadie mejor que el jefe de expedición, Darío Zaragoza, que había contratado a cuatro culturistas en camiseta de tirantes para que posasen en la entrada del hotel con letreros que rezaban: YO AMO A ISAKADZE. En los carteles, bien grandes, corazones.

Elene estaba encantada con la idea que se le había ocurrido a Zaragoza. La foto de los actores iba a salir en todos los periódicos del mundo y, cuanto más espacio se llenase en las crónicas con esa anécdota, menos le dedicarían a la ausencia de Yelizabeta Karseladze y a los problemas emocionales de la aspirante al título. Por no decir que la presencia de los culturistas iba a tocarle la moral a Miroshnychenko, que no estaba acostumbrado a esas *performances.*

—¡Qué buen publicista ha perdido el mundo contigo! —frivolizó Gabriel Pedro Pires de Azevedo al ver a los culturistas.

Darío Zaragoza chasqueó la lengua, metido en su personaje. Al español le obsesionaba cultivar su imagen de tipo malo, no fuese a ser que alguien descubriese que era un pedazo de pan. Tras la fachada de hombre al que la especie humana le importaba un carajo estaba el compañero que había acudido al rescate de Elene cuando no se le esperaba. El mismo benefactor en la sombra que había hecho una donación más que generosa para que el jugador brasileño tuviese acceso a medicinas que eran carísimas en su país. Jamás se lo iba a decir, pero más allá de salvarle la vida, la intención del español era que Pires pudiese llegar en buenas condiciones al Candidatos. Era un gesto noble que podía costarle el sueño por el que llevaba esforzándose desde niño, pero no soportaba que la enfermedad truncase las ilusiones del portentoso brasileño y él no hacer nada al respecto. Mas trajes italianos y gafas espejadas mediante, jamás nadie sabría de su faceta filantrópica.

> Estamos a 1 de marzo de 2005, fecha que deberían tener grabada a fuego en sus agendas. La primera rueda de prensa y la ceremonia de inauguración de esta Final del Campeonato del Mundo de Ajedrez van a tener lugar esta tarde a las cinco, hora local, bajo estrictas medidas de seguridad. Para empezar, quien les habla ha tenido que quitarse los zapatos en un control de accesos y, en confianza, no tengo previsto llevar una bomba en las plantas de los pies. Sea como fuere y bromas

aparte, está claro que la FIDE no quiere que el llamado «*doping* electrónico» condicione la competición, medida que tiene todo mi apoyo, desde luego. No queremos que se repita un escándalo como el de Venecia, cuando un ruso de nombre impronunciable estuvo a punto de clasificarse por vía directa al Candidatos... llamando a su entrenador desde los excusados. El afán competitivo, ustedes me perdonarán, a veces es una mierda, como en ese caso.

La primera partida de la final, tras la renuncia del rey Axel Hansen a defender el cetro, iba a deparar una lucha por una oportunidad entre Borislav y Elene, quizá única en sus respectivas carreras, para que sus nombres fuesen recordados con admiración por toda la eternidad. Si se tenía cierta empatía, observándolos ahí sentados, uno frente al otro en una urna de cristal construida para evitar ruidos del exterior, era fácil ver al niño y a la niña que habían sido. Porque, si bien los dos mostraban el semblante serio, en el fondo de sus pupilas ardía la llama de años sometidos a estrictas disciplinas... solo con la esperanza de, un día, estar ahí. En la urna nadie podía subirse a los veleros de sus sueños ni hundir los dedos en sus cabellos para revolvérselos con complicidad. Ni siquiera Lothar Wagner, a la sazón árbitro principal designado por la FIDE. Extendieron la mano en señal de cortesía. Aquel principio, aquel final, les serviría como pretexto para tratar de llevar la lucha a sus respectivos territorios.

La figura menuda de Elene Isakadze no debe engañarles: es una luchadora bregada en mil batallas. Nos consta que ha pasado por momentos muy difíciles, que ha estado a punto de dejar el ajedrez, que su vida sentimental ha sido... complicada... pero aquí está. Es el tipo de joven preparada para hacer frente a las pruebas que hayan de venir, una digna representante de las mujeres dueñas de su destino, que están haciendo del siglo XXI el suyo.

Juancho Martín recordó el día que la entrevistó en Barcelona. La estrella en la que Elene deseaba convertirse había tomado cuerpo, el manantial azul de su talento fluía a las órdenes de sus manos de azúcar.

Durante esa primera partida quedó evidenciado que ambos contendientes se habían adaptado bien al entorno en el que dirimían sus diferencias de conceptos: Borislav condujo las piezas negras a un final de tablas muertas; Elene tuvo un par de momentos tácticos brillantes, pero la pequeña ventaja que había conseguido era imposible de ser materializada. Una buena partida, en la que habían mostrado que venían armados hasta los dientes. «Finaliza la ronda 1 con 0,5-0,5 en el marcador. Mañana, más». La segunda ronda fue sorprendente. Con el cambio de colores, Borislav tenía buenas chances de imponer la ventaja de iniciativa que da tener las piezas blancas.

—Vas a jugar el Gambito de Dama. Desgástala. Marea la posición durante cinco horas. Nada de tablas rápidas. Que se desmorone conforme el campeonato avance, haz que agote sus energías. —El consejo de Oleg Vólkov no cayó en saco roto.

Borislav jugó el Gambito de Dama al más puro estilo

ruso. Las piezas avanzaban en el barro, despacio, despacio... La partida que planteó el blanco consistió en no dejar moverse a las negras, en tenerlas maniatadas. Esperó durante las cinco horas previstas por Vólkov y, cuando parecía que se iba a firmar el armisticio... Elene cometió una imprecisión. El error fue minúsculo, el tipo de movimiento poco fino que permite al rival tomar un nuevo aire, pero poco más. «Poco más», a excepción de que el rival sea Borislav Miroshnychenko. La agonía de Elene se extendió por espacio de una hora más, resistiéndose con todas sus fuerzas a ceder el punto.

«Finaliza la ronda 2 con 1,5-0,5 a favor del ucraniano».

—Te ha ganado, se lleva una dosis de moral considerable y, para colmo, te ha dejado sin energía.

El análisis de situación de Darío Zaragoza, dando vuelta tras vuelta a la habitación del hotel, no podía ser más exacto. Trataba de mantener la calma, pero el Titanic se hundía.

—Mañana es día de descanso, la vamos a recuperar. —Pires siempre encontraba razones para el optimismo. No podía ser de otro modo pues era un superviviente, tanto en la enfermedad como en el ajedrez.

—Ha hecho conmigo lo que ha querido, me ha violado en el tablero —dijo Elene, con el albornoz puesto, una toalla enrollada en la cabeza y las manos recostadas en el sillón—. Voy a dejar de respirar.

Elene haciéndose la muerta en la habitación del hotel era lo último que necesitaba Darío Zaragoza.

—Más te vale descansar y despertarte mañana con ganas de trabajar porque, si no, vas a desear morirte de verdad.

—Yo, de estar a punto de morir, sé mucho. —El humor

del brasileño a veces rayaba lo políticamente incorrecto, pero los tres se echaron a reír y una mujer de la limpieza, desde el pasillo, pensó que estaban locos de atar.

La tercera ronda tuvo lugar el 5 de marzo. Borislav salió a jugar planteando un esquema conservador con las negras, en la convicción de que si Elene iba a por el punto entero la pillaría en bragas. La georgiana, que se había teñido la mitad del cabello de rosa fluorescente, sorteaba la etiqueta que imponía la organización, pues solo estaba condicionada con respecto a la vestimenta. Poner coto a los peinados era algo que ni se les había pasado por la cabeza, lo mismo que hacerlo con respecto a los tatuajes. Y posiblemente tampoco habría sido legal. La cuestión es que, melena al aire, Elene mandaba un mensaje alto y claro: no voy a rendirme.

El frío Borislav lo tenía todo aparentemente controlado. Pero la cuestión es que en el ajedrez de competición la palabra «aparentemente» es menos que nada. Llegados a un cambio de piezas no valoró una captura con peón que tenía pinta de ser horrible. Pero no lo era y Elene, viendo ahí su oportunidad, fue a por todas. La táctica acudía en su rescate; el naufragio de Borislav tuvo consecuencias en su campamento.

«Finaliza la ronda 3 con espadas en alto: 1,5-1,5 en el marcador. Mañana, más».

Fiódor estaba que se subía por las paredes de la habitación. Estalló un vaso contra el televisor, llenando el suelo de pequeños cristales. No dijo nada, pues no había palabras que pudieran expresar lo que sentía. Vólkov tampoco es que estuviera contento y Borislav, avergonzado, hincaba los codos en el tablero damasquinado.

La ronda del 6 de marzo contó con la visita de varios jefes de Estado, incluido el mandatario filipino, quien no había podido acudir con antelación porque le habían operado de apendicitis. Al hombre se le veía aún renqueante, pero aguantaba los dolores del postoperatorio con entereza.

—No queda más que alegrarse de que no haya derivado en peritonitis —le dijo a su homólogo de Suecia, donde tendría lugar la siguiente edición de la Copa del Mundo—. Quien no se consuela ante la adversidad es porque no quiere.

En el tablero Borislav se reencontraba con las piezas blancas. Repetía un Gambito de Dama, que jugó con la estrategia soviética de llegar a unas tablas reparadoras tras una severa derrota. Elene hizo lo posible por complicar el juego, mas ahí no había mucho que rascar. Se dieron la mano, firmaron las planillas con el resultado. Lothar Wagner las custodió.

«Finaliza la ronda 4 con 2-2 en el marcador. Mañana, descanso».

> El ucraniano Borislav Miroshnychenko, a quien sus allegados llaman Slava, es un joven de lo más singular. No nos constan familiares en su entorno, más que su entrenador, el prestigioso Oleg Vólkov, y su mánager, un millonario, también ucraniano, que en las distancias cortas nos ha parecido muy conocedor del ajedrez. Esto, amigas y amigos que estáis siguiendo este apasionante mundial, es muy habitual en los países que formaron la órbita de la antigua Unión Soviética.

Las palabras de Juancho Martín recorrieron un vasto espacio, desde Manila hasta Madrid, y desde Madrid hasta Bogotá, esparciéndose como granos de arroz en un wok.

La ronda de descanso tuvo efectos balsámicos en Borislav, aunque Fiódor no estaba satisfecho con las tablas. Sabía de sobra que eran un buen resultado, teniendo en cuenta el dolor del día precedente, pero estaba tocando el título mundial con la punta de los dedos. Era tan tentador agarrarlo...

—Mañana vas a jugar la Dragón.

—Hemos hablado ya de esto, Vasíliev. Las aperturas las decido yo.

—¡Las aperturas las decide la punta de mi polla!

El exabrupto de Fiódor sonó fatal. En primer lugar porque le daba mucha importancia al lenguaje como instrumento de categoría social. Su mente fuertemente clasista no admitía que se le relacionase con las capas bajas. «¿Qué haces, Fío? Pareces un estibador del muelle...», se dijo, pues en su ideario los estibadores no eran personas. No obstante, el mensaje había quedado patente.

—La Dragón. La destrozo tácticamente y el Mundial es mío.

El planteamiento tenía aires de suicidio, tratándose de la lucha por la corona, pero no podía discutirse que Fiódor y Borislav tenían su parte de razón.

—Ha llegado el momento de dar un golpe en la mesa, pues —concedió Vólkov—. *Kalinka!*

Pasaron de la ira al alboroto, pues no tenían término medio. Vólkov sacó una botella de vodka que tenía en un cajón y se la fueron pasando. Cantaron y bebieron como cosacos. Fiódor, mirándose en un espejo, pudo ver el reflejo de Yákiv Kujarenko, quien se mostraba poderosamente satisfecho.

La quinta ronda fue un visto y no visto. Elene no esperaba nada que su peón de rey fuese contentado con una Defensa Siciliana. Para cuando estaba metida en los intríngulis de la Dragón ya era tarde para echarse atrás. La situación en principio era favorable para sus intereses, porque la posición resultante era claramente terreno abonado para la táctica. Sin embargo estaba inquieta. No es lo mismo meterse en un infierno táctico por voluntad propia que hacerlo a empujones. Baste decir que Borislav estuvo más fino en el cálculo, en parte porque estaba en estado de gracia, en parte porque lo llevaba preparado. El punto en disputa cayó del lado del joven ucraniano.

«Finaliza la ronda 5 y Miroshnychenko vuelve a tomar ventaja: 3-2 para el ucraniano».

Aquel 8 de marzo quedó en la memoria de todos los georgianos. Lo sintieron como una derrota militar. En cuanto al campamento, imperaba el silencio. Elene trató de levantarles el ánimo, pero ni el español ni el brasileño estaban en su mejor momento.

—¿No se supone que estáis aquí para animarme? ¿Sois monigotes? ¿O es que estamos muertos y no me he enterado? ¡Oh, qué bonita es la muerte, si es con vistas a esta preciosa ciudad!

Darío Zaragoza estaba consumido por la vergüenza. Tenía el sentimiento de que estaba fallando a Elene. Se preguntó cuántas veces había fallado a las personas que le querían. Sus peores actos caminaron ante su atenta mirada, recordándole la futilidad de su existencia. Tenía una buena colección de fantasmas. Especialmente, chicas que le habían besado esperando lo mejor de él. «¿Cómo voy a dar nada bueno de mí, si en mí no hay nada especial?». En cuanto a Gabriel Pedro Pires de Azevedo, peor: decepcionaba a Elene, decepcionaba a Darío y decepcionaba a Dios.

La sexta ronda no fue mucho mejor para los intereses de Elene: jugó como una calabaza tonta. Había tirado las blancas en la ronda anterior y se había dejado cambiar las damas en plena apertura jugando con negras. Partida plomiza, en la que solo le quedaba defenderse durante tres horas, agotando las pocas energías que le quedaban. Estrechó la mano de su rival esbozando una sonrisa forzada, de tan estúpida que se sentía por haber entrado en su juego.

«Finaliza la ronda 6 y Miroshnychenko sigue mandando: 3,5-2,5 para él».

> Mucho va a tener que trabajar en el día de hoy el entrenador de Elene Isakadze. A ningún ajedrecista profesional se le escapa que la derrota forma parte del juego, pero hay límites que no se traspasan. La georgiana lo ha hecho. Está literalmente KO. Uso el símil pugilístico para que me entiendan. Miroshnychenko, que es superior a ella en el juego estratégico, la ha superado también en el terreno táctico. Tardará, Elene, en olvidar la soberana lección en la Dragón. Y ayer, cuando debía demostrar que le quedaba gasolina en el tanque, se dejó cam-

biar las damas en plena apertura. No quisiera yo estar en la piel de Darío Zaragoza, su singular y sorprendente entrenador. Se lo aseguro, no lo querría.

A Juancho Martín le dolía cada palabra que acababa de escribir, porque la apreciaba, mas su compromiso con la verdad exigía el sacrificio.

Esa tarde del mes de marzo contempló a una Elene deambulando por el *hall* y los jardines del hotel en busca de la esperanza perdida. Tenía la cabeza a años luz del corazón. No le salían las lágrimas porque ya no le quedaban, las había agotado todas en el ascensor, y las pocas que no había derramado las había llorado por dentro. Se quedó junto a una estatua con un brazo en jarras y el otro estirado, a ver si se le ocurría algo. Las ideas sin embargo pasaban de largo. Por no tener, no tenía ni ganas de morirse. Cuando regresó a la habitación, se llevó la sorpresa de su vida.

—Unas pocas tablas más y el título es nuestro.

Fiódor dio un par de palmadas en la cara a Borislav, quien componía un gesto serio en señal de desaprobación. Pero le daba igual. Solo quería que su alumno se hiciese con el título de campeón del mundo de ajedrez. Caissa volvería a hablarle. Lo miraría con admiración. Se entregaría a él. «Voy a hacerle el amor a una diosa cada día de mi vida», se vanaglorió.

—¿Yelizabeta? —Elene corrió a abrazarse a su mentora—. ¡Y Pável Cara de Ogro!

—¿Te pensabas que íbamos a dejarte sola con estos dos?

El comentario de la veterana entrenadora estaba lleno de cariño hacia Elene, Darío y Gabriel. Ella siempre sería su niñita rara, a quien quería con devoción de madre, porque la naturaleza la había hecho estéril con idea de que volcase en ella todo su amor; a ellos, porque estaban al lado de Elene en su hora más oscura. Pável, como era de pocas palabras, se mantuvo callado.

—¿Y Chris?

—¿Chris?

—La rubia. Esa. La rubia esa. Ya sabes, bobo.

El hombretón se encogió de hombros. Sonrió.

—Nos casamos el año pasado —dijo—. Me hace muy feliz. Te caería muy bien, si le das una oportunidad.

—Seguro que sí.

Se abrazaron. Cualquier universo en el que volviesen a encontrarse de jovencitos les daría una nueva oportunidad juntos, pero no este.

—Vas a jugar el Gambito de Rey y la Dragón —dijo Darío.

Yelizabeta Karseladze asintió. Lo habían estado hablando mientras Elene estaba dando vueltas por ahí. El ajedrecista brasileño también estuvo de acuerdo.

El día 11 de marzo se jugó la séptima ronda. Elene sorprendió con el Gambito de Rey, una apertura de tiempos románticos que llevaba décadas en desuso en la práctica magistral. La cara de Borislav mudó de su tono habitual a un gris ceniciento. En su preparación había trabajado todo, incluyendo el famoso gambito, pero se sintió incómodo. No tenía más que hacer unas pocas tablas y el título era suyo, aunque las posiciones de Gambito de Rey eran tiros al aire que podían acabar de la forma más insospechada. ¿Era una mala apertura para las blancas? Sí, claro, pero no en ese contexto. Y Elene, tras atornillarle un par de horas a base de meterle presión con las piezas menores volcadas en un ataque furioso al enroque, se hizo con el punto.

«La georgiana pone el empate en el marcador: 3,5-3,5. Mañana todo se decidirá».

La noche previa a la última ronda de la Final del Campeonato Mundial de la FIDE 2005 estuvo plagada de pesadillas en ambos campamentos. Sería muy complicado apostar por quién durmió peor pero, por descontado, nadie recurrió a somníferos, pues pocas cosas son tan letales para el ajedrecista como el sentir somnolencia durante la partida.

Los aficionados tenían el corazón dividido entre la simpática campeona georgiana y el modélico campeón ucraniano. Luego estaban los gustos ajedrecísticos personales. En lo referente a los acompañantes de los gladiadores, esperaban en salas contiguas para no condicionar a sus pupilos. Tenían a su disposición pantallas de retransmisión, canapés y cómodos sillones.

La partida comenzó con Elene planteando la Dragón ante el avance 1.e4 con el que Borislav había abierto el juego. Era una respuesta intimidante, un guante que le lanzaba a la cara. Borislav Miroshnychenko entró de lleno en la variante más peliaguda: no era de su agrado pero si la esquivaba estaría aceptando su inferioridad en el cálculo.

En la sala del equipo de Elene se vivió el momento como una pequeña victoria; Fiódor y Vólkov ni se miraron.

Un reconocimiento objetivo de la posición que estaba jugándose en el tablero habría dictaminado que las blancas estaban un poco mejor. Nada preocupante para las negras, de momento, pero estaba claro que si alguien podía permitirse apretar era el blanco. Sin embargo Borislav flaqueó. Le vinieron a la mente las conversaciones con Lana, la cocinera, abriéndose espacio entre las rendijas de su muro de contención de las emociones. Ella, de un modo difícil de explicar, estaba allí en ese momento, dentro de su mente. Elene, viendo que su rival estaba sufriendo, le ofreció una salida digna:

—¿Tablas?

Borislav negó con la cabeza, aunque no estaba para nada seguro.

—Acéptalas —insistió Elene alargando el brazo—. Nos negaremos a jugar por el desempate. Como Hansen dejó el título, la FIDE va a tener que aceptar nuestra decisión. Porque no nos pueden obligar. Estoy harta, no somos las marionetas de nadie. Si quieren un campeón, les damos dos. Y todos contentos. Si no, que le regalen el título al primero que pase por la calle. Me da igual.

Borislav, por un momento, por un precioso momento, consideró la propuesta de Elene. Se imaginó la cara de Fiódor... y le entró el pánico. Dio una ligera palmada en el dorso de la mano a Elene. Movió pieza. Se equivocó.

La ceremonia de coronación de Elene como nueva campeona del mundo de ajedrez fue prácticamente inmediata al desenlace de aquella última partida. No había testigos directos del diálogo que habían sostenido Elene y Borislav, a excepción de Lothar Wagner, quien nunca se había encontrado con una situación así en su extensa trayectoria como árbitro internacional. Aquel diálogo entre los aspirantes contravenía las normas porque iba contra el espíritu de combatividad que rige la competición deportiva, pero se abstuvo de intervenir. En el duelo entre el árbitro que era y la persona que no debía dejar de ser, le pareció que la aplicación restrictiva del reglamento iba contra una norma superior: los campeones tenían derecho a compartir la gloria tras haber superado adversidades desde la niñez. Solo quien juega una Final del Mundo entiende la naturaleza de los sacrificios constantes. La lucha, habiendo sido constante y deportiva desde la primera ronda, bien podía quedar en igualdad, en lo que a él respectaba.

Pero aquello no llegó a darse, había nueva campeona mundial. Aunque el triunfo de una mujer ya tenía carta de naturalidad en la comunidad ajedrecística, Elene era la primera en proclamarse como la mejor entre sus iguales, los grandes maestros más fuertes del planeta. Se había convertido en un modelo inspiracional para millones de niñas en todo el mundo, había dado un importantísimo paso adelante que nadie podría negar. Desde su trono, era una reina cuyo nombre sería inmortal.

Los discursos de los responsables federativos y de las autoridades presentes fueron convenientemente moderados en su extensión: estaba apalabrada una rueda de prensa larga y detallada, porque no había medio de comunicación relevante que quisiese ser ajeno a la efeméride. A Elene no le gustaban mucho esos fastos, era un animal competitivo, pero los toleraba poniendo buena cara. «¿Les importará lo que siento?».

Si había alguien que estaba disfrutando mucho, esa era Yelizabeta Karseladze. Todo el equipo de Elene sabía de las presiones que se autoimponía y de las que le venían dadas, pero ella entendía la profundidad de las simas emocionales por las que transitaba. Había soñado muchas veces con ser la protagonista de la Final del Mundo y, por fin, tenía relación directa con ello, mas era plenamente consciente de los sinsabores inherentes a cualquier triunfo. Conocía de primera mano la áspera oscuridad de los focos cuando se apagan, el olvido que a todo triunfador acecha. Se alegraba sobremanera por su pupila y a su vez, no lo podía remediar, se compadecía de verla ante el abismo de tener que defender un legado por el resto de sus días.

Darío Zaragoza y Gabriel Pedro Pires de Azevedo aprovecharon la coyuntura para dejarse ver con todas las fans que pudieron. Para el gran maestro brasileño resultó de lo más divertido cultivar su lado frívolo, bien asesorado para esos menesteres por su colega español. Posó para las cámaras de los fotógrafos tantas veces como se lo pidieron, que fueron muchas, desquitándose de los sinsabores de la enfermedad que tanto le había hecho sufrir. Sus sonrisas fueron la victoria de la vida sobre la muerte, un recordatorio de que una personalidad distendida y consagrar el propio esfuerzo a instancias superiores son compatibles.

Las preguntas que le formularon a Elene y a Borislav en la rueda de prensa siguieron la tónica habitual en estos casos. No hubo mucha imaginación en preguntar a la campeona sobre sus sensaciones en la partida, sus mecánicas de entrenamiento, referentes en quienes se había inspirado de niña, planes a corto plazo...; Borislav, el semblante serio y la mirada dispersa, se limitó a contestar «sin comentarios» a todo lo que le preguntaron, una forma de dar a entender que estaba allí sin estar allí, que vivía en él... sin vivir. Se fue nada más realizarse el brindis por la campeona, aguantándose el llanto, en la más estricta soledad. Llamó la atención de los medios que no hubiese nadie a su lado para consolarle en la derrota.

En cuanto al banquete, el jefe de cocina del hotel se lució con platos exquisitos. Complacer el paladar de los invitados no era tarea sencilla ya que procedían de diferentes lugares del globo, pero consiguió un perfecto equilibrio entre sabores y texturas. Nada que objetar tampoco a las bebidas, pues la selección de vinos de la Ribera del Duero y los espumosos de Champagne dejaron a todos más que satisfechos. Se les culpó, injustamente, del achispamiento de algún delegado federativo durante el baile que siguió a la cena, pero la falta fue sin duda humana. Mientras algunos apuraban la fiesta, Juancho Martín decidió seguir su instinto. No tenía ninguna prueba que respaldase sus inquietudes, pero Fiódor Vasíliev no le gustaba nada. Apostado en una columna del hotel, se hizo el despistado un buen rato, separándose del grueso de invitados de la FIDE, sin perder de vista a Fiódor. Como era un periodista curtido en mil batallas, no le fue difícil pasar desapercibido.

Aquella noche, tras la ceremonia de coronación de Elene como nueva campeona del ajedrez mundial, esperó a que todos se fuesen a sus habitaciones para darse un garbeo por el hotel. La llamada para felicitarla de Axel Hansen, la videollamada del presidente de Georgia, los fastos de la FIDE… le importaban un pimiento. Eran cosas que agradecía, desde luego, pero en su imaginación los veía a todos muertos. No porque les desease algún mal, sino porque pertenecían a universos y a tiempos distintos, donde las cenizas mataban los recuerdos.

Algo turbó el pensamiento de Juancho Martín cuando, habiendo seguido a distancia a Fiódor, le perdió de vista al entrar este en los ascensores. Contuvo el impulso de echar a correr y montar en el ascensor con él porque, de ser cierto su presentimiento, la situación podía ponerse peligrosa. Era un periodista intrépido, pero no un suicida. Entonces, viendo que esa noche no iba a tener suerte en sus pesquisas, fue a buscar una zona con buena cobertura cerca del jardín para llamar a Marta. Miró el reloj de pulsera, la hora era prudente teniendo en cuenta lo peculiar de su ritmo de vida.

Así estaba, pensativa en el jardín, con un brazo en jarras y el otro estirado, cuando vio que se le acercaba Fiódor Vasíliev, el mánager de Borislav Miroshnychenko. «¡Qué buitre! ¡Viene a ficharme! Pues se va a llevar una desilusión, vaya que sí».

Pero no daba la impresión de que él pensase lo mismo. Portaba la ira de los primigenios en la mirada y unas tijeras afiladas en las manos. Viéndole en ese estado, Elene echó a correr lo más deprisa que le permitieron sus piernas de maniquí y los tacones.

Fiódor la buscó entre los setos, inspeccionando cada árbol.

—¡Te oigo!

Elene había osado interponerse en su aspiración de ser alguien en el mundo del ajedrez. Lo que no estaba destinado a disfrutar como jugador debía haberle sido entregado como artífice de un campeón. «De un campeón legítimo, no de una ceniza que se ha colado en la Final del Mundo por capricho de la FIDE», se dijo. Estaba relativamente oscuro, pero las luces de emergencia delataban a Elene.

—¡Ven aquí, maldita! ¡Ven, en nombre de Caissa!

Mas ella ni iba ni iba a ir. Su aliento era inconsistente, como el reflejo trémulo de un nenúfar en un estanque.

—¡No lo pongas difícil! ¡Ven y lo haremos deprisa!

Elene oyó que se acercaba, no había forma de escapar de allí. Había llegado el silencio insidioso de cuando va a morir alguien. Ella.

—¡Aquí estás, malnacida! —Fiódor apareció ante ella, alto como un ciprés, amenazando con clavarle las tijeras—. Toda una vida de sacrificios... para esto. Tanto esfuerzo invertido, para que llegue una niñata y lo eche todo a perder...

Elene, al verlo de cerca, se percató de que tenía el traje ensangrentado. Las tijeras también sangraban. Aquello iba en serio y por primera vez desde que tenía consciencia la muerte no le pareció una buena idea. Echó a correr de nuevo. Él era más rápido. Las tijeras de Fiódor atraparon los rayos de luna, prestas a entrar en Elene. Vio pasar su vida en solo unas décimas de segundo. Sus padres, la rosa, su entrenadora, Pável, sus amigas, sus profesoras... Era el fin. Ella, que solía fantasear con la muerte, comprendió lo mucho que siempre queda por vivir.

De pronto un grito tras Fiódor rasgó la noche. Alguien, otro tipo grande, se abalanzó contra él. Elene no podía distinguir de quién se trataba, pero tenía una oportunidad de huir. «¿Y dejar en apuros a la persona que se está jugando la vida por mí?». La escasa claridad de los puntos de luz apenas daba para ver que las tijeras se alzaban una y otra vez, desgarrando la piel del héroe, alcanzándole hasta las entrañas.

—¡Maldito entrometido! ¡Te voy a matar!

Las tijeras eran peores que la lengua de Fiódor, porque ni siquiera avisaban. Subían hasta las alturas del cielo; bajaban hundiéndose hasta lo más profundo del cuerpo del héroe. No se apiadaron de quien había ido en busca de Elene porque la había oído gritar.

—¡Muere! ¡Muere!

Otra vez. Y otra. Hasta dejar el vientre del héroe hecho un amasijo de vísceras sangrantes. Pero lo peor eran los gritos. La muerte se expresa en los jóvenes con otra intensidad, muy distinta a la muerte de una persona mayor. Lo que grita es un ente profundo, la injusticia de ser arrebatado de entre los vivos cuando aún no toca. Entonces Elene supo de inmediato quién era su héroe.

—¿Cara de Ogro?

Pável Cara de Ogro era todo corazón. O, para ser precisos, lo había sido, porque Fiódor se cegó y le clavó varias veces las tijeras en el pecho. Con ensañamiento.

Los gritos del moribundo llegaron a oídos de la ajedrecista con ecos familiares; llevaba toda una vida oyendo la voz a la que pertenecían.

Fiódor siguió apuñalando a la joven estrella rusa de los Celtics de Boston. El ensañamiento formaba parte de su forma de ser, no era su culpa. «Soy, en cierto modo, homicida, pero también tengo corazón. ¿Quién no mataría por su diosa?».

Pero Juancho García, que había oído los gritos y la pelea, llegó en auxilio de los jóvenes. Fiódor, aunque era un hombre feroz, no pudo contener el aluvión de golpes que le empezó a caer. El periodista era fuerte y le trabó los brazos, inmovilizándolo.

Elene abrió el bolso. Ahí tenía guardadas las tijeritas que tanto le gustaban. Con ellas había jugado con hombres que pretendían jugar con ella. Le vino a la mente el recuerdo de «Richelieu», y a Fiódor, antes de dejárselas clavadas en el ojo, sí que se la cortó.

> La policía de Manila ha detenido a la recién coronada campeona mundial de ajedrez tras una noche de espanto, con el resultado de la muerte de Fiódor Vasíliev, el empresario que llevaba al aspirante Miroshnychenko, y de un joven muy alto de identidad desconocida. Estamos atentos a darles nuevas informaciones conforme la situación se aclare y la policía ofrezca una rueda de prensa. No obstante, para que quede constancia de esto, les diré que esto no es para nada habitual en los campeonatos de ajedrez.

Juancho Martín acabó su crónica a la espera de nuevos datos. Al cabo de unas horas, se supo que Fiódor Vasíliev, en su ataque de ira, había acabado primero con las vidas del entrenador Oleg Vólkov y de una camarera que recogía las copas de la fiesta de la FIDE. Se supo también que el aspirante Borislav Miroshnychenko tuvo la suerte de no estar presente cuando Fiódor entró en furia, pues se hallaba encerrado en el lavabo. Al día siguiente Elene fue puesta en libertad sin cargos. Elene y su equipo volvieron a Tiflis en el primer avión de la tarde. Fue recibida con todos los honores, pero nunca se recuperó emocionalmente. El recuerdo de lo sucedido quedó para siempre en su corazón. Se retiró del ajedrez. Abandonó toda vida pública pero antes tomó un avión a Estados Unidos. Fue al Boston Garden. Se informó de dónde residía Chris, la viuda de su querido Cara de Ogro. Le entregó un saquito de semillas de su rosa laevigata.

Se dice que Borislav Miroshnychenko fue visto en Barcelona. Se dice también que jugaba al ajedrez en garitos de la Ciudad Condal, apostando pequeñas cantidades. Se dicen muchas cosas y, pudiendo todas ser ciertas, la verdad es que no queda nadie para rebatirlas.

Agradecimientos

Agradezco de todo corazón su ayuda a la Woman Grandmaster Olga Alexandrova y a sus padres, a la Maestro Internacional Ana Matnadze, al excampeón mundial Ruslam Ponomariov y a Darío de San Sebastián.

Mi afecto y agradecimiento también a mis editoras María Terrén y Aránzazu Sumalla, por darme esta oportunidad. Y a Rosa Hernández y Elena Recasens, por su valiosa ayuda en la revisión del texto.

Mi agradecimiento a Gonzalo Díaz Clemente y a Chessable por la fotografía de solapa.

Esta obra no habría sido posible sin el apoyo de mis padres, a lo largo de mi formación, y de todas las personas que me han ayudado a creer en mí como escritor.

Los personajes, los lugares y las situaciones son inventados, cualquier parecido con la realidad es mera coincidencia, pero…

Jorge I. Aguadero Casado,*

Barcelona, octubre de 2023

* El logotipo de Jorge I. Aguadero Casado es obra de Fernando Arrabal (01/06/2015, Barcelona).